© 강영호

김탁환 1968년 진해에서 태어나 서울대학교 국어국문학과와 동 대학원을 졸업했다. 장편소설 『조선 누아르, 범죄의 기원』, 『혁명, 광활한 인간 정도전』, 『뱅크』, 『밀림무정』, 『눈먼 시계공』, 『노서아 가비』, 『혜초』, 『리심, 파리의 조선 궁녀』, 『방각본 살인 사건』, 『열녀문의 비밀』, 『열하광인』, 『허균, 최후의 19일』, 『불멸의 이순신』, 『나, 황진이』, 『서러워라, 잊혀진다는 것은』, 『압록강』, 『독도 평전』, 소설집 『진해 벚꽃』, 문학비평집 『소설 중독』, 『진정성 너머의 세계』, 『한국 소설 창작 방법 연구』, 산문집 『읽어 가겠다』, 『뒤적뒤적 끼적끼적』, 『김탁환의 쉐이크』 등을 출간했다.

KB106686

목격자들

1

목격자들

조운선 침몰 사건

소설 조선왕조실록 09

1

김탁환

민음사

『여지도(輿地圖)』 중 「밀양부(密陽府)」

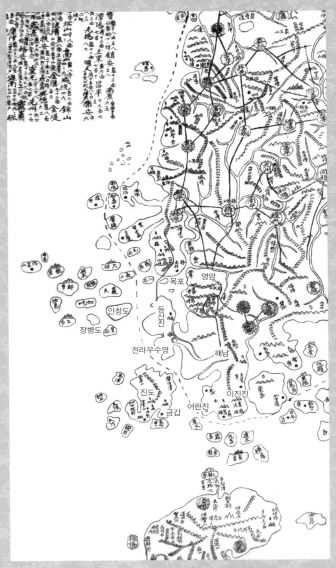

『동국지도(東國地圖)』 중 「전라도」 부분(『한국의 고지도』, 범우사, 132쪽)

자서

76년
만에
돌아온
마음

초대받긴 늦었다. 내게 소중한 이들은 대부분 죽었고, 살아 숨 쉬는 젊은 녀석들과 말을 섞느니 책 먼지나 터는 쪽이 낫다. 일흔일곱 살 희수연(喜壽宴)을 기쁘게 받는 늙은 이가 있을까. 유난 떨지 말고 조용히 사라질 권리가 내겐 있다. 죽기 전에 마지막으로 꼭 한 번 만나고 싶다면, 내가 쓴 소설을 읽어라. 적어도 그땐 세상에 할 말이 많았다. 지금은 침묵만이 나의 편이다.

을미년(1835년)을 아무 일 없이 보낼 작정이었다. 병신년 (1836년)도 그다음 정유년(1837년)도. 그늘처럼 살다가 숨이 끊기는 것도 나쁘지 않다. 누군 텃밭에서 쭈그리고 앉아 흙을 어루만지다가, 누군 서실에서 『장자(莊子)』를 읽다가, 누군 뒷마당을 거닐다가, 누군 잠을 자다가, 불현듯 스러지는 생(生)을 받아들일 나이다.

　서찰이 왔다. 아직도 김진의 필체는 푸른 매가 날쌔게 꿩을 잡아채듯 힘찼다.

　8월 무인일(22일) 해 지기 전 건곤일초정(乾坤一草亭)으로 오시게나, 꼭.

　'꼭'이란 마지막 글자에 웃음부터 나왔다. 꼭 만나야 할 시간, 꼭 만나야 할 사람, 꼭 만나야 할 일이 남았을까. 내 맘을 충분히 헤아리는 그가 '꼭'이란 글자를 큼지막하게 집어넣은 것은, 정말 중요하단 뜻이다. 그게 뭘까.

　지금까지 나는 이 세상을 풀로 지은 정자처럼 가벼이 여긴 세 사람을 만났다. 그들은 모두 '건곤일초정(乾坤一草亭)'의 주인이다. 담헌 홍대용 선생이 먼저 한양 남산 자락에 정자를 마련했고, 연암 박지원 선생이 충청도 면천에 같은 이름의 정자를 지었다. 두 스승이 내게 베푼 가르침은 정자를 고마움의 글로 가득 메워도 모자란다. 담헌 선생이 전라도 태인현감으로 내려가며 내놓은 정자를 사들인 이가 바로 이 서찰을 보낸 나의 벗 김진이다. 그 집을 사 두고도 김진은 소광통교 서재에 주로 머물렀다. 되짚어 헤아리니, 건곤일초정에서 저녁을 함께 보내자는 서찰은 김진이 그 집의 주인이 된 후 반백 년도 더 지나 처음으로 띄운 것이다.

내 이름은 이명방(李明房), 호는 청전(青箭), 자는 홍구(洪丘), 기묘년(1759년) 3월에 태어났고 오랫동안 의금부에서 일했다. 임진년에 전라우수사로 충무공(忠武公)을 도와 큰 공을 세운 의민공(毅愍公, 이억기) 그 어른이 오대조이시다.

환갑을 넘긴 후 백탑 아래에서의 기이한 인연을 소설로 짓기 시작하였는데, 『방각살옥』, 『열녀비록』, 『열하광인』 이렇게 세 편을 잇달아 완성한 뒤 세책가와 인연을 끊었다. 정조대왕 치세의 흐릿한 기억을 문장으로 밝힐수록, 지금의 어둠이 깊어진 탓이다. 대왕 돌아가시고 벌써 서른다섯 해, 새벽빛은 단 한 번도 눈부시지 않았고 고통이 고통으로만 이어진 세월이었다.

매설가(賣說家)가 아무리 정성을 쏟아도, 잡설로는 부서지고 망가진 세상이 나아지지 않았다. 헛된 희망을 이야기에 담아 하나 둘 셋 뿌리고 나니 뭣하는 짓인가 싶었다. 사건들을 해결한 김진이 직접 붓을 쥐지 않은 이유를 비로소 가늠했다. 쓰는 것보다 참는 것이 힘들다. 잘 쓰지 못한다면 쓰지 않고 사라지는 편이 나을지도.

여기서 비밀을 하나 털어놓고자 한다. 세책가로 신작 소설을 내보이진 않았으나, 밤마다 등잔 아래로 밀려드는 이야기들을 외면하긴 어려웠다. 형편대로 소설을 지어 넣어 둔 오동나무 상자가 넷을 넘었다. 써 두지 않으면 영영 사라질 듯하여 몸이 단 순간이었다. 김진이 해결한 희대의 사건도 적지 않았다. 소설 상자라도 없다면 내 삶의 두께를 어찌 잴까 싶기도 했다.

지팡이 짚으며 남산 숲으로 들었다. 한낮인데도 나무 그림자들이 짙고 서늘했다. 좁은 길 틈틈이 삿갓을 덮은 듯 풀집들이 총총했다. 담헌 선생의 청아한 구라금(歐邏琴, 서양 거문고)을 듣기 위해 이 길을 오르내리던 50여 년 전과 비교해 봐도, 길도 집도 달라진 구석이 없다. 변함없기는 뜰의 노송(老松)과 그 아래 꽃나무들, 남새밭의 채소와 그 채소를 씻는 돌샘도 마찬가지였다. 정자까지 이어진 섬돌의 편안함도 잠시 지팡이의 세월을 잊게 했다.

구석구석 아끼고 가꾼 손길이 느껴졌다. 화광(花狂), 즉 꽃 미치광이가 뜰을 가꾸는 것은 일상이 아니겠냐며 반문할 이도 있겠다. 내가 아는 곳만 해도, 김진은 광통교와 안암 숲에 각각 뜰을 지녔다. 사람을 쓰지 않고 직접 나무와 꽃과 풀과 돌을 만지는 그였기에, 일흔여섯 살 늙은이에게 뜰 셋은 벅차다. 어찌 뜰뿐이랴. 그가 호기심의 친구들이라 명명한, 수십만 권의 서책과 수백 개의 악기와 수십 개의 천문 기기를 살피는 것도 그의 몫이다. 온종일 청소만 해도 시간이 모자랄 판이건만, 환갑을 넘긴 뒤로도 그는 늘 떠났고 새로운 일을 겪었으며 조용히 돌아와선 거문고 한두 가락에 길 위의 느낌을 담았다. 여행기를 지어 보라 권하기도 했으나 먹과 벼루를 낭비하고 싶지 않다고 했다. 이미 넘치도록 삶으로 쓰고 그리며 즐겼다는 뜻으로도 들렸다.

정자로 들지 않고 뜰을 잠시 서성였다. 마당에 내어놓은 원경(遠鏡, 망원경)이 다섯 개가 넘었다. 큰 놈은 길이가 석 자 정도였고, 작은 놈은 한 자 남짓이었다. 푸른 구리로 만든 둥근 통의 양 끝에 유리를 붙였는데, 혼자서도 설 수 있게 외기둥으로 고정했다. 기둥의 발은 세 굽으로 벌려 땅에 박았고, 기둥 위에 옆으로 도는 고동을 드리운 다음 통을 단단히 끼웠다. 기둥을 움직이지 않더라도 동서남북 밤하늘의 천문을 자유롭게 보기 위함이었다.

"아, 자네 왔는가?"

김진이 땀을 뻘뻘 흘리며 정자에서 나왔다. 그의 왼손에는 백철로 만든 젓대 모양의 쇠통이 들려 있었다.

"그건 뭔가?"

김진이 쇠통을 들어 어깨와 등을 통통 치며 웃었다.

"쇠부인일세. 쓸 만해 보이나?"

"많이 허한가 보군. 죽부인은 들어 봤어도 쇠부인은 금

15

시초문이로세. 무엇 때문에 날 보자 하였는가? 이 원경들은 왜 또 뜰에 내다 놓았어?"

그는 대답 대신 푸른 하늘을 올려다보았다. 매 한 마리가 높이 떠 맴돌았다.

"조금 일찍 도착했군. 잠시만 기다려 줄 수 있겠나? 원경으로 한양 풍광을 살펴도 좋으이. 국화차를 내옴세."

"초대 손님이 또 있는가?"

"있지. 76년 만의 상봉이라네."

76년? 그때 나는 겨우 태어났고 김진은 아직 세상 빛을 보지도 않았다. 그런데 상봉이라니?

김진은 차를 권한 뒤 다시 정자 안으로 사라졌다. 고민거리를 수수께끼처럼 던지고 사라지는 것은 평생 바뀌지 않는 습성이다. 급히 사라져 무엇을 할까 궁금하여 몰래 따라간 적도 있었다. 뙤약볕 아래 화단에 누워 꽃봉오리를 관찰하는 것을 보곤 두 번 다시 미행하지 않았다. 그가 던진 질문의 답을 단숨에 찾은 적은 없었다. 답이 없는 것 아니냐며 따지면 김진은 너무나도 쉽고 명쾌한 설명으로 정답을 이끌어 냈다. 죽는 날까지 이 문답법은 변하지 않을 것이다.

76년 전 그러니까 내가 태어난 기묘년(1759년)을 곰곰이 떠올렸다. 그때 만났던 이를 지금 재회한다고 했다. 76년 만의 상봉은 그 자체로 드문 일이다. 임진년부터 시작된 7년 전쟁으로 뿔뿔이 흩어진 가족을 다시 만나는 소설 『최척전(崔陟傳)』도 떠올랐다. 만 리 길을 걸어 기적과도 같은 상봉을 이루지만, 이별한 세월이 76년이나 길지는 않다.

해가 뉘엿뉘엿 지기 시작했다. 일표(日表, 회중시계)를 꺼내 확인하지 않더라도 곧 어둠이 찾아들 것이다. 김진이 문을 열고 나를 불렀다.

"들어오게."

밖에서 보긴 평범한 정자였는데, 안으로 들어서니 높은 천장에 반달 모양의 휑한 공간이 나타났다. 뜰에 전시된 것들보다 훨씬 큰 원경이 중앙에 놓였다. 족히 그 길이가 일곱 자는 넘을 듯했다. 사용 원리는 대동소이했으나, 둥근 통의 위쪽 끝이 천장을 뚫고 나가 보이지도 않았다. 미리 천장을 둥글게 뚫어 원경을 자유롭게 움직이도록 배려한 것이다. 원경을 사용하지 않을 때는 나무판이 저절로 움직여 천장을 가렸다.

둥근 벽에는 가로세로로 한 자씩 구획을 나눈 종이로 가득했다. 각기 다른 점과 선이 어지러웠다. 하늘의 뭇별을 옮긴 천문도였다. 김진은 별을 꽃만큼이나 아꼈다. 오죽하면 지상의 꽃이 천상으로 올라가 별이 되었다고 노래했을까. 낮과 밤을 자주 바꿔 지내는 것도 별을 우러르기 위함이었다. 밤하늘을 살피고 천문 서적을 모아 읽고 천문 기기를 사들이거나 만들고 천문도를 그리는 것은 김진이 평생 즐겨 온 취미였다. 혹자는 관상감에서 일한 석천(石泉) 김영(金泳)의 가르침 덕분이라고도 했다. 두 사람을 모두 아는 나로선 석천이 김진을 가르치기보다 김진이 석천을 도운 적이 훨씬 많았다는 사실만 지적해 둔다.

별에 미친 김진이라도 벽 전체를 천문도로 채운 적은 없었다. 나는 벽을 바라보며 천천히 다가갔다. 평소엔 몸이 빠르고 생각이 날렵한 그이지만, 꽃과 별을 그릴 때는 딴판이었다. 오래 살피고 더디게 여러 번 옮겼다. 그마저 마음에 들지 않으면 물로 씻어 없애곤 처음부터 다시 시작했다. 연경 유리창에서 사 온 천문 서적엔 인간이 아직 풀지 못한 별에 얽힌 문제로 가득했다. 단원 김홍도가 뽐내곤 하던 여덟 폭 병풍의 수십 배에 달하는 벽을 천문도로 채웠다는 것은 그만큼 어떤 문제에 골똘하고 있단 뜻이다.

반원이 끝나는 지점에서 흥미로운 숫자들을 발견했다. 위에서 아래로 1531, 1607, 1682, 1759, 1835라고 적혀 있었다. 가장 아래 적힌 1835의 옆쪽으로만 점도 선도 없는 백지가 허허로웠다. 나는 뒤돌아섰다. 질문을 던지려는데 김진이 먼저 물었다.

"이 검은 융단 뒤가 궁금하지?"

"뭘 또 감춘 겐가? 보여 주게나."

"눈을 가리고 외나무다리를 건너가 본 적 있는가?"

"없네. 자넨?"

"종종!"

"왜?"

"눈이란 때론 사물의 마음에 접근하는 걸 막는다네. 꽃이 언제 피는가를 예측하는 가장 쉬운 방법이 뭔지 아는가?"

"봉오리가 벌어질 때를 살피는 것!"

"그땐 이미 늦지. 전날 밤 혹은 전전날 밤에 개화일을 알려면 꽃나무 아래에 편히 누운 다음 눈을 감아야 한다네. 꽃잎만 보면 당장 필 것 같기도 하고 열흘 뒤 필 것 같기도 하고 아리송한 법이니까. 눈을 감고 나면 어떻게 꽃나무의 마음을 느낄까? 답은 두 가질세."

서당 개 3년의 풍월을 어디 읊어 볼까. 꽃에 미친 김진의 벗으로 평생을 보내고 나니, 나 역시 꽃에 대한 상식이 제법 풍부해졌다.

"향기로군."

"정답! 봉오리를 피우기 직전에 나는 향기는, 뭐랄까, 저마다 독특하다네. 장미는 장미답고 수국은 수국다워. 동어 반복을 써도 전혀 이상하지 않을 만큼 딱 그 꽃에 맞는 향기를 뿜어내지."

나는 그믐밤처럼 검기만 한, 서역에서 들여온 융단을 가리키며 물었다.

"눈을 감고 코라도 벌렁거리란 뜻인가?"

김진이 오른 손바닥을 왼 가슴에 댔다.

"꽃나무의 마음에 집중하게. 아직 답이 하나 더 남았군."

"내 마음 하나도 챙기기 바쁘다네. 그 문젠 꽃들의 족보를 엮은 자네에게나 어울려."

"꽃나무의 마음을 알아야 오늘 만날 이의 마음도 짐작할 수 있어서 그래. 그러지 말고 다시 찬찬히 생각해 보게. 예전처럼."

"예전처럼?"

김진은 상대를 격려하며 자신이 원하는 방향으로 이끄는 묘한 힘을 지녔다. 긴 설득 대신 한두 단어로 충분했다. 그러나 역시 내겐 벅찬 문제다.

"모르겠네."

"소리일세."

"소리라니? 꽃나무가 울기라도 한단 말인가?"

"만물은 냄새를 뿜듯 소리를 만든다네. 다만 그 높고 낮음, 길고 짧음, 크고 작음의 차이가 있을 뿐이지. 물론 꽃나무가 새처럼 울진 않아. 하지만 꽃나무도 소리를 낸다네. 단 하루도 소리가 같진 않아. 꽃나무 아래에 누워 가만히 귀를 기울이면 그 소리가 들려온다네."

"바람 소리 아닌가?"

"바람 따로 꽃나무 따로가 아닐세. 꽃나무를 만드는 여러 부분, 즉 줄기와 가지와 아직 피지 않은 꽃망울에 공기가 닿아서 만들어지는 소리라네. 눈으론 당장 식별이 어려워도 꽃잎 한 장 한 장의 위치가 조금만 바뀌어도 소리가 변한다네. 맹인 악공들의 귀가 놀랍도록 섬세한 것과 같은 이치야."

"수수께끼는 그만 내게."

나는 살짝 짜증 섞인 표정을 지었다. 김진은 거절하기 힘든, 사람 좋은 웃음을 지으며 질문을 이어 갔다.

"문제를 하나만 더 내도 되겠나?"

"그것까지 꼭 풀어야 해?"

김진은 사건의 유력한 용의자나 증인을 모처로 부른 후 단독직입적으로 묻곤 했다. 내가 왜 당신을 여기로 오라고 한 줄 알겠습니까?

"예외는 없지."

고스란히 그 물음이 내게로 향했다.

"건곤일초정에서 이 밤에 할 일을 맞히면 되겠군."

"그건 너무 시시해. 원경을 뜰에 늘어놓았으니, 『무원록(無冤錄)』을 구경도 못한 학동도 시시비비를 가리겠지."

『무원록』은 사건 조사와 시신 검안의 근거가 되는 의금부 도사의 필독서다.

"대체 뭘 맞혀 보란 건가?"

김진이 천문도가 가득한 벽을 쳐다보며 답했다.

"내가 오늘 밤 자네에게 할 부탁!"

김진의 자글자글 주름진 눈을 들여다보았다. 도성 제일 귀남자도 흐르는 세월을 이길 순 없다. 그러나 늙음을 간단히 인정하고 쓸쓸함을 받아들인 것은 아니다. 청춘 시절과는 다른 품격이 서글서글한 눈매에 가득했다.

"그 부탁이 무엇이든 거절하겠네. 난 세상을 마칠 때까지 아무것도 하지 않기로 이미 결심했어."

"무위(無爲)로 들어간 지 꽤 지났음은 잘 알고 있어. 하지만 오늘 밤 이곳에서 내가 건네는 선물이 자네의 마음을 조금이라도 움직인다면, 부디 내 부탁을 들어주었으면 하네."

"화광, 자네가 그냥 해. 나는 도저히 못하고 자네는 쉽게 하는 일들은 헤아릴 수 없지만, 자네가 못하고 나만 하는 일은 단 하나도 없으이. 그러니 부탁을 내게 한다는 것 자체가 웃기는 이야길세."

"아니야. 내가 지닌 건 잔재주들뿐이라네. 자네만이 해낼 수 있는 일이 얼마나 많다고."

"그리 말해 주니 고맙군."

그 순간, 문시종(問時鐘, 자명종)이 울렸다.

"자, 그럼 시작해 볼까."

김진의 시선이 원경에 닿았다. 나는 출출한 배를 손바닥으로 쓸며 물었다.

"저녁은 언제 먹나? 초대 서찰을 받았을 땐 만찬이 포함되었으리라 여겼네."

나이가 들수록 식탐이 늘었다. 김진에겐 밤샘이 익숙하지만, 범인을 기다리며 잠복하는 일이 사라진 후부터, 나는 해 지기 전 저녁을 먹고 일찍 잠자리에 들었다. 젊어서는 일을 위해 잠을 줄였으나 이젠 그 꿀맛 같은 시간을 무엇과도 바꾸지 않을 것이다.

"참아 주게. 모처럼 벗을 청했는데 굶기기야 하겠는가. 내 버릇을 알지 않나?"

김진이 눈을 찡긋해 보였다. 수많은 여인이 그 눈짓 한 번에 냉가슴을 앓곤 했다. 머리를 쓰는 동안에는 공복을 유지하는 것, 물 한 모금 마시지 않는 것이 김진의 오랜 습관이었다. 그렇다면 총명과 박식을 드러낼 시간이란 말인가. 무엇을 위해?

김진은 바삐 원경으로 갔다. 익숙하게 고동을 조작하여 밤하늘 중 한곳에 고정했다. 둥근 벽으로 걸어 나와 숫자들 옆에 섰다. 그리다가 만 천문도를 위에서 아래로 훑은 후 돌아와선 원경에 눈을 대었다가 뗐다. 어둠이 순식간에 남산 자락을 덮었다.

"살필 별을 정했는가?"

"아직일세."

"구름 한 점 없었으이."

김진이 자신의 대답을 보충했다.

"아직 오지 않았단 뜻일세."

"그 말은…… 밤하늘을 쓸고 다니는 빗자루별 그러니까 혜성(彗星)이라도 기다리고 있단 소리로 들리는군. 혜성이 나타날 시각과 위치를 미리 안다는 건 참으로 가당치도 않은 이야기네만……."

그 순간 김진이 다시 원경에 눈을 붙였다. 주먹을 쥔 그의 왼손에 힘이 잔뜩 실렸다. 궁금했다. 당장이라도 뜰로 가서 원경에 눈을 대고 싶었다. 하지만 어딜 본단 말인가. 맨눈으로 살피기에도 밤하늘의 별은 많지만 원경의 힘을 빌면 그 수는 무한으로 늘었다. 담헌 선생이 즐겨 논하던 바로 그 무한. 경계 없음의 세계.

"보게."

김진이 한 걸음 물러섰다. 나는 범인의 팔목을 낚아채듯 원경으로 나아가선 얼굴을 댔다. 예사롭지 않은 흰빛이 먼저 눈에 들어왔다. 꼬리가 족히 2척(尺)은 되고도 남았다.

혜성이 분명했다. 김진의 설명이 귀로 들어왔다.

"자미원(紫微垣) 천창성(天槍星) 근방일세. 76년 만에 다시 우리에게 돌아온 혜성이지."

나는 고개를 돌려 김진과 눈을 맞췄다.

"상봉한다는 게 그렇다면 저 빗자루별인가?"

김진이 고개를 끄덕였다.

"말도 안 돼. 석천 형님이 일식과 월식이 일어날 때를 예측하는 건 본 적이 있네만, 혜성의 방문을 어찌 미리 안단 말인가? 그리고 저 혜성이 76년 만에 돌아왔단 근거는 또 무엇이고?"

질문을 던지며 내 시선이 둥근 벽면을 가득 채운 천문도에 가 닿았다. 그것은 붙박이별을 밝기에 따라 크고 작은 점으로 표시한 단순한 천문도가 아니었다. 점과 점 사이로 그은 선들이 비로소 눈에 들어왔다. 저 선들이 혜성의 꼬리란 말인가.

"하면 저 숫자들은?"

"혜성이 돌아온 해라네. 혜성을 관측한 세상의 모든 서책을 끌어 모아 천문도로 옮긴 걸세. 물론 우주를 크게 타원으로 돌다가 오기 때문에 정확히 76년은 아니고 다소 시차가 있네. 하지만 그것들까지 감안하여 혜성이 나타날 가능성이 가장 큰 일시와 장소를 꼽아 보았다네. 운이 좋았네. 담헌 선생님의 큰 가르침에 조금이나마 보답한 듯도 하고."

기억이 되살아났다. 이곳이 담헌 선생의 옛집이란 사실이 새삼스러웠다.

"별에 관해 자주 말씀하셨지. 붙박이별은 물론이고 떠돌이별들까지 골고루."

"맞아. 우주에 대한 사랑이 큰 분이셨지."

"기묘년의 기록은 어찌 살폈는가?"

"석천 형님 편에 어렵게 구해 검토했었네. 3월 을유일(5일)부터 기유일(29일)까지 총 25일 동안 혜성을 관측한 『성변등록(星變謄錄)』이었지. 담헌 선생도 기묘년에 직접 원경으로 그 혜성을 살피셨다네."

"아, 이제 또렷하게 생각나는군. 나는 믿질 않았지만, 담헌 선생은 혜성이 다시 올 거라 예측하셨어. 76년쯤 후에, 맞네, 76년이라고 하셨다네. 혜성에 관한 대화를 나눈 사실조차 까맣게 잊고 지냈군. 그해가 바로 올해란 말인가?"

"당신께선 그 별과 상봉하기 어렵겠지만 젊은 너희는 꼭 그 별을 놓치지 말고 살펴 당신의 인사를 전해 달라 하셨다네."

"그랬군. 그래서 광통교 서실도 아니고 안암의 숲도 아닌 건곤일초정으로 날 부른 거였어. 한데 자네가 내게 하고 싶단 부탁이란 게 뭔가?"

"아직 선물이 다 끝나지 않았다네. 다시 혜성을 살펴 주겠는가. 눈이 침침하면 내 풍안경을 빌려줌세."

작은 글씨는 읽기도 불편하여, 세필을 아예 멀리 숨기고 대필만 쥔 채 10년이 지났다. 나비의 날갯짓까지 구별할 만큼 예리한 눈을 지닌 김진이건만, 그도 이제 풍안경에 의지하여 세상을 살필 나이에 이른 것이다.

"아닐세. 원경이 워낙 크고 좋아서 내 집 안방에 들여놓은 듯 또렷하게 보인다네."

나는 다시 원경에 눈을 대고 76년 만에 돌아온 혜성을 살폈다. 잊고 지낸 이름과 얼굴이 혜성의 긴 꼬리에 겹쳤다. 그 순간 기기묘묘한 악기 소리가 들려오기 시작했다. 김진은 또 사라지고 없었다.

융단 뒤에서 들리는 소리는 웅장하면서도 온순했고, 심원하면서도 맑았으며, 굵고 낮은가 했더니 가늘고 높았다. 결이 다른 소리들이 쉼 없이 밀려들었기에 숨이 가빠 왔다.

곡조를 타고 다가가선 힘껏 융단을 젖혔다. 괴물 같은 나무 틀 앞에 앉아서 연주에 몰두한 이는 틀림없이 김진이었다. 틀의 길이는 어른이 양팔을 활짝 벌린 정도였고 높이도 한 길이 넘었다. 틀 밖으로 길이와 두께에 따라 박은 쇠통이 적어도 쉰 개는 넘었다. 김진이 쇠부인이라고 농담하던 바로 그 쇠통이었다. 쇠통 위 벽에는 보검 한 자루가 횡으로 걸렸다. 용과 호랑이가 뒤엉킨 손잡이의 문양이 이채로웠다. 틀 동쪽으로 서너 걸음 뒤에 또 다른 궤를 놓았고, 다시 두세 칸 뒤에 뒤주 모양 틀이 있었다. 그 틀을 덮은 자루에서 바람이 새어 나가 맑고 탁하고 높고 낮은 소리를 내는 셈이다. 두어 치 말뚝 같은 나무들이 주르르 연이었다. 건반이었다. 동쪽 첫 말뚝을 누르니 웅장한 저음이 흘러나왔다. 그다음 말뚝을 차례로 짚을수록 소리가 점점 높아지더니, 서쪽 말뚝에 이르자 귀를 찌르듯 고음이 뻗었다.

풍금(風琴, 파이프 오르간)이었다.

담헌 선생은 연경의 남천주당에 들러 이 악기를 보았으며, 귀국 후 그 장대함과 신비로움을 백탑파에게 여러 차례 설명했다. 천주에게 제사 지낼 때 쓰는 세상에서 가장 다채롭고 아름다운 악기였다. 음률에 조예가 깊은 담헌 선생은 보자마자 풍금의 원리를 파악하고 간단한 연주까지 마쳤다고 했다. 믿지 못하는 사람들에게 사족처럼 덧붙였다.

"거문고라면 뚝딱 만들겠네만, 풍금은 가난뱅이 서생이 만들기엔 너무 돈이 많이 든다네. 나라에서 재료 값을 댄다면 당장 만들어 연주해 보이겠네."

백탑파까지도 한바탕 크게 웃고는 논의를 접었다. 풍금 제작은 상상하기 힘들 정도로 거대하고 어려운 일이었다.

전설에서만 군림하는 청룡을 보는 기분이 이와 같을까. 김진은 정말 대단한 친구다.

"언제 풍금을 다 만들었⋯⋯."

나는 그가 연주 중이란 사실도 잊고 말을 붙이려 했다. 김진이 건반에 양손을 붙이곤 고개만 돌려 저었다. 연주가 끝나기 전까지 대화가 어려우니 감상하며 기다리란 뜻이다.

원경으로 물러나 혜성을 살폈다. 눈으로는 움직이는 별을 보고 귀로는 흐르는 소리를 듣는 것은 처음이었다. 환청도 환시도 아니었지만, 그 둘이 어우러지자 완전히 새로운 느낌이 나를 흔들었다. 우주를 여행하는 별의 숨소리를 듣는 기분이었다.

별은 흐르고 연주는 이어졌다. 둘 중 하나가 없었다면 나는 연주를 방해할 핑곗거리를 찾았을 것이다. 무엇보다도 아직 저녁 식사 전이었다.

소설 쓰기에 몰두할 때처럼 시간이 휙 지나갔다. 혜성이 사라졌을 때 시간을 확인하니 벌써 사경(四更, 밤 1~3시)이었다. 일경(一更, 밤 7~9시)부터 사경까지 나는 혜성을 보고 김진은 풍금을 연주한 것이다. 융단을 걷고 다시 김진에게 갔다. 혜성이 사라진 줄도 모르고 연주에 심취한 그의 어깨를 등 뒤에서 짚었다. 손바닥이 땀으로 끈적거렸다. 어깨뿐만 아니라 얼굴부터 발까지 땀에 온통 젖었다.

"갔는가?"

나는 고개를 끄덕였다. 김진이 의자에서 일어서다가 기우뚱 비틀거렸다. 부축하여 뜰로 나와 나란히 섰다. 아까 던지려던 질문을 고쳐 물었다.

"풍금을 만들고 연주할 줄은 몰랐네. 언제부터 준비한 건가?"

"담헌 선생의 설명을 들은 후부터 관심을 가졌다네. 본격적으로 만들기 시작한 건 3년이 좀 못 되고."

"풍금엔 건장한 사내 여럿이 나무판을 밟아 풀무에 바람을 불어 넣어야 하지 않는가?"

"딴 건 그대로 두더라도 바람을 불어 넣는 방식은 고치고 싶다고 담헌 선생이 말씀하셨다네. 동자의 도움만 받고도 연주가 가능하게 말이지. 비슷한 기기를 만드신 적도 있으이. 그런데 동자도 곁에 두기 어려운 저녁이 잦지 않은가? 해서 그냥 나 혼자 나무판을 미리 눌러 풀무 주머니에 바람을 모아 둔 후 사용하는 방식으로 개선해 보았으이. 소리가 작진 않지?"

"남산 자락 둥지에 날개를 접고 쉬던 새들이 다 깨어났을 걸세. 돈도 시간도 꽤 많이 들었을 텐데, 특별한 이유라도 있나?"

김진은 혜성이 사라진 하늘을 살피며 동문서답을 했다.

"사람이 죽으면 별이 된다고들 하지. 살아 있을 때도 별 하나를 골라 제 이름을 붙여 두는 이도 있고."

"석천 형님은 계절마다 맘에 드는 별을 따로 고르셨어."

"붙박이별이 아니라 혜성에 제 이름을 붙이고픈 사람 이야길 혹시 들어 본 적 있나?"

"있었던 것도 같네만……. 까마득한 옛일이라 가물가물 하군."

어색한 침묵이 흘렀다. 배에서 꼬르륵 소리까지 났다.

"근데 화광! 자네가 연주한 곡은 참으로 혜성과 어울리 더군."

"곡명과 혜성의 이름이 같기 때문일 거야."

"곡명과 혜성의 이름이 같다고? 그 이름이 뭔가? 혹 시……?"

김진이 답하기 전에 떠오르는 이름이 하나 있었다. 그 이름의 주인을 위해서라면, 김진이 수만 냥을 들여 풍금을 만들었다고 해도 지나치지 않다. 김진이 평생 가슴에 품은, 옥(玉)과 같은 첫사랑이기 때문이다.

"주혜(周彗)일세."

"역시 그랬군."

"주혜를 대신하여 76년 만에 그미의 별을 환영하는 조 촐한 자리를 갖고 싶었다네. 다행히 그미와 동갑내기이고 또 벗으로 지낸 자네를 초대할 수 있어 더욱 뜻 깊으이. 고맙네."

주혜란 이름을 김진에게서 들은 것도 반백 년이 훌쩍 지났다. 나는 그의 마음에 어떤 변화가 있었는지 더 알고 싶었다.

"부탁이란 게 대체 뭔가?"

"우린 혜성을 한 달 남짓 관찰할 수 있다네. 그리고 또 76년 동안 먼 우주로 떠나가지. 부탁은 두 가질세."

말을 멈추고 나와 눈을 맞췄다.

"그 일을 소설로 써 주게."

융단 쪽으로 고개를 돌렸다. 확인하지 않고 지나쳐야 할 일도 있다. 백탑파 한 사람 한 사람의 쓸쓸한 이면을 이야기로 모두 옮길 필요는 없다고, 힘들면 관두라고, 이미 쓴 세 편만으로도 충분하다고 충고한 이가 바로 김진이었다.

"나는 더 이상 소설을 쓰지 않기로 했네."

"자네가 절필을 결심한 이율 누구보다도 내가 더 잘 아네. 하지만 자넨 이야기 없인 못 사는 사람일세. 겉으론 붓을 꺾었지만 몰래 이야기를 짓고 있지 않은가?"

"어찌 그걸?"

"이 밤에 주혜란 혜성과 주혜란 풍금 연주곡을 보고 듣지 않았나? 솜씨를 발휘해 주었으면 하네. 평생 우정을 나눈 벗에 대한 배려라도 좋고, 집착을 털어 내지 못한 인간에 대한 연민이라고 여겨도 좋으이. 세책가엔 절대 돌리지 않고 나 혼자만 읽겠네."

백탑파에 관한 이야기를 꽤 많이 써서 소설 상자에 넣어 두었지만, 김진이 방금 말한 사건은 쓰지 않았다. 쓸 수 없었다는 것이 정확한 표현이다. 김진이 먼저 저세상으로 간 뒤라면 모를까. 그가 나의 첫 독자로 남아 있는 동안에는 손을 대기 힘든 부분이었다. 산산이 부서진 재를 모아 봉화를 피워 올리는 일이라고나 할까. 불빛이 강렬한 만큼 재로 돌아갔던 나날이 아플 것이다.

"괜찮겠는가? 담헌 선생을 모시고 우리가 벌인 마지막 일을 쓰게 되면, 주혜 낭자와 자네의 이야길 담을 수밖에 없네."

"바로 그 이야길 써 달라는 걸세."

마음이 흔들린 것은 사실이다. 매혹적인 이야기보다 매설가를 혼돈에 빠뜨리는 것은 없다.

"또 다른 부탁은 뭔가?"

"매일매일 집필한 원고를 내게 보내 줬으면 하네. 혜성이 머무는 동안 소설을 완성시켜 줄 순 없겠는가?"

"그 말은, 한 달 안에 탈고를 하란 뜻인가? 왜 그래야 하는가?"

"혜성이 밤하늘에 빛나는 동안, 자네의 원고를 바탕으로 매일 밤 새로운 연주를 하고 싶어서라네."

순순히 부탁을 들어주긴 싫었다. 내게도 김진에게 죽기 전에 던지고픈 물음이 남았다.

"나도 두 가질 자네에게 요구하고 싶군. 하나는 부탁이고 하나는 질문이라네."

김진이 고개를 끄덕였다.

"부탁은 간단한 걸세. 담헌 선생이 마지막으로 지은 곡을 풍금으로 연주해 주게나."

"묻고 싶은 건?"

"왜 그리 평생 범인들을 잡은 겐가? 줄잡아 100명은 넘는 듯하이. 의기(義氣)라고 하기엔, 추리를 즐겼다고 하기엔 너무나도 그 일에 몰두한 세월이었네. 의금부 도사인 나보다도 더."

쉽게 응하지 않고 그답게 조건을 걸었다.

"자네가 소설을 무사히 마치고 나면 답도 주고 풍금 연주도 함세."

혹 떼려다 혹 붙인 격이다. 김진의 부탁을 받아들일 수밖에 없었다.

혜성은 8월 22일부터 9월 29일까지 38일 동안 밤하늘에 긴 꼬리를 드리웠고, 나는 다시 잠을 줄여 가며 겨우 이야기를 마무리 지었다. 내가 쓴 소설 중 가장 빨리 초고를 마친 작품이다. 김진은 풍금을 위한 곡을 서른여덟 개나 만들고 연주했다. 그 곡들은 비슷하면서도 제각각이었다. 연주하는 김진은 땀을 계속 쏟았지만 듣는 나는 때론 아득하면서도 때론 나른했다. 혜성의 보이지 않는 76년을 상상하게 만들었다. 가고 가고 또 가면서, 무엇에 다가가고 부딪치고 스치고 멀어졌을까. 미세하게 따진다면 단 한순간도 같지 않다. 그 다른 초가 모여 분을 이루고 분이 모여 시를 만들고 시가 모여 일, 월, 연이 되고, 그 연이 일흔여섯 번이나 모인 다음에야 다시 내 눈에 띄는 것이다. 혜성을 닮자면 아주 작은 차이만 둔 채 변하고 변하고 또 변할 수밖에 없다.

김진은 자신이 지은 곡 전체를 「주혜 변주곡」이라고 불렀다. 제법 어울렸다.

76년 만에 돌아온 별로 인해, 일흔 살을 훌쩍 넘긴 늙은이들이 게으름을 자책하며 죽을 둥 살 둥 무엇인가를 열심히 만든 가을이었다. 우스꽝스러워서 더욱 좋았다. 생(生)의 겨울이 두렵지 않을 만큼.

1장

경자년(1780년) 봄.

사라지지 않은 어둠을 밟으며 견평방(堅平坊)으로 갔다. 밤사이 가랑비라도 뿌린 듯 길 곳곳이 질퍽거렸다. 졸린 눈으로 마구 걷다간 개똥 밟듯 발목까지 진창에 빠질 수도 있었다. 인적 끊긴 운종가를 걷노라면 늦봄인 것도 잊고 뒤통수가 싸늘해지곤 했다. 의금부 도사로 흉악범을 잡아들이다 보니 심심찮게 보복을 예고하는 익명 서찰이 날아들었다. 관용구처럼 두 단어가 빠지지 않고 담겼다. 밤길 그리고 뒤통수.

작년 8월에도 필동(筆洞)에 사는 의금부 도사 남재무가 당했다. 집 앞 골목에서 몽둥이로 머리를 맞아 즉사한 것이다. 행인이 드문 야밤도 아니고 어둠이 살짝 깔린 저물 무렵이었다. 남재무는 등에 장검을 비스듬히 멨다. 칼집에서 검을 뽑을 겨를도 없이 당한 것이다. 갑작스러운 최후를 떠안긴 범인은 아직 잡히지 않았다.

의금부에서 사건을 맡아 움직이는 도사는 종육품 참상(參上)이 다섯 종구품 참외(參外)가 다섯, 합하여 모두 열 명이다. 사건의 경중에 따라 나장(羅將)과 군사(軍士)가 배분되었다. 대역죄인 경우는 도사 네댓 명이 합력 조사를 펴기도 하지만, 도사들은 대부분 사건을 홀로 전담하길 원했다. 영광도 혼자 누리고 질책도 혼자 받는 것에 익숙했다.

낮밤 없이 한양과 지방 가리지 않고 범인을 쫓는 일상에서, 도사들이 한자리에 모이기란 무척 드문 일이었다. 의금부 수장인 종일품 판의금부사의 상견례 자리에도, 도사 한둘은 꼭 묵직한 죄목을 앞세우고 당당히 불참을 통보했다. 당상관들도 그런 통보를 크게 문제 삼지 않았다. 조사에 집중하는 것이 상견례보다 백배는 중요하다고 여긴 것이다.

강상죄(綱常罪)* 전문인 참상도사 이순구(李順九)를 마지막으로 열 명이 모두 별실로 들어섰다. 당황한 것은 우리들 자신이었다. 인사도 나누지 않고 새벽 모임의 의미부터

---

* 조선 시대 기본 윤리인 유교 도덕에 어긋나는 죄.

따졌다.

"판의금부사가 밤사이 갈렸는가?"

"숙직을 섰네만 그딴 소식 없었어."

"역도들이 궁궐 담이라도 또 넘은 거야?"

"구중궁궐도 조용해."

"그럼 꼭두새벽부터 도사를 죄다 모은 까닭이 뭐야?"

"나만 부르는 줄 알았지."

"나도 나만."

밀명을 내릴 땐 이목을 피해 야밤이나 새벽에 도사를 불러들이곤 했다. 다들 똑같은 기대를 품었던 듯 험험 헛기침이 잦았다. 맡은 사건을 어디까지 조사했는지는 서로 묻지 않는 것이 관례였다. 인사를 나눈 후 제법 긴 침묵이 흐른 것도, 사건 외엔 할 말이 별로 없는 사내들이기 때문이다. 별실이 좁아 보였다. 어깨를 부딪칠 정도로 방이 작진 않았지만, 열 명의 도사가 어젯밤까지 보고 듣고 살핀 사건들이 여유 공간을 지우고 부수다가 뒤엉켜 흘러넘쳤다.

내 손 안으로 따뜻한 무엇인가가 쓰윽 들어왔다. 이순구가 건넨 시루떡이었다.

"먹어 둬."

"괜찮습니다."

"괜찮긴? 나야 마누라가 있으니 좋으나 싫으나 이것저

것 챙겨 주지만, 자넨 아직 혼자니 제때 개다리소반이라도 차려 먹기 힘들 것 아닌가."

정이 많은 선배였다. 눈귀에 주름이 깊어 가만히 있어도 웃는 상이다. 키가 작고 몸이 호리호리한 대신 발차기에 능하며 눈썰미가 좋고 판단이 정확했다. 수배범들의 초상을 아침저녁으로 들여다보는 것이 유일한 취미였다. 한 번 눈에 익힌 얼굴은 운종가를 가득 메운 행인들 속에서도 가려냈다.

"번번이…… 고맙습니다."

"봄이 가기 전에 집에 한 번 들러. 마누라도 자네가 맘에 드는지 저녁 한 끼 푸짐하게 먹이고 싶다고 하네. 은심이도 잘생긴 아저씬 언제 오나 그러고."

은심(恩心)은 이순구의 외동딸이다. 몇 번 그 집에 놀러 갔는데, 은심이 아저씨! 아저씨! 하며 나를 잘 따랐다.

"형수님께 말씀만으로도 감사하다고 전해 주십시오. 은심이도 많이 컸지요?"

"쑥쑥 자라고 있지. 다행히 날 닮지 않아서 얼굴도 곱다네. 흰소리가 아닐세. 꼭 와. 그건 그렇고, 자넨 아는 거 뭐 없나?"

즉답을 못하고 이순구의 웃는 눈을 쳐다만 봤다.

"두루두루 발이 넓으니 묻는 걸세. 규장각 검서관들과

호형호제하는 사이라며? 전하께서는 또한 규장각을 아끼시고 말일세."

"백탑 아래에서 몇 번 어울렸을 뿐입니다. 형님도 모르는 걸 제가 어찌 압니까? 혹시 형님은 짚이시는 게 있나 싶어 기다리던 중이었습니다. 이렇게 도사 열 명이 다 모인 적이 언제였나요? 제가 온 뒤론 처음이라서."

이순구는 제 몫으로 가져온 시루떡을 입에 털어 넣고 눈을 감은 채 할멈처럼 오물거렸다. 눈주름을 번갈아 잡으며 시간을 거슬러 올라갔다.

"10년쯤 전에 한 번 모였었던가……. 나 빼곤 의금부를 다 떠났으니 확인할 이도 없군그래. 하여튼 모두 모여 얼굴 보니 좋긴 한데 정말 궁금하네. 무슨 일일까? 큰 건이겠지?"

보이지 않는 경쟁이 치열했다. 같은 품계끼리도 겨뤘고, 종육품 고참과 종구품 신참의 대결도 심심찮게 벌어졌다. 도사 하나가 중요한 사건을 마무리하면, 다른 도사들은 관심 없는 척하면서도 공문을 찾아 정독했다. 그들의 활약과 고충은 곧 내게 피와 살이 되었다. 더 끔찍하고 어려운 범죄를 더 빠르고 깔끔하게 해결하고자 애썼다. 문장(文場, 과거 시험장)의 질서를 잡거나 도성 안 화재 진화와 같은 일은 시시한 잡무라며 맡지 않으려 했다. 살인 사건이 가장 인기가 높았고, 고을을 옮겨 다니며 도적질을 일삼는 화적패

추적이나 거상과 담합하여 밀무역을 일삼는 검계 소탕이 아니면 관심을 두지 않았다. 도사들은 재작년 연쇄살인마를 체포한 나를 축하하고 격려하면서도 질투의 눈빛과 몸짓을 언뜻언뜻 내비쳤다. 싫지도 서운하지도 않았다. 나라도 그랬을 것이다.

이 경쟁이 좋았다. 너를 밟아야 내가 올라서는 싸움이 아니라, 이 나라의 가장 악독한 죄인을 누가 누가 많이 잡는가가 평가의 기준이니까. 그 새벽의 묘한 열기도 선의의 경쟁을 펼쳐 온 사내들만이 뿜을 수 있었다. '방각살옥'을 마무리 짓고 훈련도감 별장(別將)으로 옮겼으나 석 달 만에 다시 의금부로 돌아온 까닭도 이 거만하면서도 근사한 분위기가 그리워서다. 죽어라 범인을 쫓는 것 외엔 모든 것이 헛되고 헛되다고 강조하는 곳이 의금부 외에 또 있을까.

판의금부사 조광준(趙廣俊)이 들어왔다. 호조판서를 겸할 뿐만 아니라 영의정 조광병(趙廣秉)의 아우이기도 했다. 키가 크고 어깨도 넓어, 문신이라기보다는 무장(武將)의 풍모를 풍겼다. 마상 무예를 즐기고 궁술에도 능하여, 사대(射臺)에서 전하와 겨룰 유일한 당상관으로 꼽혔다. 도성 안팎의 돈 많고 재주 넘치는 이들과 두주불사(斗酒不辭)에 호형호제하는 것으로도 유명했다. 백탑파 모임에 불쑥 찾아와선 술과 안주를 내고 사라진 적도 있었다. 영의정은 예순네 살 조광병이지만, 조정 중론을 이끄는 실세는 마흔네 살 조광준이라는 소문이 파다했다.

뒤따라 들어온 동지의금부사 강동명(姜東鳴)이 두루마리 족자를 벽에 걸었다. 「조선전도(朝鮮全圖)」였다. 푸른 점이 다섯 개, 붉은 점이 다섯 개 찍혀 있었다. 조광준은 곧바로 이야기를 꺼내지 않고, 도사들이 지도를 충분히 살필 시간을 주었다. 열 개의 점을 보자마자 나도 모르게 입맛을 다셨다. 의금부 도사들을 새벽에 불러들인 까닭을 알아낸 것이다. 조광준이 느리지만 분명한 어조로 이야기를 시작했다.

"해마다 조운선(漕運船) 한두 척이 불의의 사고로 침몰하는 건 자네들도 알지? 하지만 이 지도에서 확인하듯 각기 다른 조창(漕倉)을 출발한 조운선 스무 척이 비슷한 시기에 각기 다른 곳에서 침몰한 것은 올해가 처음일세. 푸른 점은 조운선이 출발한 조창이고 붉은 점은 침몰한 곳이라네."

지도 가까이 다가서서 손으로 짚어 가며 설명을 이었다.

"영남 후조창(後漕倉)을 출발한 조운선은 영암(靈巖)에서, 호남 능주(綾州)의 조세를 실은 배는 부안(扶安)에서, 또 무안(務安)의 조세를 실은 배는 만경(萬頃)에서, 호서의 홍주(洪州)·은진(恩津)의 조세를 실은 배는 고양(高陽)에서, 공주(公州)의 조세를 실은 배는 통진(通津)에서 침몰했다네. 가뜩이나 계속된 흉년으로 민심이 어지러운데, 스무 척의 조운선과 2만 석의 세곡(稅穀, 나라에 조세로 바치는 곡식)이 수장되었으니 큰 변고가 아닐 수 없네. 전하께서는 조운선 침몰 사고와 연관된 관원들의 이직(移職)을 금하고 철저하게 조사하라 명하신 바 있네. 자네들이 이 다섯 군데를 둘씩 짝을 지어 다녀와야겠으이."

"조운선 침몰 사건을 의금부에서 맡아 조사하는 겁니까?"

이순구가 재빨리 물었다. 느긋한 그가 첫 질문을 던졌다는 것은 파헤쳐 볼 만한 사건이란 뜻이다. 다른 도사들도 눈치를 채고 긴장했다. 왕실과 조정에서 쓸 세곡을 훔치거나 일부러 바다에 빠뜨리는 자는 극형으로 다스려 왔다. 나 역시 눈에 힘을 더 실었다. 조광준의 시선이 곁에 선 강동명에게 향했다. 튀어나온 긴 턱을 흔들며 강동명이 반걸음 나섰다.

"아닐세. 조사는 이미 끝났으이. 침몰한 조운선의 사공과 격군을 모두 하옥시킨 뒤 철저히 신문(訊問)하였다네. 조운선을 감독한 조운차사원(漕運差使員)들이 올린 공문을 통해 사고의 전모가 드러났으이."

도사들 얼굴에 실망하는 빛이 어렸다. 요리를 마치고 장작불까지 끈 주방인 셈이다.

"조사를 마쳤다면 우리가 왜 거길 갑니까? 한두 명도 아니고 의금부의 참상, 참외 열 명이 모두 도성을 비운 채 조운선이 침몰한 곳으로 가야만 하는 이유가 궁금하군요."

이순구의 질문에 나를 포함한 다른 도사들도 고개를 끄덕였다. 조광준이 강동명보다 먼저 답했다.

"불순한 무리가 민심을 선동하여 난(亂)을 일으키려 한다는 첩보가 있네. 은밀히 가서 살피고 공문을 올리도록 해. 의심 가는 자가 있으면 잡아들이도록 하고. 『정감록(鄭鑑錄)』을 비롯한 요망한 비기(秘記)를 신봉하며 민심을 어지럽히다가 달아난 자들의 명단과 초상은 따로 챙겨 나눠 주도록 하겠네. 4년 전 신왕 즉위와 함께 각 고을마다 이미 배포되었지만, 그사이 수배자가 스무 명이나 늘었네."

이순구가 물었다.

"『정감록』과 관련하여 흉인(凶人)을 잡아들이는 일은 참상도사 정수담(鄭首潭)이 맡아 왔지 않습니까?"

좌중의 시선이 이순구 앞에 앉은 정수담에게 쏠렸다. 이순구와 동갑으로 도사 중 최고참이자, 7척 장신을 이용한 봉술에 능했다. 당상관들의 답을 기다리지 않고 정수담이 불만을 얹었다.

"마음에 들지 않으시면 문책하십시오."

조광준이 설명했다.

"정 참상이 부족해서가 아닐세. 혁혁한 공을 세워 왔음은 자네들도 알 걸세. 100명이 넘는 흉인을 잡아들였으니까. 앞으로도 왕실을 비난하고 헛된 참언을 일삼는 자들을 색출하는 일은 계속 정 참상에게 맡길 거야. 다만 조운선이 침몰한 곳으로 몰래 숨어든 흉인이 없는지 이 기회에 찾아보잔 뜻이었어. 오해 말게나. 오늘 모임은 이 정도로 마칠까 하네만……?"

조광준이 동의를 구하듯 도사들을 두루 훑었다. 원하는 일을 강하게 밀어붙이기로 유명한 사람이었다. 호조에서라면 명령만 내리고 회의를 열지도 않았으리라. 새벽에 의금부 도사들을 불러 모았으니 이 정도의 대화나마 허락한 것이다. 내리막길의 수레를 다시 붙든 이는 나였다.

"첩보란 게 구체적으로 어떤 건가요? 침몰한 다섯 군데 전부 의심스럽다는 겁니까?"

질문이 많을수록 불쾌하게 여긴다는 풍문은 들었으나, 명령의 맥락을 좀 더 파악하고 싶었다. 이순구가 응원하듯 고개를 힘껏 끄덕여 줬다. 조광준이 나와 눈을 맞춘 후 되물었다.

"요즘도 백탑의 달빛을 자주 밟으러 가는가?"

백탑파의 걸물에 섞인 나를 기억해 둔 것이다. 방금 내가 던진 물음과는 무관하다. 마음이 상했단 표시다.

"올해 들어선 모임 자체가 거의 열리지 않습니다. 규장각 초대 검서관으로 뽑힌 네 사람은 서책 더미에 파묻혀 지내느라 바쁘고, 외직으로 나간 이도 있고 하여…….."

"그러한가? 다음에 혹시 모임을 가진다면 미리 귀띔해
주게."

환영받지 못할 불청객임을 정녕 모르는 걸까. 백성들은
판의금부사와 마주 앉는 것 자체가 두렵다.

"알겠습니다."

조광준이 도사들을 다시 살핀 뒤 내 물음에 답했다.

"누가 어떤 첩보를 주었는가를 지금 밝힐 순 없네. 여러
분이 조운선에 세곡을 싣고 출항한 고을과 배가 침몰한 바
다를 확인하고, 민심을 살펴 올린 공문을 수합한 뒤, 필요
하면 그때 첩보를 공개하지. 자, 시간이 없으니 오늘 중으
로 떠나도록 해. 참상과 참외를 묶어 조를 짜고 조별로 맡
을 사건은 알아서들 정해 올리도록."

조광준과 강동명, 두 당상관이 자리를 떴다. 조사는 말
고 민심만 살피라니, 도사들 얼굴엔 불만이 가득했다. 도사
열 명을 동시에 지방으로 보낸 적은 건국 후 처음이었다.
이미 명이 내렸으니 따를 수밖에 없었다. 나는 밀양 후조
창을 출발하여 영암 앞바다에서 침몰한 사건을 맡겠다고
자원했다. 영암 앞바다면 전라우수영에 속한다. 오대조인
이억기 장군이 목숨을 걸고 지켜 낸 바다이기도 했다. 이
순구가 슬쩍 내게 붙었다. 나도 다섯 명의 참상 중 가장 친

한 그와 남도 출장을 떠나고 싶었다. 집에 가서 간단한 채비를 갖춘 후 정오에 숭례문에서 만나기로 하고 의금부를 나왔다. 먹구름이 거지 떼처럼 몰려들어 남산을 허리부터 짓눌렀다. 어둠이 겨우 걷힌 아침이었다.

백탑파가 저마다 분주하여 모이지 않는다고 조광준에게 답했었다. 열 명이 넘는 모임은 드물지만, 서넛 씩 어울려 합주를 하거나 천문 기기로 실험하고 한양 근교에 등산과 뱃놀이를 다녀오는 경우는 적지 않았다. 조광준은 관심을 두고 챙겨야 하는 사사로운 모임 중 하나로 백탑파를 언급했을지도 모른다. 연암 선생과 담헌 선생을 중심으로 문인과 화가와 악공과 무인 그리고 천문 지리에 능한 이들까지 어울리는 자리가 흔하진 않다. 연경의 최신 유행을 알려면 백탑 아래로 가 보라는 풍문까지 돌 정도였다.

나는 조광준이 백탑파를 기웃거리는 것을 원치 않았다. 한 번 모임을 시작하면 두 분 선생부터 김진이나 나처럼 갓 스물을 넘긴 젊은이까지 할 말 못할 말이 없었다. 자유롭게 뜻을 밝히고 고민을 털어놓으며, 때론 붓으로 때론 거문고로 때론 춤과 노래로 시절에 대한 불만을 저마다의 감각으로 선보였다. 지금은 조광준이 호의(好意)를 표시하지만 몇몇 대화만 붙잡고 시비를 걸어도 의금옥에 백탑파를 가둘 수 있다. 처음엔 나도 백탑파로부터 비슷한 의심을 샀다. 의금부 도사가 이 모임엔 웬일이냐는 시선이 자못 냉랭하고 날카로웠다. 형님처럼 따르던 야뇌(野餒) 백동수가 없었더라면 자리를 박차고 나왔을지도 모른다.

나는 곧장 이재성의 집으로 갔다. 연암 선생의 처남이다. 선생은 서재에 틀어박혀 지도를 살피느라 바빴다. 한양에서 연경까지의 여정이 상세하게 기록된 「입연정도도(入燕程途圖)」였다. 서안 아래에는 노가재 김창업이 임진년(1712년) 연경을 다녀온 후 남긴 『노가재연행록(老稼齋燕行錄)』을 비롯한 연행록이 수북했다.

지도를 보는 선생의 두 눈이 먹이를 노리는 호랑이처럼 빛났다. 안광(眼光)이 세기로 유명했지만 연경에 관한 이야기를 보거나 들을 땐 더더욱 눈에 힘이 실렸다. 순식간에 방향을 비트는 골짜기의 바람이라고나 할까. 눈썹 살짝 내리고 입귀 쓰윽 올리는 것만으로도 슬픔이 기쁨으로 바뀌고 분노가 평안으로 자리 잡았다. 선생을 함께 뵙고 나서도 당신의 기분을 정반대로 해석하는 경우가 잦았다. 얼굴 중 어디를 중심에 두고 보느냐에 따라서, 슬픔과 기쁨이 뒤섞이고 분노가 평안에 녹아들었다. 많은 이야기를 듣고도 침묵에 잠긴 기분이었으며, 잠시라도 마음을 놓으면 낯선 방향에서 칼 같은 질문이 날아들었다. 선생은 두루마리지도를 양손으로 받쳐 들고 내게 물었다.

"약속한 때가 아침이었는가? 나는 저녁이라고 중존(仲存, 이재성의 자(字))에게 전해 들었네만."

"저녁에 뵙기로 했는데, 제가 급한 공무로 하삼도에 갈 일이 생겼습니다."

"화광도 함흥차사고 자네마저 없으니 『간정동필담(乾淨衚筆談)』은 나 혼자 읽어야겠군."

『간정동필담』은 담헌 선생이 연경 간정동에서 한족(漢族) 문인인 엄성(嚴誠), 반정균(潘庭均), 육비(陸飛)를 만나 우정을 나눈 기록이다.

"송구합니다."

"아닐세. 한창 바쁠 때지. 나 때문에 귀한 시간 뺏긴 건 아닌지 모르겠어."

연암 선생은 5월에 드디어 연행(燕行)을 떠날 예정이었다. 담헌 선생이 을축년(1865년)부터 병인년(1866년)까지 연경에 다녀온 후 형암(炯庵, 이덕무) 형님과 초정(楚亭, 박제가) 형님이 재작년 유리창 구경을 하고 왔다. 두 형님을 위한 송별연은 물론이고 환영연도 열렸다. 연암 선생은 누구보다도 열심히 그들의 연행 소감을 들었고, 또 그들이 기록한 여행기를 탐독했다.

선생이 처남 집에 잠시 기거하는 것은 홍국영과의 악연

때문이다. 전하께선 세손 시절부터 홍국영을 가까이 두고 아끼셨다. 홍국영은 자신의 여동생을 후궁으로 넣어 왕자를 생산하고자 애썼다. 강직한 연암 선생 눈에 그와 같은 작태가 곱게 보일 리 없었다. 몇 번의 모임에서 홍국영을 비판한 말이 돌고 돌아 당사자의 귀에까지 들어간 것이다. 홍국영의 세도가 하늘을 찌를 시기였던지라, 백탑의 여러 벗들은 선생에게 한양을 떠나 은거하시라 권했다. 야뇌 형님은 연암 선생이 지낼 만한 고을을 함께 둘러보기도 하였다. 선생은 재작년 한양 생활을 접고 황해도 연암협으로 이사했다. 세도가로부터 화를 입을까 염려하여 도망치듯 도성을 벗어날 것을 상상이나 했겠는가. 울분의 나날이었다.

영원할 것 같던 홍국영의 세도도 작년 9월 갑작스럽게 꺾였다. 선생은 당장 한양으로 이사하진 않고 신중하게 처신했다. 홍국영을 아낀 이도 전하셨고 내쫓은 이도 전하셨다. 불현듯 다시 홍국영을 복귀시키지 말란 법도 없었다. 그때부터 선생은 한양에 오면 처남에게 신세를 졌다.

조선 사람이 연경을 구경하는 방법은 오직 두 가지다. 하나는 담헌, 형암, 초정 세 사람처럼 사행단(使行團, 사신행차단)의 일원으로 참가하는 것이다. 출발 일시가 정해져 있고, 맡아야 할 공무가 있으며, 연경을 오가며 지나치는 고을 외에 다른 곳을 구경하긴 어려웠다.

또 하나는 몰래 국경을 넘나드는 것이다. 밀무역은 나라에서 금하는 무거운 죄였다. 밀수품을 들여오다가 붙잡히면 감옥에서 평생 썩거나 목이 달아나기도 했다. 화광 김진은 책을 사고파는 서쾌(書儈)로 어려서부터 이름이 높았다. 탐서가들이 서목(書目)만 대면, 연경 유리창의 즐비한 서점 중 어느 서가에 그 책이 꽂혀 있는가를 설명할 만큼 발이 넓고 암기력이 출중했다. 1년에 두어 번 씩, 짧게는 두 달 길게는 서너 달을 사라졌다가 돌아오곤 했다. 십중팔구 귀한 서책을 구하러 연경에 간 것이다. 갈 때마다 소달구지 서너 개를 채울 만큼 많은 서책과 천문 관측 기기를 구입했다. 숱하게 국경을 넘었지만 붙잡힌 적은 없었다.

삼종형(三從兄, 팔촌 형)인 만보정(晩葆亭, 박명원*의 호) 선생으로부터 함께 연행을 떠나자는 귀띔을 받은 후, 연암 선생은 가장 먼저 김진에게 연락을 넣었다. 연경까지 다녀오는 여정을 단 하루도 허투루 낭비하고 싶지 않았던 것이다. 그 길에 관한 연행록들을 함께 미리 검토하자고 제안했다. 물론 선생은 앞서 언급한 세 사람뿐만 아니라 여러 연행록을 거듭 읽고 중요 대목만 따로 옮겨 두기까지 했

---

* 조선 후기 영조와 정조 때의 문신. 영조의 딸인 화평옹주의 남편으로 금성위에 봉해졌다. 연암 박지원의 팔촌 형이며 건륭제의 천수제(70세 생일) 때 사행단을 총지휘하여 열하를 다녀왔다.

다. 하지만 백문이 불여일견이라! 연경을 여러 번 오간 김진을 통해 생생하고 소상히 그 길을 파악하려 했다. 김진은 흔쾌히 선생의 부탁을 받아들였고 나까지 끼워 넣었다.

나 역시 이번 건륭제의 일흔 번째 탄신일을 경축하는 진하별사(進賀別使)의 일원으로 내정되었다. 사행단에는 의금부 관원이 꼭 한두 명씩 포함되었다. 연경을 오가는 동안 사행단을 은밀히 감찰하고, 조선에 대한 청나라의 정치적, 군사적 동태를 파악하는 것이 중요한 임무였다. 이번엔 이순구와 내 차례였다. 연암 선생만큼은 아니지만 나 역시 들떠 있었다. 연경은 단순히 청나라의 도읍지만은 아니다. 세상의 모든 문물이 모여드는 큰 고을인 것이다. 조공을 바치는 유구(琉球, 오키나와) 안남(安南, 베트남), 섬라(暹羅, 태국), 소록(蘇祿, 인도네시아), 남장(南掌, 라오스), 면전(緬甸, 미얀마)뿐만 아니라, 회회국(回回國, 위구르), 달자(韃子, 몽고), 대비달자(大鼻韃子, 러시아) 사람들까지 만날 기회였다. 연경은 중원을 넘어 드넓은 세상과 이어진 문이었다.

이미 두 번 모임을 갖고 『북학의』에 관하여 이야기를 나누었다. 내편(內篇)의 「장사〔商賈〕」 부분을 다각도로 살피고 오래 논의했다. 조선의 사대부는 놀고먹을지언정 농사나 장사를 맡지 않는데, 청국 사람은 가난해지면 주저하지 않고 장사를 시작한다는 것이다. 장사꾼이라 하여 그 풍류와 명망이 훼손되진 않는다. 이것은 청나라의 풍습이 아니라 송나라와 명나라 때부터 그러했다고 적었다. 조선에서는 빈털터리 사대부도 차양 넓은 갓에 넓은 소매를 하고 하는 일 없이 쏘다니며 큰소리만 치는데, 이는 떳떳하게 장사하는 행위보다 못하다고도 했다. 정말 청국 사정이 그러한지 내 눈으로 확인하고 싶었다.

오늘부터는 담헌 선생의 『간정동필담』을 읽어 나갈 예정이었다. 그런데 김진이 급한 용무가 있다며 한 달 남짓 도성을 비웠다. 사람을 보내 오늘쯤 귀경하겠다고 해서 약속을 잡았는데, 이번엔 내게 공무가 생긴 것이다.

"혹시 화광이 밤에라도 오면 저 빼고 『간정동필담』을 검토하십시오. 따로 챙겨 가서 읽겠습니다."

"마침 오늘 새벽에 화광에게서 기별이 왔다네. 당분간은 어렵겠다는군. 국경을 넘은 것 같진 않은데 말씀이야…….이 서책을 쓴 담헌은 정월에 태인현감에서 영천군수로 자리를 옮겼고, 연경에 갈 때마다 간정동에 숙소를 잡는다는 화광마저 없으니, 아무래도 다음을 기약해야 하겠으이. 화광의 설명은 귀에 쏙쏙 들어오고 참 좋은데 말씀이야, 아쉽군."

선생의 시선은 지도 위로 다시 옮겨 가서, 구련성과 봉황산 사이 책문(柵門) 즈음에 머물렀다. 청나라로 들어서는 관문이었다. 마음은 벌써 연경으로 치닫고 있는 것이다. 내 마음도 선생과 다르지 않았다.

사실 나는 어젯밤 『간정동필담』을 완독했다. 이번 사행이야말로 견문을 넓힐 필생의 기회라며 노심초사하는 연암 선생의 영향일까, 굶어도 주리지 않았고 누워도 졸리지 않았다. 군데군데 흐릿한 대목이 있었다. 담헌 선생이 어머니를 위해 지은 언문 여행기 『을병연행록』을 곁에 두고 대조하며 읽어도 마찬가지였다. 담헌 선생이 한어(漢語, 중국어)를 익히긴 했지만, 자유롭게 학문을 논할 수준은 아니었기에 필담에 주로 의존했다. 청나라에 대한 한족(漢族)의 입장을 따지는 선생의 질문에는 엄성도 반정균도 육비도 말을 아꼈다. 선생은 허심탄회하게 이야기를 나누자고 제안했고 그들도 동의했지만, 우정만으로는 부수기 힘든 벽도 있었다. 선생은 그 부분을 때론 웃음으로, 때론 거문고 연주나 시로 부드럽게 누구도 마음을 다치지 않는 선에서 지나쳤다. 선생은 벗들의 표정을 보며 말투를 바꾸고 단어를 골랐겠지만, 내 앞엔 작은 서책뿐이었다. 답답했다.

화광이라면 어찌 설명할까. 간정동 골목골목을 백지에 그려 가면서 특이한 지붕이나 대문부터 묘사할 것이다. 풍광이 떠오르지 않으면 한 문장도 나아가기 힘들다고도 했다. 매설가의 습성이다. 대체 이 친구는 또 어디를 헤매는 걸까. 정말 호랑이 같다. 혼자 다니고, 정착하지 않고 떠돌며, 집요하게 실마리를 쫓고, 일격에 상대를 때려눕히는.

"하삼도라면 어느 고을로 가는가?"

"전라도는 영암 쪽이고 경상도는 밀양 인근입니다."

의금부 도사는 자신의 행로를 밝히지 않는다. 처자식에게까지 비밀로 하는 것이 원칙이다. 그러나 스승인 연암 선생에게까지 원칙을 지키고 싶진 않았다. 모든 원칙엔 예외가 있는 법이다. 선생은 짚이는 대목이 있는 듯 고개를 끄덕였다.

"역시 조운선 침몰 때문이로군. 재조사인가?"

"아닙니다."

"아니면? 의금부가 뒤늦게 나설 까닭이 없지 않아?"

"우선은 둘러보려 합니다. 혹시 께름칙한 부분이라도 있습니까?"

"흉흉한 소문이 돌긴 해."

"무슨?"

"정 도령 짓이란 게지. 서해의 진인이 바람과 파도를 부려 조운선들을 모두 가라앉혔다는."

"정 도령이 무슨 홍길동입니까? 다섯 군데에 떠 있는 조운선 스무 척을 한꺼번에 침몰시키다뇨?"

"아니라면 뭔가?"

"예?"

"조운선들이 바람도 없고 파도도 높지 않은 다섯 군데에서 한꺼번에 침몰했다는 주장보단 정 도령 얘기가 나은 걸. 하여튼 사고가 일어난 고을들이 여전히 시끄러운가 보네? 조운차사원 정도론 해결하기 어려울지도 몰라. 연이은 흉년에 쌀 한 톨 얻기 힘든데, 세곡 2만 석이 바다에 빠져 버렸으니 말일세. 의금부가 나서 볼 만한 사건 아니겠나?"

"그, 그렇군요."

판의금부사 조광준은 재조사 대신 민심만 살피고 오라 했다. 그러나 조창이 있는 고을과, 배들이 침몰한 고을에 정 도령과 서해 진인에 관한 흉문이 널리 퍼졌다면, 철저한 조사가 뒤따라야 한다.

"연행 준비는 얼마나 했는가?"

"준비랄 게 뭐 있습니까?"

"만만하게 보지 말게. 성경(盛京, 심양)과 산해관(山海關)을 거쳐 연경을 다녀오는 게 만만한 여정이 아닐세. 사행단 중 꼭 한둘은 병에 걸리거나 다쳐서 중도에 낙오한다네. 시일이 촉박하니 완치를 기다릴 수도 없어. 자고로 여행에서 제 몸은 자기가 챙겨야 하는 법이야."

"명심하겠습니다."

"밀양으로 간다니 부탁 하나만 들어주게나."

"뭐든지 말씀하십시오."

"공무 다 마치고 여유가 생기거든 영천에 들러 주게."

"담헌 선생을 뵈란 말씀이시지요? 그렇지 않아도 가서 인사를 여쭈려고 했습니다."

"내 미리 사람을 영천으로 보내 기별해 두었으이. 담헌 에게서 서찰 하나만 받아다 주게."

"알겠습니다. 다녀오겠습니다."

예를 갖춘 후 집으로 가서 간단히 짐을 챙겨 숭례문으로 향했다. 표창은 서함(書函)에 두고 장검만 챙겼다. 검술에 더욱 매진하란 백동수의 충고를 따르기 위함이었다. 봄볕 은 따사롭고 바람은 은은했다. 양달에 앉아 담뱃대를 느긋 하게 문 노인들은 오늘 일을 내일로 미뤄도 그만이고 내일 일을 글피로 돌려도 상관없다는 듯 졸았다. 아이들은 나무 든 담이든 장독대든 오를 만한 곳이면 어디든 올라가서 소 리를 지르며 깔깔댔다. 삼삼오오 모여 이야기꽃을 피우는 장사꾼도 유독 많았다. 바삐 걸음을 옮기는 이는 나뿐이었 다. 범인을 쫓을 때 마음과 민심을 살피러 갈 때 마음은 확 실히 차이가 났다. 전자라면 촌음을 아껴 곧장 달렸을 텐 데, 후자를 맡으니 걸음이 느려지고 주변 풍광이 자꾸 눈 에 밟혔다. 이순구가 반갑게 맞아 주었다.

"그거, 서책인가?"

내 봇짐이 무거워 보인 걸까.

"『간정동필담』입니다, 담헌 선생이 쓰신."

이순구가 턱을 치켜들었다.

"하나만 충고하지. 미리 공부하지도 말고 여행하며 기록하지도 마. 연행록, 나도 몇 권 읽어 봤네만 다 거기서 거기야. 차라리 청나라 짐꾼들과 어울려 독주를 들이키는 게 훨씬 나아."

"그래도 뭘 좀 알아야 구경을 제대로 할 것 아닌가요?"

혀를 끌끌 찼다.

"고작 한 번 다녀오고 연경을 떠드는 것 자체가 어리석어. 난 세 번이나 다녀왔네만, 아직도 청나라가 얼마나 어마어마한 나라인지 가늠이 안 돼. 시장에서 파는 야채나 과일이 몇 종류나 되는지도 모르겠고, 봄 시장 여름 시장 가을 시장 겨울 시장 다 제각각이지. 야채나 과일만 그런 줄 아는가? 주점의 술들 또한 헤아릴 수 없이 많다네. 한양만 한 고을이 몇 개나 있냐고 물었더니 100개는 넘을 거라더군. 생각해 보게. 한양이 100개인 나라를 상상할 수 있겠나? 그러니 처음엔 아무 생각 말고 즐겨. 잘 모르는 것이 있더라도 이 형님만 믿고 뒤꽁무니를 따라오면 돼. 알겠는가?"

"예. 근데 지난 연행에서 형님이 큰 고생을 하셨단 얘길 전해 들었습니다만……."

"무슨 고생?"

"대취하여 곯아떨어지는 바람에 사행단을 놓쳐 사흘을 꼬박 혼자 걸어가셨다면서요?"

이순구가 코를 킁킁거리며 둘러댔다.

"잠시 뒤처진 건 맞네. 하나 그건 독주 때문이 아니야. 산해관으로 들어서자마자 눈웃음을 보내던 기생 하나가 자꾸 만리장성을 쌓고 가시라 청하는 바람에, 가여운 계집에게 은덕이나 베풀자며 응했지. 한 번이 두 번이 되고 두 번이 열 번이 되어 늦은 걸세. 오해 말게."

"그 여인과는 어찌 되었습니까?"

"정들자 이별! 기다리겠노라며 얼마나 징징 짜며 쫓아오던지, 떼어 놓느라 혼쭐이 났네그려."

"이번에도 산해관을 지날 테니, 찾아보는 건 어떻겠습니까?"

이순구가 선선히 답했다.

"그러지 뭐."

"약속하셨습니다?"

웃으며 충고했다.

"자네를 아끼니 특별히 하나만 알려 주겠네. 잊지 말고 외우도록 해. 연행에선 어떤 약속도 하지 않는 법이야. 왜냐? 도원결의를 해도 지키지 못할 상황이 하루에도 예닐곱

개씩 생겨나니까. 약속에 얽매이다 보면 연행을 마치지 못해. 오늘 내 앞에선 괜찮지만, 연행을 시작하면 누구에게도 약속을 강요하진 말게. 약속을 하더라도 지키려고 애쓸 필요가 없어. 연행을 오간 이들 사이에선 즐겁게 받아들이는 속언이 있다네. '약속대로 다 되면 그게 연행일까?' 허허허."

숭례문을 지난 뒤 역참에서 말을 받아 타고 남쪽으로 달렸다. 맞바람이 심해 허리를 바짝 숙이고 모자를 깊이 눌러썼다. 빗방울이 기어이 뺨을 때렸다. 한양에는 오늘 하루 꽤 많은 봄비가 내릴 듯했다.

귀경할 때까진 영암과 밀양을 돌아보는 데만 마음을 쏟기로 했다. 연행에서 누구를 만나든 약속을 말라고 하니 더욱 구미가 당겼다. 어울리는 오늘만 중요할 뿐 내일 일은 모르겠단 뜻이지 않은가. 멋지게 연행을 다녀오리라 새삼 마음을 다잡았다.

2장

한양에서 영암까지 820리 남행은 평화로웠다.

판의금부사의 명을 받은 어둑새벽엔 살짝 긴장도 했다. 그러나 전라도 경계로 접어든 후, 장성을 출발하여 나주를 거쳐 멀리 월출산이 웅장한 산세를 드러낼 즈음부턴 고삐를 늦춰 속도를 줄였다. 행인은 물론이고 역참 관원도 조운선엔 관심이 없었다. 침몰 자체를 모르는 이가 열에 아홉이었다.

"내 이럴 줄 알았다니까. 나릿나릿 가세. 빨리 가 봤자 반겨 줄 이도 없으니."

이순구의 예측은 정확했다. 영암 읍성 서문을 통해 관아에 도착하여 소속을 밝혔음에도 불구하고 아전들 표정은 무덤덤했다.

"금부(禁府)에서 이 남쪽 바다 끝까진 무슨 용무래요?"

"걸음마 뗀 후 의금부 도사 나리는 처음 뵙습니다. 다들 거구라 들었는데 꼭 그런 건 아닌가 봅니다요."

"올해는 산적도 없고 해적도 없고 호랑이들도 잠잠합죠."

먹살잡이부터 하고 싶었으나, 경험 많은 이순구는 오히려 느물거렸다.

"영암 관아엔 자네들뿐인가? 군수는 월출산 봄꽃 나들이라도 가셨어? 우리도 용무가 많은 사람들인데, 군수가 아니 계시면 딴 고을로 가겠네. 행여 한양 소식을 듣지 못하였다고 그대들이 꾸지람이나 당하지 않을까 걱정이군."

아전들이 비로소 꽁지 빠진 새처럼 바삐 움직였다. 한 패는 군수에게 알리기 위해 가고 다른 패는 두 손을 모은 채 좋은 말로 우리를 달랬다. 이순구는 실없는 농담을 주고받으며, 영암에서 가장 노래 잘하고 춤 잘 추는 기생이 누구인지, 싸고 맛난 음식이 푸짐한 가게가 어디인지 알아냈다. 내가 도끼눈을 뜨지 않았다면 그들을 앞장세워 낮술을 마시러 갔을지도 모른다.

'지극히 평화롭습니다.'

공문도 이 한 줄이면 끝날 상황이었다. 하루쯤 대취한대서 문제 될 것도 없었지만 고을 수령과 만나기 전에 술추렴부터 할 순 없었다. 나는 영암군수와 인사한 뒤 쉬어도 쉬자며 눈을 흘긴 뒤 동문 쪽 객사로 향했다.

"같이 가세. 뭐가 그리 급한가?"

이순구가 종종걸음으로 따라붙었다. 냉정하게 끊었다.

"농담이나 섞으려고 내려온 게 아닙니다."

"다 먹고살자고 하는 짓 아닌가? 전라도 하면 자고로 흥 많고 맛 좋기로 소문이 자자하다네. 고을 사정을 훤히 꿰고 조몰락거리는 이들이 바로 아전일세. 나 혼자 즐기자고 건넨 농담인가? 독수공방 외로운 자넬 달래려 세 치 혀를 열심히 놀린 이 내 맘을 정녕 모르겠어?"

미워하기 힘든 선배였다. 임무를 상기시키는 쪽으로 마음을 고쳐먹었다.

"영암군수가 호조와 선혜청에 올린 공문은 검토하셨지요?"

역참에서 말을 갈아타거나 숙식할 때, 조운선 침몰 관련 공문을 내가 먼저 읽고 넘겼다. 그때도 이순구는 나중에 읽겠다며 공문을 개다리소반 아래에 두거나 베개 밑으로 밀어 넣었다.

"영암군수뿐만 아니라 조운선이 출발한 후조창의 밀양부사와 제포 만호 글까지 다 찾아 읽었으니 걱정 마. 그리고 명방이!"

갑자기 내 이름을 불렀다. 고개를 드니 자못 심각한 표정으로 말했다.

"도박판처럼 끗발이 좋아 종육품 참상도사에 올랐다고 생각하진 말게. 내 일은 내가 알아서 할 테니 자네 몫이나 챙겨."

열 명의 도사 중 이순구의 실적이 언제나 으뜸이었다. 내가 그 자존심을 건드린 것이다.

"알겠습니다. 미안합니다. 형님!"

허리 숙여 과장되게 사과했다. 이순구가 팔꿈치를 잡아 일으켰다.

"이러면 내가 미안하잖아. 우리 사이에 그 정도 얘긴 오 갈 수 있지. 일을 맡으면 딴생각 않는 건 참외도사 이명방 의 특장점이야. 자네다워."

"의금부 으뜸 도사, 형님다우십니다."

호쾌하게 웃었다.

참상도사와 참외도사의 차이를 묻는다면 긴장감이라고 답하겠다. 참외도사는, 나를 포함하여, 항상 어깨에 힘을 주고 신경을 곤두세웠다. 참상도사는 쉴 땐 끝없이 풀어지 고 일할 땐 무섭게 집중했다. 놀 때 보면 흉악범을 잡아들 이는 의금부 도사의 눈빛이 아니다. 철부지가 따로 없었다.

영암군수 안명중(安明中)은 잠깐 스쳐도 잊기 어려운 얼 굴이었다. 이마와 턱에 커다란 점이 하나씩 박힌 것이다.

이마를 조금만 찡그려도 턱의 점까지 동시에 움직였다. 아무리 슬픈 표정을 지어도 웃음부터 강요하는 인상이었다. 짧은 혀에 말까지 더듬었다.

"지난 4월 5일 영암 앞바다에서 일어난 조운선 침몰 사건 때문에 왔습니다."

"다, 다 끝난 일 아니오? 그, 그리고 사고를 낸 조, 조군 (漕軍), 그러니까 사공(沙工, 선장)과 격군(格軍, 선원)들은 모두 밀양으로 압송되어 갔소. 궁금한 게 이, 있으면 밀양으로 가오."

이순구가 내게 눈짓을 보냈다.

"조운선이 침몰할 경우, 조군들을 일단 배가 출발한 곳으로 옮겨 신문하는 건 저희도 잘 압니다. 최소한 반년 길게는 3년까지 사건을 신문하니, 모르긴 해도 그 녀석들 밀양 감옥에서 고생을 제법 많이 하고 있을 겁니다. 저흰 조군을 만나려고 여기에 온 게 아닙니다."

"그, 그럼 무엇 때문에 오셨소?"

이순구가 슬쩍 넘겨짚었다.

"증열미(拯劣米)는 얼마나 건졌습니까?"

증열미란 난파한 조운선에서 건져 올려 말린 쌀이다.

"저, 전혀 없소."

내가 참지 못하고 끼어들었다.

"없다니요? 조운석 한 척에 싣는 세곡이 1000석(石)*이 넘습니다. 그게 다 수장되었단 겁니까? 침몰한 배에서 수십 혹은 수백 석은 건져 왔지 않습니까?"

증열미는 조운선이 난파한 고을 백성이 건져 쓰고 이듬해 새 쌀로 갚는 것이 나랏법이다. 그런데 바다에 빠진 쌀을 건진 후 쪄 말리는 과정에서 세곡의 상당량이 줄어들뿐만 아니라 맛도 떨어지는 탓에, 백성들은 되도록 증열미를 받지 않으려 했다. 안명중이 탁자에 쌓아 둔 문서를 뒤적여 맨 아래 공문 하나를 끄집어냈다.

"이, 읽어 보시오. 이진진(梨津鎭) 만호 강부철(姜副鐵)과 어란진(於蘭鎭) 만호 백보숭(白普崇)이 연명으로 올린 글이라오. 조운선 열다섯 척을 호위하여 진도 우, 울돌목을 지나 등산진(登山津)까지 왔소. 거기서 배 두 척이 갑자기 침몰하였다오. 다행히 조군들은 전원 구조하였으나 침몰한 배에선 쌀 한 석 건지지 못하였다고 했소."

그 문서 또한 이미 읽었다. 안명중이 선혜청에 올린 공문에 첨부되었던 것이다. 이순구가 부드럽지만 핵심을 짚어 확인했다.

---

* 한 되는 1.8리터, 한 말은 18리터, 한 석 혹은 한 섬은 180리터다. 쌀 한 석은 144킬로그램, 보리 한 석은 138킬로그램 정도다.

"혹시 나중에라도 건진 것이 정말 없습니까?"

"어, 없소. 못 믿겠으면 뒤져 보오. 고(庫)를 열어 드리리다."

이순구가 미소를 지으며 물러섰다.

"아닙니다. 됐습니다. 특이한 일이지만 사실이니 받아들여야겠지요."

생각 같아서는 강부철과 백보숭, 두 만호를 소환하여 얼굴을 보고 따져 묻고 싶었다. 그러나 이순구는 우리가 영암에 온 이유를 상기시키듯 안명중에게 물었다.

"혹시 그 소문 들으셨습니까, 서해 섬나라에서 군대가 온다는?"

"그, 금시초문이오."

"그렇습니까? 한양뿐만 아니라 서해 쪽 크고 작은 고을에선 그 군대를 기다리는 불량한 무리들이 적지 않다고 합니다. 정씨 성을 가진 진인이 나라를 바꾼다나 어쩐다나……."

안명중의 표정이 심각해졌다.

"『정감록』 말이오?"

"맞습니다. 아시네요. 혹시 그 서책 읽으신 적이……."

"크, 큰일 날 소리 마시오. 난 공맹의 가르침만 따르고 있소이다. 잡술엔 누, 눈도 돌리지 않소."

"영암이 남쪽 끝자락이라 아직 잡인들이 세를 펼치지

않은 듯합니다. 장검과 장창으로 무장한 극히 위험한 무립니다. 잘 생각해 보세요. 정말 낌새가 전혀 없습니까?"

"오면서 보, 보셨지 않소? 전혀 없소."

잠시 침묵이 맴돌았다. 이럴 때 이순구의 눈빛은 들개를 닮았다. 상대의 목덜미를 물어뜯을 듯도 하고 그냥 지나칠 듯도 하다. 무심한 살기(殺氣)라고나 할까.

"전혀! 그렇군요. 감사합니다. 그런데 영암엔 봄에 자랑할 만한 별미가 뭔가요?"

안명중은 결국 한양에서 내려온 의금부 도사들을 위해 숭어〔秀魚〕, 어란(魚卵), 전복(全鰒), 해삼(海蔘)이 그득한 저녁상을 내와야 했다. 어차피 밀양으로 오늘 출발하긴 늦었기 때문에, 나 역시 참상도사의 즐거운 만찬을 막진 않았다. 술이 술술 넘어갔다. 이순구는 대취했지만, 나는 청주한 잔만 마시곤 객사로 돌아와서 『간정동필담』을 재독했다. 새벽녘 잠들 때까지도 이순구의 이불과 요는 비어 있었다.

다음 날 아침부터 영암에서 밀양으로 말을 몰았다.

그 이틀도 역시 평화로웠다.

저물 무렵 읍성에 들어 내삼문(內三門)을 지나 관아에 닿으니 봄비가 쏟아졌다. 북별실(北別室)에서 잠시 쉬었다. 성벽을 따라 핀 꽃들이 젖어 흩날리다가 어둠에 잠겼다. 바람이 불 때마다 갖가지 소리가 찾아들었다. 꽃잎에서 물방울 떨어지는 소리도 섞였을까 귀 기울였지만 고르기 어려웠다. 비 오는 봄날 저녁이면 시가 저절로 만들어진다는 김진의 말이 떠올랐다. 밥 먹고 책 읽고 잠드는 일상과는 다른 무엇인가를 하고 싶은 충동이 일었다. 한양이 아닌 낯설고 물선 고을 밀양에서의 첫 밤이었다.

"문방사우를 챙겨 드릴까요?"

호방 김선(金善)이 읍을 한 후 내 마음을 헤아린 듯 물었다. 이름대로 눈매가 선하고 목소리가 차분했다. 저런 성격의 사내는 나서진 않지만 맡은 일을 딱 부러지게 해낸다. 이순구가 입맛을 다셨다.

"탁주 사발이 더 가깝지 않을까?"

"주시(酒詩)도 나쁘진 않겠네요. 흐린 마음에 맑은 시심이 일 겁니다."

"시를 지을 줄 아는가?"

"겨우 문리(文理)만 깨쳤습니다만, 이런 저녁에 어울리는 시들을 더듬더듬 읽은 적이 있습지요."

김선은 잠시 몸을 녹이라며 영남루(嶺南樓) 뒤편 객사로 우리를 안내했다. 갈아입을 옷과 함께 따뜻한 차까지 넣어 주었다. 열린 창으로 비 떨어지는 저녁 풍광을 쳐다보며 앉아 쉬었다. 영암은 어딘가 쓸쓸하면서도 빈 구석이 많았는데 밀양은 정갈하면서도 꽉 찬 느낌이 들었다. 넘치지도 부족하지도 않았다. 김선은 입이 심심하실까 싶어 준비했다며 곶감 한 접시를 가지고 들어왔다. 이순구가 급히 하나를 집었고, 나는 질문부터 던졌다.

"부사께는 연락을 넣었는가?"

"곧 오실 겁니다. 오늘이 마침 보름이라 점심을 드시곤 원경을 챙겨 화악산(華岳山)에 가셨사온데, 비가 이리 퍼부으니 되돌아오실 듯합니다."

"원경이라고 하였는가? 부사께서 천문에 관심이 많으신가?"

김선이 턱을 들며 자랑스러운 듯 답했다.

"소문 못 들으셨나 봅니다. 부사께선 천문과 지리와 역법에 달통하신 분입니다. 천성(天聲)이란 호가 딱 어울리지요. 연경에서 어렵게 들여온 원경과 시계를 아주 많이 가지고 계시지요. 한양에서도 보기 드문 귀한 물건들이라 들었습니다. 얼마 전에도 영천군수께서 오셔서 밤을 새워 구경하시곤 크게 칭찬하고 돌아가셨습니다."

"담헌 선생이 왔다 가셨단 말인가?"

"그 어른을 아십니까? 맞습니다. 연경 소식에 밝고, 천문과 음률에 관해서라면 조선에서 손꼽히는 분이라 들었습니다."

이순구가 끼어들었다.

"알다마다. 이 친구가 어수룩하게 보여도, 바로 그 담헌 선생의 제자라네."

"그렇습니까? 몰라뵈었습니다. 부사께서 참으로 좋아하시겠습니다. 그렇지 않아도 여러모로 마음이 편치 않으셨는데 말입니다."

"마음이 편치 않다니?"

김선이 괜한 말을 꺼냈다 싶었는지 손으로 제 입술을 가렸다. 이순구가 거듭 물었다.

"말을 하게. 마음이 편치 않은 이유가 무엇인가?"

김선이 조심스럽게 설명했다.

"외직에서 내직으로, 그것도 정삼품 호조 참의로 승진이 결정되었다가 보류되었습죠. 당상관의 반열에 오를 기회가 어디 흔합니까요? 아쉽지 않다면 거짓말입죠."

조운선 침몰에 대한 조사가 완료될 때까지 관원들의 이직(移職)이 어명으로 금지된 것이다.

"그렇겠구나."

"이삿짐까지 쌌다가 풀었습니다요. 서책은 미리 한양으로 올려 보냈습죠. 그날 이후 혼자 훌쩍 천문을 보러 가시는 밤이 잦아지네요. 잠시만 기다리십시오. 제가 화악산에 사람을 보냈습니다."

김선이 서둘러 나갔다. 상대를 기분 좋게 만드는 재주를 지닌 아전이었다. 담헌 선생이 다녀갈 정도라고 하니 밀양 부사 박차홍(朴車鴻)에게 관심이 생겼다. 남에게 싫은 소리를 아끼는 선생이지만 사람에 대한 호오(好惡)는 지나치리만큼 분명했다. 자신이 정한 기준에 드는 이에겐 오장육보를 꺼내 줄 듯 친절을 베풀지만, 미치지 못하는 이와는 말도 섞지 않으며 먼저 피했다. 초면에 몇 가지 질문을 던져 상대의 취향과 식견을 가늠했다. 사대부입네 하는 문객들이 서로 어울려 공맹의 경전부터 논하는 것과는 달리, 선생의 질문은 단순한 듯 어려웠다. 일찍이 서포 김만중 선생도 지구가 둥글다 하였는데 어찌 생각합니까? 라고 묻기도 하고, 여자가 남자보다 나은 점이 무엇입니까? 라고 묻기도 하며, 피리 소리와 거문고 소리의 같고 다름을 묻기도 하고, 개의 눈이 인간의 눈보다 슬픈 이유를 묻기도 했다. 갖가지 답을 들으며, 선생은 상대를 품을 것인가, 아니면 격식은 갖추되 거리를 둘 것인가를 정했다. 박차홍과 교유한다는 것은 선생의 까다로운 감식안을 만족시켰다는 뜻이다.

이경(二更, 밤 9시)을 넘어서야 김선이 다시 왔다. 박차홍이 영남루에서 우리를 기다린다는 것이다. 봄비는 그사이

멈췄다. 시커멓고 무거운 먹구름을 몰고 와도 하루를 넘기지 않는 것이 봄비였다. 조족등을 따라 마른 땅만 골라 밟으며 걸었다. 김선이 객사와 밀양루 사이 마당에서 잠시 걸음을 멈추곤 등을 내밀어 땅을 비췄다.

"석화(石花)입니다."

"석화? 그게 뭔가?"

"잘 살펴보시지요."

이순구와 나는 조족등 불빛이 깔린 땅을 유심히 살폈다. 도드라진 돌들이 꽃 모양으로 둥글둥글 뭉쳤다. 김선이 설명했다.

"국화꽃 모양입니다. 비 온 뒤에 더욱 또렷하게 보이지요. 마침 봄비가 내려 석화가 곱습니다. 석화를 구경하면 적어도 반년 동안은 불행이 찾아들지 않는다고 합니다."

이순구가 왼 무릎만 꿇고 앉아 석화를 만졌다.

"거참 신기하군. 꽃 모양의 돌이라! 반년은 그럼 김 호방 덕분에 마음 편히 지내도 되겠네그려."

김선이 미소로 답했다. 내가 불쑥 물었다.

"저 돌꽃은 소리를 내오?"

"소리라고요?"

"꽃잎에 물방울이 맺히고 구르고 흩어지는 소리 말이오."

"돌꽃 소릴 들은 적은 아직 없습니다만……."

이순구는 무슨 그딴 질문을 하느냐는 눈빛을 내게 보냈다. 김선은 누각 아래에서 기다리겠다며 침류당(枕流堂) 쪽으로 비켜섰다. 내가 앞장을 섰고 이순구가 뒤따라 계단을 올랐다. 깎아지른 절벽 아래로 응천강(凝川江, 밀양강)이 흘렀지만 밤이라 그 굽이가 잘 보이지 않았다.

깊은 마루와 높은 기둥 사이로 젖은 바람이 불었다. 강바람이었다. 그 바람을 맞으며 키 큰 사내가 등을 진 채 꾸부정하게 서 있었다. 제 키보다 긴 원경이 놓였다. 원경에 눈을 박고 방금 구름 사이로 모습을 드러낸 보름달을 보느라 우리가 온 줄도 모르는 듯했다. 슬그머니 웃음이 나왔다. 낯익은 풍광인 것이다. 내 친구 김진의 안암 서재에 놀러 간다는 것은 밤을 지새운다는 뜻이고, 밤하늘을 살피는 친구를 흐뭇하게 바라보며 내버려 둬야 한다는 뜻이다.

눈대중으로 누(樓)의 지붕을 받치는 아름드리 나무 기둥을 셌다. 가로가 여섯 개 세로가 다섯 개였다. 곱하면 모두 서른 개여야 하지만, 누의 중앙엔 넓은 공간을 만들기 위해 가로 기둥 네 개가 없으니, 기둥의 숫자는 모두 스물여섯 개였다. 기둥의 크기와 숫자를 확인한 뒤 고개를 들다가 깜짝 놀라 반걸음 물러섰다. 거대한 용과 눈이 마주친 것이다. 다시 시선을 올려 천장을 살폈다. 용머리는 모두 열 개였다. 기둥과 기둥을 잇는 열 개의 들보를 누의 중앙

을 향하도록 만들어 지붕의 무게를 분산한 것이다. 그 들
보를 용의 몸통으로 채색한 후 들보가 끝나는 자리에 용머
리를 만들어 붙였다. 열 마리의 용이 영남루에 오르는 사
람들을 내려다보며 구경하는 셈이다.

박차홍이 비로소 인기척을 느끼곤 돌아섰다. 이마가 넓
으며 눈썹이 짙고 길었다. 원경에 눈을 너무 가까이 댄 탓
인지, 오른 눈 주위에 둥글게 눌린 자국이 났다. 두 눈을 번
갈아 끔뻑인 뒤 오른팔을 머리 위까지 들었다.

"아, 이거 미안하오. 만월(滿月)을 꼭 살펴야 하는데 못
보고 지나가나 싶었소이다. 두 분이 행운을 몰고 온 듯하
오. 기다리는 잠깐 동안 먹구름이 걷히더니 저렇듯 말간
얼굴을 보여 주니 말이외다. 참으로 곱지 않소이까? 인사
가 늦었소. 밀양부사 겸 조운선 도차사원 박차홍이라 하오.
자, 잠시 앉읍시다. 노 만호도 이리로 오게."

박차홍과 원경에 시선을 빼앗기는 바람에 아름드리 기
둥 뒤 사내를 알아차리지 못했다. 어깨가 넓고 가슴이 두
꺼운, 전형적인 무인의 모습을 한 사내가 큰 걸음으로 나
아와선 박차홍 옆에 섰다. 큼지막한 주먹코가 얼굴의 중심
을 잡았다.

"제포 만호(薺浦萬戶) 노치국(盧治楜)이라고 하오."

제포 만호라면 후조창의 차사원이다. 밀양 후조창을 출

발하여 한양에 이르는 조운선의 실무 책임자인 것이다. 이순구와 나도 소속과 지위를 밝힌 뒤 박차홍이 권한 자리에 앉았다. 박차홍과 노치국은 달을 등졌고 이순구와 나는 강을 향했다. 달빛에 물든 읍성 주변의 풍광은 고즈넉하면서도 기품이 묻어났다. 고을 하나를 맡아 정성을 다해 다스리고 싶다던 담헌 선생의 바람이 문득 떠올랐다. 박차홍이 먼저 입을 열었다.

"내일 인사를 나눌까 하다가, 노 만호가 새벽에 제포로 돌아가야 해서, 누추하지만 이렇게 두 분을 영남루로 청했습니다."

우리가 밀양으로 온 이유를 아는 눈치였다. 노치국이 넘겨짚었다.

"영암에서 오는 길이죠? 영암처럼 밀양도 태평(太平)하오이다."

"어찌 우리가 영암에서 온 줄 알았소?"

"조운선 때문이 아니면 금부도사가 두 명이나 밀양에 내려올 까닭이 없지 않소이까?"

박차홍이 덧붙였다.

"6년째 밀양을 맡고 있다오. 4년 전에도 조운선 다섯 척이 안흥창(安興倉, 전라도 부안) 인근에서 침몰하였소. 그때도 노 만호가 차사원이었고, 금부도사가 오늘처럼 두 명이 다녀갔소이다."

나는 시선을 이순구에게 돌렸다. 내가 의금부에 부임하기 전의 일이다. 이순구는 금시초문이라는 듯 어깨를 으쓱들었다. 도사 두 명만 불러 은밀히 명을 내렸을 수도 있다. 말꼬리를 붙들었다.

"그땐 어찌 결론이 났습니까?"

"후조창 소속 조운선이 열다섯 척인데 그중에서 다섯 척이나 침몰하였으니 나로서도 큰 충격이었다오. 사공 다섯 명과 격군 일흔다섯 명을 반년 동안 철저하게 신문하였소. 감옥에 빈자리가 없을 정도였지."

"고패(故敗)가 있었습니까?"

고패는 사공과 격군이 짜고 세곡을 몰래 빼돌린 다음 조운선을 일부러 침몰시키는 것이다.

"곤장을 쳐 가며 신문하였으나 모두 부인했소. 물증도 없었고. 들어서 알겠지만, 안흥창에서 조운선이 침몰한 것이 어디 한두 번이오? 5월 15일까지 서강(西江) 광흥창(廣興倉)에 도착해야 하는 나라법을 지키려고, 파도가 높은 날인데도 서둘러 포구를 떠났다가 휩쓸렸던 게요. 선혜청에 이 과정을 낱낱이 공문으로 올렸고 별다른 지적 없이 넘어갔소이다."

"이번 사고는 어떻습니까? 침몰한 조운선이 두 척이지

요?"

노치국이 끼어들었다.

"그렇소. 열세 척은 무사히 광흥창에 도착했소이다."

내가 질문하는 동안 잠자코 원경만 살피던 이순구가 시선을 돌리지 않은 채 불쑥 물었다.

"등산진 앞바다에서 조운선이 침몰한 적은 있습니까?"

박차홍과 노치국이 시선을 교환하며 머뭇거렸다. 노치국이 답했다.

"……없는 것 같소."

"저도 그리 들었습니다. 바람도 적고 물살도 빠르지 않아 좀처럼 사고가 나지 않는 곳이라고. 사공들은 뭐라 합니까?"

"공문에 올린 그대로요. 해무가 짙었다 하고, 갑자기 회오리바람이 불어 배를 다루기 어려웠다는 데까진 두 사공의 말이 일치하오. 그런데 현(玄)을 맡은 사공 윤대해(尹大海)는 황(黃)이 와서 부딪혔다고 하고, 황을 맡은 사공 박호윤(朴浩允)은 현이 와서 들이받았다고 주장하고 있소. 두 배의 격군도 각각 자신들 사공의 주장을 반복한다오."

조운선은 천자문의 글자 순서대로 배 이름이 붙었다. 현과 황은 열다섯 척 중에서 셋째와 넷째에 해당하는 배인 것이다. 후조창은 밀양, 영산, 창녕, 현풍, 양산 이렇게 다섯 고을의 세곡을 받아 보관했다. 각 고을의 크기에 따라 조운선의 수도 제각각이었다. 밀양처럼 큰 고을은 배 여섯 척에 세곡을 실었다. 그러니까 현과 황은 밀양의 세곡을 선적한 조운선인 것이다.

"둘 다거나, 둘 중 한쪽의 과실인 건 확실하군요."

"두 배가 부딪쳐 가라앉았으니, 요리조리 말을 바꿔도 책임을 면하긴 어려울 게요. 하지만 누구 잘못인지 속단하긴 이르오."

내가 질문의 방향을 바꿨다.

"혹시 근방에 목격자들은 없습니까? 등산진을 오가는 어선이 꽤 많았을 텐데요."

노치국이 한심하다는 표정을 감추지 못하고 답했다.

"이 도사는 바다에 대해 무지한가 보오. 조운선이 지나는 동안엔 어선을 비롯한 잡인이 나오는 걸 금한다오. 법을 어기고 바닷길로 접근하는 배는 해적질을 하려는 것으로 간주하고 격침시켜도 무방하오. 4월 5일 등산진 앞바다엔 조운선 열다섯 척과 그 배들을 호위하는 어란진과 이진진의 군선 두 척뿐이었소. 두 군선을 지휘한 만호들의 증언은 이미 정리하여 선혜청으로 보냈소이다."

"글은 읽었습니다. 거기서도 배가 침몰하는 순간은 보지 못했다고 하였더군요."

"호위선이라 하여 조운선만 줄곧 살피진 않소이다. 특히 그곳은 사고가 전혀 나지 않던 바다인지라……."

나는 고개를 갸웃거렸다. 설명을 길게 들었으나 침몰 과정이 선명하게 그려지진 않았다. 두 사공의 주장이 상반되고 목격자도 없는 것이다. 이 상황에서 소설을 쓴다면 한 문장도 시작하기 어렵다.

"내일 저희가 윤대해와 박호윤을 만나 볼 순 없겠습니까?"

노치국의 안색이 굳어졌다. 박차홍이 선선히 답했다.

"원한다면 만나게 해 드리리다. 뭐 어려운 일이겠소. 한데 4년 전 의금부 도사들은 유언비어를 퍼뜨리는 자들이 혹시 있나 탐문만 하다가 갔다오. 조운선 침몰 사건을 재조사하란 명을 받고 내려온 게요? 나는 어떤 명도 받은 바가 없다오."

이순구가 좋은 말로 대화를 정리했다.

"아닙니다. 도차사원인 밀양부사가 책임지고 끝까지 사고 원인을 규명해야지요. 이 친구가 아직 젊어 가끔 월권을 할 때가 있습니다. 너그러이 봐주십시오. 그나저나 말로만 듣던 영남루에 오르니 참으로 누각이 아름답고 사방이 시원합니다. 폐가 되지 않는다면 내일 아침을 이곳에서 먹어도 되겠는지요?"

박차홍이 웃으며 답했다.

"그리하오. 정갈하게 한 상 차려 드리리다."

예의를 갖춰 인사를 하고 객사로 돌아온 후에도 나는 잠을 이루지 못했다. 흥미로운 소설을 읽어 나가다가 갑자기 이야기책을 빼앗긴 듯한 더러운 기분이었다. 이순구에게 정식으로 문제 제기를 했다.

"월권이라뇨? 내가 무슨 월권을 했단 겁니까?"

이순구가 하품을 쏟고 돌아누우며 아무렇지도 않게 받아넘겼다.

"정색을 하고 덤비면 상대는 더 바짝 긴장하고 숨게 돼. 사공들을 만나서 뭘 어쩌려고? 의금부 도사 작파하고 밀양에 와서 살 생각 아니면 달려들지 마. 적당히 하고 올라가자고. 곧 연경으로 떠날 사람이 왜 이리 나서? 먼 여행을 앞둔 때일수록 조심조심 지내야지. 여기서 동분서주하다가 발목이라도 삐어 보게. 그 길로 연행은 끝이라니까. 나 먼저 자겠네. 피곤하군. 자네도 딴생각 말고 어서 눈을 붙이도록 해."

결국 밤을 꼬박 새워 『간정동필담』을 재독했다. 이 서책이라도 챙겨 오지 않았다면 긴 시간을 어찌 보냈을까. 담헌 선생이 간정동에서 만난 엄성과 반정균의 고향은 절강성(浙江省)이다. 만난 지 하루 만에 선생은 거문고를 연주하여 그들의 마음을 얻었다. 스물다섯 살인 반정균은 연주를 듣고 울음까지 터뜨렸다. 연주를 마친 선생은 동이(東夷)의 토악(土樂)이어서 군자가 들을 만한 것이 못 된다고 겸손하게 말했다. 반정균은 눈물을 닦으며, 탄법(彈法)은 비록 다르나 음절(音節)은 같다고 했다. 태어난 곳 살아온 길은 달랐지만 평조(平調) 한 곡을 연주하고 들은 후 서로를 인정한 것이다. 이 장면이야말로 지음(知音)이라 할 만하다.

다음 날 이순구와 헤어져 혼자 영천으로 말을 몰았다.

관아에 도착하여 담헌 선생을 뵙고 큰절로 인사를 여쭸다. 선생의 방은 방금 청소를 마친 것처럼 깔끔했다. 거문고 옆엔 원경이 놓였고 원경 옆엔 바위산으로 날아 내리는 비둘기 떼를 그린 족자가 벽을 가렸다. 유득공이 취미 삼아 키우는 비둘기들을 김홍도가 화폭에 옮긴 것이다. 거문고와 원경과 족자 사이의 간격은 눈대중으로도 두 자 남짓 같았다. 어울리지 않는 물건들이지만 선생의 방에선 오래전 그 자리에 있던 것처럼 자연스러웠다. 선생은 악기를 만드는 것만큼이나 집을 짓는 데도 관심이 많았고, 집을 짓는 것만큼이나 요리에도 조예가 깊었다. 항상 자를 가지고 다니며 길이와 넓이를 쟀다. 맛있는 음식을 만났을 땐 요리한 이를 불러 재료의 종류와 수를 일일이 기록했다.

정확함 속에서 올바름과 멋을 추구하는 사람이었다.

"준비는 다 마쳤는가?"

"챙긴다고 했는데 많이 부족합니다."

"자네도 연경은 초행이지?"

"네. 가르침을 주십시오."

"한어(漢語)는 익혀 두었는가. 발음이 까다롭고 높낮이까지 있어서 미리미리 공부하지 않으면 입에서 말이 떨어지지가 않는다네."

"역관들이 따라가지 않습니까?"

"어디를 여행하든 그 나라 언어를 익히지 않는다면 열에 아홉을 놓치는 걸세."

담헌 선생은 연암 선생에게도 또 이덕무나 박제가에게도 똑같은 충고를 했었다.

"조금씩 익히곤 있는데 아직 서툽니다."

"서툴더라도 역관에게 의지하지 말고 용기를 내어 말을 붙이게나."

"『간정동필담』을 읽었습니다. 연경에서 낯선 벗들을 사귄 것 역시 대단한 용기이겠지요."

선생은 시선을 내리고 잠시 움직이지 않았다. 간정동에서 거문고를 연주하던 날을 떠올리는지도 몰랐다. 이윽고 내 눈을 들여다보며 충고했다.

"자넨 부디 필담(筆談)에 그치지 말게."

"그 말씀은……?"

"더 아래로 내려갔으면 하네. 조선을 보게. 양반을 제외하곤 글을 아는 이가 거의 없으이. 농사짓고 물고기 낚고 장사하는 이들 대부분이 글 없이 살아간다 이 말일세. 우리나라만 그런 게 아니라네. 청나라 역시 산물을 만드는 이들은 대부분 글을 몰라. 다시 연경에 간다면 필담을 위해 종이와 붓을 챙길 게 아니라, 술과 안주를 마련하여 사사로운 벗들을 많이 만들고 오랫동안 이야기를 나누고 싶으이."

"천민까지 만나겠다는 뜻입니까?"

"그렇다네. 세상 이치를 꼭 학식과 문장으로만 논할 이윤 없어. 맛난 술로 서로의 마음을 열고 가슴속 이야기를 오래 나눈다면 그 또한 멋진 일이지."

"그래서 한어를 익혀 두라 하신 거군요."

"연암에게도 권했으나 쉽진 않을 거야. 말 위에서 무릎을 세우고 수많은 문물을 문장으로 옮길 꿈에 부풀어 있으니 말일세. 이 도사 자넨 근사한 연행록을 쓸 욕심이 없을 테니, 적당한 때를 봐서 숙소를 빠져나가 청나라 하층민들과 어울리도록 하게. 조금 더 여유가 있다면 그들과의 대화를 정리하여 내게 가져다줬으면 좋겠네. 할 수 있겠는가?"

"말씀하신 대로 해 보겠습니다."

"고맙네. 연경에서 돌아오다가 삼하현(三河縣)에서 손용주(孫蓉洲)란 뛰어난 선비를 만났었다네. 그이에게 연암을 소개하는 서찰을 쓰고 있으니 내일 떠날 때 줌세. 아직 손볼 곳이 한두 군데 남아서."

"알겠습니다."

나는 그즈음에서 인사를 하고 숙소인 객사로 물러날까 싶었다. 영암과 밀양을 거쳐 영천에 이른 까닭을 세세히 밝히진 않았다. 경상도에 공무가 있어 오는 길에 연암 선생의 심부름을 하게 되었다는 식으로 적당히 둘러댔다. 외직으로 돌기 전 사헌부 감찰을 지낸 담헌 선생인지라, 공무가 무엇인지를 따져 묻진 않았다. 의금부 도사에게 비밀 공무가 많음을 아는 것이다. 자리에서 일어서려는데, 탁자에 놓인 서책에 눈이 갔다. 제목이 『공제격치(空際格致)』였다. 제목 아래 모서리에 붉은 도장으로 찍힌 이름 석 자가 눈에 띄었다. 석치(石痴) 정철조에게서 도장 만드는 법을 어깨 너머로나마 배운 것이 도움이 되었다. 천성 박차홍. 밀양부사가 이 책의 소장자였다. 슬쩍 그 책을 물고 들어갔다.

"『공제격치』 아닙니까? 화광에게서 이 책에 관해 들은 적이 있습니다. 지은이가……?"

생각나지 않는 것처럼 미간을 좁혔다.

"고일지(高一志)*라네. 150여 년 전 책인데도 놀라운 사실이 많다네. 이 세상이 원소로 되어 있으며, 그 원소를 불과 공기와 물과 흙으로 나누어 설명하지. 땅에 대한 논의도 자세하다네. 땅은 왜 둥글 수밖에 없는가에 대한 설명은 감동적일세."

"화광에게 들은 적이 있습니다. 지구가 달을 가리는 것이 곧 월식인데, 그때 지구의 그림자를 보면 원형이지요."

"맞네. 그와 같은 설명이 또한 이 서책에도 있다네."

"한데 선생님의 장서는 아닌가 봅니다. 여기 직인을 보니 천성이라고 되어 있군요. 천성이 누굽니까?"

짐짓 모른 체했다.

"밀양부사 박차홍일세. 나랑 동갑이지. 천문과 수학에 대한 학식이 놀랍다네. 다양한 기기는 물론이고, 유리창에서 들여온 서책이 적어도 기천 권은 될 걸세."

"처음 듣는 이름입니다. 세상에는 과연 숨은 고수들이 많군요. 한데 정말 선생님이 놀랄 정도로 대단한 학자입니까? 어떻게 그와 같은 학식을 지니게 되었는지 궁금합니다."

---

* 알폰소 바뇨니(Alfonso Vagnoni, 1566~1640). 이탈리아 태생의 예수회 선교사. 중국에서 선교 활동을 했다. 『공제격치』(1633) 외에 많은 책을 지었다.

"박 부사의 조부님 함자가 박 두(斗) 자 성(誠) 자를 쓰신다네. 소현세자를 뫼시고 심양으로 가셨다고 하네. 갑신년 (1644년) 연경에서 70일 정도 머물 때 탕약망(湯若望)*을 만났는데, 그 자리에도 배석했다더군. 탕약망이 선물한 여러 기기들과 서책들을 총괄 정리하여 가져온 책임자이기도 했고. 세자께선 귀국 후 불행한 일을 당하셨지. 박 부사의 조부님은 곧바로 밀양으로 낙향하셨다네. 벼슬길을 접고 말일세. 돌아가실 때까지 천문과 수학 등을 공부하셨던 게야. 3대에 걸쳐 내려오니, 그 배움이 참으로 깊어졌어."

"그랬군요. 저는 연경의 신문물을 꿰뚫고 있는 이는 백탑파뿐이라고 여겼는데, 소현세자를 모셨던 이들이 또 있었군요."

"그뿐만이 아닐세. 국경을 나누고 내 땅 네 땅 다투며 지킨다 해도, 세상을 새롭게 이해하려는 시도들은 알려지기 마련이라네. 연경의 문물이 밀양에 이르듯, 밀양에서 만든 놀라운 문물 역시 연경을 비롯한 세상 전체로 나아갈 걸세."

"벗들을 새로 사귀셨다니 외직의 적적함은 푸시겠습니다."

---

* 아담 샬(Adam Schall, 1591~1666). 독일 예수회 신부로 중국에 온 선교사 겸 과학자.

선생이 미소를 지어 보였다. 온화한 기운은 여전하지만 군데군데 깃드는 침묵이 쓸쓸했다.

"다들 잘 있겠지?"

백탑의 그림자를 떠올리는 것이다.

"초정 형님과 형암 형님은 규장각 서책들을 검서하느라 눈병이 날 지경입니다. 석치 선생은 금강산에 좋은 돌이 있다 하여 다녀오셨고, 단원 형님은 석천 형님의 도움을 받아 은하를 그리느라 밤을 새웁지요."

"연암은? 아픈 데는 없고?"

안부를 묻는 평범한 물음인데도 울컥했다. 벗이 먼 여행에서 행여 병이나 들지 않을까 걱정인 것이다. 둘은 때론 가까이에서 때론 멀리 떨어져 서로를 염려하고 격려하며 여기까지 왔다. 연암과 담헌, 담헌과 연암. 두 분이야말로 천하에서 가장 뜨거운 우정을 나누는 벗이 아닐까.

"잘 아시잖습니까? 대범하게 결단하시지만 꼼꼼하게 챙기신다는 거. 여행 물품뿐만 아니라 몸과 마음까지 미리미리 살펴보고 계시니 염려 마십시오. 또 제가 같이 가잖습니까. 만에 하나 이런저런 병을 앓으시더라도 살펴 드리겠습니다."

"고맙군. 자네가 있어 든든하이."

선생은 그제야 안심이 되는 듯, 한양의 벗들을 그리워하는 대신 경상도에서 새로 사귄 벗들에 관해 설명했다.

"자주는 아니고 두 달에 한 번씩 만나고 있다네. 나까지 일곱 명이 주로 밀양 동율림(東栗林)에 모인다네."

"그 모임은 이름이 무엇입니까?"

"'허허실실회(虛虛實實會)'일세."

"허허실시회? 이름이 좀 희한합니다만······. 너무 긴 것도 같고."

"그런가? 허와 실에 관해 이런저런 생각을 하다 보니 그 이름이 튀어나왔으이."

"박 부사의 인품도 매우 고매하시겠습니다, 그럼?"

선생은 말을 아꼈다. 다른 사람을 이러쿵저러쿵 평하는 것을 본 적이 없다.

"네댓 번 만났을 뿐이네. 큰 과오는 없는 듯하네만······. 차라리 화광에게 물어보게. 박 부사가 원하는 귀한 서책을 몇 번 구해 준 적이 있다더군. 내가 연암, 형암, 초정 등과 어울렸다고 하니 대뜸 화광을 아느냐고 먼저 물었어."

"그래요? 그 친구의 오지랖이 얼마나 넓은지 더욱 궁금해지는군요."

"하하, 동감일세. 한데 왜 따로따로 왔는가?"

나는 질문의 맥락을 몰라 두 눈을 크게 떴다. 그리고 되물었다.

"화광이…… 왔었습니까?"

"바로 어제 다녀갔다네."

"몰랐습니다. 본 지 꽤 되었습니다. 하도 안 보여서 또 서책을 구하러 떠났나 했지요."

"화광은 자네가 오늘쯤 올 거라 말하고 갔는걸."

뒤통수가 서늘했다. 김진, 이 도깨비 같은 친구가 미행이라도 했단 말인가.

3장

5월 24일, 환송연은 다채로웠다.

백탑의 그림자가 동쪽으로 한껏 늘어졌을 때, 연암 선생의 연행을 축하하는 이들이 삼삼오오 남산의 건곤일초정으로 모여들었다. 담헌 선생이 외직으로 나가며 내놓은 집을 김진이 두 배나 웃돈을 얹어 사들였다. 청빈하게 살아온 선생의 노후를 걱정하는 마음에서였다. 김진은 잠시 맡아 두는 것이라며, 담헌 선생이 원하면 언제라도 돌려드리겠다고 했다.

신시(낮 3시)에 일찌감치 도착하였다. 연암 선생만 먼저 와서 서책과 기기들을 살펴보고 있었다. 담헌 선생은 귀한 장서와 혼천의를 비롯한 기기들을 애제자를 위해 남겨 두고 떠났다.

"담헌은 어이 지내던가?"

"무탈하셨습니다. 낮에는 온 힘을 다하여 고을을 돌보고, 밤에는 무한한 우주의 이치를 따지느라 고요하면서도 분주하시더군요."

연암 선생이 고개를 끄덕였다. 나는 품에서 서찰을 꺼내 내밀었다. 손용주 앞으로 쓴 소개장이었다. 담헌 선생은 연경으로 가는 백탑파에게 자신이 청나라에서 맺은 인연들을 활용하도록 권했다. 소개장을 써 줬을 뿐만 아니라 청국 학자들의 됨됨이까지 미리 설명했다.

연암 선생이 서찰을 겉봉에서 꺼내 들고 눈으로 읽어 내렸다. 크고 또릿또릿한 눈이 어느새 촉촉이 젖어 들었다.

"읽어 보겠는가?"

서찰을 건넸다. 나는 공손히 받아 한 글자 한 글자 천천히 짚으며 마음으로 읽어 나갔다.

연암 박지원은 그 문장의 품위와 인망이 높은, 제(弟)의 외우(畏友)입니다. 그동안 역경에 빠지기도 하고 알아주는 이를 아직 만나지 못하였으나, 기개와 도량이 크고 맑으며 활달합니다. 그는 우리들의 사귀는 정(情)을 오래전부터 이미 알고 있으며, 존형(尊兄)을 경애하고 흠모하는 마음이 더욱 깊습니다. 이제 한미한 선비의 몸으로 상사(上使)인

족형(族兄)을 따라 집안일을 버려두고 한 필 말로 서행길을 떠난다고 글로 작별을 고하였습니다. 행색이 속되지 않으니 족하가 한 번 보시면, 그 사람됨이 한갓 시문(詩文), 사장(詞章)에만 뛰어난 재능이 아님을 아실 겁니다.

연암 선생이 고마운 마음을 드러냈다.

"참으로 과찬이로세. 담헌이 맺어 놓은 인연 덕분에 이번 연행이 더욱 값질 듯싶으이. 자넨 준비를 마쳤는가?"

"대충 필요한 짐들은 챙겨 두었습니다. 저는 주로 역관들과 어울리며 가겠습니다. 언제든지 도움이 필요하면 찾으십시오."

"고맙네. 영암과 밀양은 어떠하던가?"

"별일 없었습니다. 조운선 두 척이 서로 부딪쳐 생긴 사고입니다. 민심도 고요합니다. 『정감록』을 비롯한 흉악한 예언서에 물든 이들도 만나지 못했고요. 다른 네 곳으로 간 도사들의 의견도 들어 봐야 하겠지만, 지금으로선 특이 사항이 없습니다."

"그렇군. 잘 처결되었다니 다행일세."

"그사이 화광에게선 또 연락이 없었는지요?"

"보다시피, 빈집에 객만 노니는 꼴이라네. 아무래도 얼굴을 보고 떠나긴 어려울 듯해. 연경 간정동 골목에서 우연히 만나려나? 함께 연행록들을 검토하겠다는 약속을 어겼으니 엉덩짝이나 두어 대 때려 줄까 하네."

선생을 따라 웃었다. 호랑이 같은 인상과 과거 시험장에서 답안을 찢고 나온 기개와 단단하면서도 날카로운 문장 탓에, 선생이 과묵하고 진중하리라 짐작하는 서생이 적지 않았다. 선생은 바위처럼 묵직하면서도 강물처럼 유연하고, 무겁게 가라앉으면서도 또한 깃털처럼 휘휘 날았다. 먼저 오래 웃기도 하고, 상대방이 따라 웃을 때까지 세상 곳곳의 농담을 끌어대기도 했다. 젊어 한때 잠이 오지 않는 병과 어둠에 어둠을 더하는 병이 깊을 때 스스로 터득한 치료법이었다.

넉넉한 웃음이 그치기 전에 네 명의 검서관이 도착했다. 선생은 박제가, 이덕무, 유득공, 서이수의 손을 일일이 맞잡으며 더 환하게 웃어 보였다. 그들의 재주가 백탑 아래에서 술 마시며 회한을 푸는 데 그치지 않고, 나라를 위해 쓰이게 되어 참으로 다행이라 여겼던 것이다. 연암 선생은 아직 말직도 얻지 못하였으나, 담헌 선생이 계방(桂坊, 세손 익위사)에 들었다가 사헌부 감찰을 거쳐 외직으로 나가고, 또 네 명의 제자 겸 후배들이 규장각 검서관으로 선발되자 자신의 일처럼 기뻐했다.

곧이어 석치 정철조와 단원 김홍도, 천문에 밝고 수학에 능한 석천 김영이 함께 왔다. 셋이서 벌써 낮술을 걸쳤는지 불콰한 얼굴이 고추 씹은 아이 같았다. 정철조는 자리에 앉지도 않고 마당 구석에 놓인 마전기(磨轉機)를 쓰다듬기부터 했다. 김진의 부탁을 받고 손수 만든, 회전하며 방아를 돌리는 기기였다. 글과 그림과 도장뿐만 아니라 기계로 움직이는 기기 제작에도 남다른 재주가 있었다. 작업실은 기기묘묘한 각종 공구와 나무와 종이를 비롯한 재료들로 어지러웠다. 넓은 어깨를 흔들며 긴 팔을 휘휘 저어 도장을 파고 기기를 척척 만들어 가는 솜씨가 신기에 가까웠다. 무거운 것을 들어 올리는 기구, 즉 인중기(引重機)와 물건을 높이 나르는 기구, 즉 승고기(升高機), 물을 퍼 올리는 기구, 즉 취수기(取水機)도 크기와 모양이 제각각인 것들을 여럿 선보였다.

"연암! 참으로 근사하지 않소? 이참에 연경에 가거들랑 내가 만든 이와 같은 기기가 있는지 살펴보오. 근사한 놈들을 만나거들랑 그림으로 옮겨다 주면 그보다 더 큰 선물이 없을 게요."

"꼭 그리하리다. 한데 어디서 전작(前酌)을 한 게요?"

정철조가 김홍도와 김영을 번갈아 보더니, 소매에서 그림 한 장을 꺼내 펼쳤다. 선생이 한눈에 알아보곤 물었다.

"은하(銀河) 아니오?"

"맞소이다. 단원과 석천의 합작품이라오. 술자리도 마다하고 밤마다 만나 무얼 하나 궁금했는데, 오늘 보니 이렇게 은하를 그리고 있었던 게요. 마침 요 구석이 비었기에, 예전에 담헌이 내게 들려준 은하에 관한 생각들을 정리하여 몇 자 적어 넣었다오. 먼 길 떠나는 연암께 드리는 우리 세 사람의 선물이외다."

선생이 감동하여 천문도를 다시 살폈다.

"참으로 대단한 솜씨군. 밤하늘을 가로지르는 은하가 종이에 촘촘히 박힌 듯해. 고맙네."

서른두 살의 김영과 서른여섯 살의 김홍도가 함께 화답했다.

"별거 아닙니다. 부족한 그림을 이렇듯 칭찬하시니 몸둘 바를 모르겠습니다."

"실제 은하의 1000분의 1밖에 담지 못했습니다만, 그래도 흐린 밤이나 고국의 밤하늘이 그리운 낮에 보시라고 가져와 봤습니다."

김영은 늘 처진 눈을 비비며 다녔다. 별을 관찰하기 위해 낮밤을 바꿔 사는 탓이다. 넋을 놓고 걷다가 나무에 부딪힌 적도 많았고, 밥상머리에서 숟가락을 들다가 별과 별 사이의 거리를 암산하느라 턱까지 흘러내린 침을 닦지 않은 적도 있었다. 어느 가을에는 소광통교에서 개천으로 떨어져 이듬해 봄까지 다리를 절뚝이며 다녔다. 반대로 김홍도는 눈을 반짝이며 항상 사방을 살폈다. 언덕이나 야산에 일부러 올라가서 아주 멀리 바라보기도 하고, 잠자리나 나비를 사로잡아 매우 가까이 쳐다보기도 했다. 남자와 여자, 노인과 아이, 왼손잡이와 오른손잡이가 걷고 뛰고 달리는 차이를 구별하여 특징을 잡아냈다. 단원의 눈에 한 번 띄면 살갗 속 잔뼈까지 다 들키고 만다는 칭찬이 과장이 아니었다.

연암 선생이 내게 그림을 넘겨주었다. 선생의 평처럼 그림은 꼼꼼하면서도 광활했다. 객성이나 혜성을 그린 천문도는 가끔 본 적이 있지만, 은하 전체를 담아 낸 그림은 처음이었다. 정철조의 강건한 필체로 돌에 새기듯 적은 문장 또한 놀라웠다. 영천에서 만났던 담헌 선생의 차분하면서도 맑은 음성이 들려오는 듯했다. 나도 모르게 그 문장을 소리 내어 읽었다.

"은하란 여러 세계를 묶어서 일컫는 것이다. 하늘을 두루 도는 하나의 큰 고리(環)다. 이 고리 속에는 많은 세계가 들었으니 그 숫자는 몇 천만이다. 해나 지구 등의 세계도 그중 하나니, 은하는 참으로 허공의 거대한 세계다. 그러나 이 은하가 우주에서 가장 거대한 세계라고 할 수는 없다. 이 은하는 지구에서 보이는 은하일 뿐이니, 이것 외에도 은하가 몇 천억 개가 되는지 알 수 없기 때문이다. 그러니 어찌 이 은하가 가장 크다고 경솔하게 단언할 수 있으리."

다음으로 장악원 제조 김용겸(金用謙)을 비롯한 악사들이 악기를 들고 찾아들었다. 그들은 소리가 가장 잘 울리는 자리를 찾아 제 집처럼 앉았다. 이곳에서 여러 번 연주를 했던 것이다. 김용겸이 먼저 인사를 건넸다.

"먼 길 편히 다녀오시게나."

"제가 인사를 드리러 가야 하는데, 효효재(嘐嘐齋, 김용겸의 호)께서 직접 오시니 참으로 영광입니다. 조선 제일의 악사들이 유춘오(留春塢)에 모였군요."

유춘오는 봄이 머무는 언덕이란 뜻으로 건곤일초정의 다른 이름이었다. 담헌 선생은 악사들과 함께 이곳에서 종종 악회(樂會)를 열곤 했다. 김용겸과 함께 온 이들이 악회의 주축이었다. 가야금을 잡은 이는 성경 홍경성이고, 퉁소를 꺼내 입에 문 이는 경산 이한진이며, 양금을 끌어안고 줄을 맞추는 이는 중인 김억이고, 생황을 꺼낸 이는 악공 박보안이었다. 연암 선생이 그 옆에 놓인 거문고를 눈으로 가리키며 물었다.

"효효재께서 모처럼 솜씨 발휘를 하시는 겁니까? 줄풍류에서 거문고가 빠질 수는 없지요."

줄풍류는 거문고를 중심에 둔 현악기 위주의 연주 음악

이다. 김용겸이 답했다.

"이렇게 모이면 피리는 고후, 거문고는 응당 담헌의 차지였습니다. 담헌은 가야금과 통소와 생황과 양금도 탁월하게 연주했습니다. 도대체 못 다루는 악기가 무엇일까 궁금할 지경이었지요. 그가 외직으로 나간 후 유춘오 악회도 끝이 났는데, 연암을 환송하는 자리에 다시 모이니 무척 기쁩니다. 마음 같아서는 늙은이도 소리를 보태고 싶으나, 네 명의 악사에 대한 예의가 아닌 듯합니다. 우리를 이렇게 초청한 이 역시 거문고의 명인이라 일컬어도 부족함이 없을 겁니다."

내가 끼어들었다.

"초청한 이라고 하셨습니까?"

김용겸이 답했다.

"그렇다네. 먼 길 떠나는 연암도 환송할 겸, 먼 곳에 있는 담헌도 그리워할 겸, 모여 연주해 주십사 청하였으이. 나를 포함하여 다섯 사람에게 곡진한 서찰을 보냈기에 모두 마음이 움직인 게야. 그렇지 않으면 한양에 있더라도 나날이 바쁘니 한자리에 모이기 어렵지."

"누굽니까, 서찰을 띄워 초청한 이가?"

그때 열린 문으로 큰 키에 호리호리한 사내가 쑥 들어왔다. 연암 선생과 김용겸과 악사들에게 허리 숙여 절한 뒤

나를 보고 웃어 보였다. 내 친구 김진이었다.

"다들 오셨군요. 연경에서 미주(美酒)가 들어왔다 하여 대광통교에 들러 한 통 구해 오느라 늦었습니다. 죄송합니다."

김용겸이 껄껄 웃었다.

"환송연에 술이 빠지면 쓰나. 잘했네. 연경의 술이라고 하니 혀라도 미리 그곳 풍취를 느끼겠네그려. 잠시 숨이라도 돌리시게나. 유춘오를 자네가 사들였단 얘긴 들었네. 담헌의 손때 묻은 집을 옛 모습 그대로 간직해 줘서 참으로 고마우이."

"언제라도 오십시오. 담헌 선생이 이끌던 악회만큼은 안 되겠지만, 저도 이곳에서 유춘오의 전통을 이어 가고 싶습니다."

"말만 들어도 기쁘군."

"손도 풀 겸 한 곡 연주를 할까 합니다만, 다들 어떠십니까?"

네 명의 악사가 동시에 고개를 끄덕였다. 김진이 거문고를 안아 무릎 위에 얹었다. 두둥! 거문고 줄을 퉁긴 뒤 연주를 시작했다. 어둠이 아스라이 깔리는데, 동서남북 사방과 저 먼 공중으로부터 한군데로 바람이 모여드는 기분이었다. 소리가 소리를 감고 그 소리가 또 소리를 말면서, 소리 옆에 섰던 소리가 소리 뒤로 가고, 소리 앞으로 나섰던 소리가 다시 그 소리의 그림자가 되었다. 연암 선생은 눈을 지그시 감았고, 김용겸과 정철조와 김홍도와 김영과 사검서 역시 고개를 까닥이거나 손가락으로 무릎을 두드리거나 아니면 어깨를 좌우로 흔들며 소리에 녹아들었다.

소리에 섞이지 않은 이는 이 방에서 나 혼자뿐이었다. 어우러짐은 최상이었으나 김진의 거문고 소리만 자꾸 구별하여 들었다. 김진은 시선을 내리거나 아예 눈을 감고 연주에 몰두했다. 가끔 고개를 들어 나를 봐도 허공을 어루만지듯 초점이 모이지 않았다. 나는 묻고 또 물었다.

연암 선생과의 약속도 어기고 어딜 쏘다녔던 게야? 담헌 선생에겐 왜 또 갔고? 내가 올 줄 알았으면서도 하루를 더 기다리지 않은 건 또 무엇 때문인가?

이윽고 연주가 끝났다. 악사들이 손을 내렸지만, 한동안 평을 하는 이도 움직이는 이도 없었다. 이윽고 연암 선생이 일어서더니 다섯 악사를 향해 허리를 숙였다. 악사들은 놀라며 급히 따라 일어서서 악기를 품은 채 읍(揖)하여 예의를 갖췄다. 김용겸이 다가와선 팔을 붙들곤 만류했다.

"왜 이러시는 겁니까, 연암!"

"과연 천상의 음악입니다. 예전에 효효재께서 담헌이 거문고를 맡은 줄풍류를 듣고 큰절을 하셨단 얘길 전해 들은 적이 있습니다. 저는 사실 믿질 않았습니다. 연주가 아무리 좋아도 그렇지 절까지 하는 건 지나치다고 여겼지요. 한데 오늘 연주를 직접 듣고 나니 효효재를 비웃은 제 자신이 부끄러워지는군요. 부디 용서하십시오."

연암 선생이 다시 허리를 숙이려 하자 김용겸이 막았다.

"용서라니요! 많이 부족합니다. 먼 길 떠나기 전에 작은 기쁨이라도 선사했다니 그나마 다행입니다."

김진이 두 사람을 번갈아 보며 말했다.

"저는 아직 담헌 선생의 발가락에도 미치지 못합니다. 네 분 악사와 소리를 맞춘 것만도 두고두고 자랑할 일이지요. 더군다나 장악원 제조이신 효효재 선생께서 듣고 평해 주시니 기쁨이 두 배 세 배 넘칩니다."

이덕무가 덕담을 보탰다.

"그런 말 말게. 담헌이 없으니 이제 한양에서 거문고의 일인자는 화광 자네라네."

박제가도 맞장구를 쳤다.

"꽃미치광이(花狂)라고 놀려 왔는데 알고 보니 금치(琴痴)였군그래. 담헌 선생을 따라다니며 천문 기기를 만지고 장자와 묵자를 묻고 답할 때 거문고에 관해서도 가르침을 받았으리라 짐작은 했네. 자신을 현란하게 드러내지 않으면서도, 가파른 산마루를 오를 때 꼭 짚어야 하는 넓적돌처럼, 적재적소에 소리를 넣고 빠지더군. 멋있었어."

유득공도 빠지지 않았다.

"고조선부터 고구려와 발해로 이어져 내려오는 소리와 삼한과 가야 그리고 신라의 소리가 하나로 합쳐져 울리는 듯했네. 우리네 음악도 여기까지 이르렀구나 싶어 뿌듯하군. 화광의 바람대로, 이 악회가 끊어지지 않고 계속 이어졌으면 좋겠네. 규장각 일이 아무리 바빠도 와서 귀동냥을 하고 싶으이."

연암 선생이 김홍도를 보며 말했다.

"부탁이 있네. 다섯 악사가 모여 즐기는 모습을 그림에 담아 주겠는가? 밤하늘엔 은하가 흐르고 지상엔 음률이 그득하니, 그 그림 두 장만 품고 다니면 어느 곳에 가든 마음이 넉넉할 듯싶네."

김홍도가 소매를 걷어붙였다.

"알겠습니다. 저도 곡을 듣는 동안 손이 근질근질하였답니다. 최선을 다해 저 소리에 합당한 선과 색을 만들어 보겠습니다."

"고마우이. 그럼 악사들께 한 곡 더 청해도 되겠지요?"

김진이 다섯 악사를 대표해서 답했다.

"이번엔 담헌 선생이 만드신 곡을 연주해 보겠습니다. 제목은 「의무려산곡(醫巫閭山曲)」입니다. 일찍이 연행길에 들러 즐긴 산이기도 하지요. 그 산에서 비롯된 글을 구상하시면서 생각이 막힐 때 지은 곡이라고 합니다. 아직 글이 완성되지 않아 세상에 내어놓기 쑥스럽지만, 그래도 연암 선생 환송연이니만큼 특별히 이 곡으로 마음을 전한다고 말씀하셨습니다. 악사들껜 악보를 미리 드렸습니다."

악사들이 눈빛을 교환하며 미소 지었다. 김용겸도 따라 웃으며 화답했다.

"담헌이 곡까지 지었어? 참으로 궁금하군. 어서 연주하게나."

"술부터 한 잔씩 단숨에 마신 후 연주하라고 담헌 선생이 이르셨습니다."

"그래? 그런 것까지 악보에 적혀 있단 말인가? 술주정뱅이를 위한 곡인가 보군."

잔잔한 웃음이 맴돌았다. 김진의 명을 받은 기녀 둘이 술상을 들고 들어왔다. 악사들 옆에 앉아 술을 따른 뒤, 연암 선생과 김용겸을 비롯한 청중의 잔도 그득 채웠다. 김진이 문방사우를 챙겨 김홍도 앞에 벌여 놓고 제자리로 가서 거문고를 품었다. 김용겸이 연행에 즐거움이 넘치기를 기원했다.

"부디 건강히 잘 다녀오시게. 원하던 것들 많이 보고 듣고 먹고 마시기를!"

"감사합니다. 여기 이 도사도 저와 동행합니다."

"그러한가. 연암을 뫼시고 편히 갔다 오게나."

"감사합니다."

함께 잔을 비웠다. 김진과 눈이 마주쳤다. 내가 잔을 비울 때까지 김진은 쳐다보기만 했다. 눈가에 희미한 미소가 맺혔다가 사라졌다. 무엇인가 하고픈 말을 아끼는 듯했다. 김홍도가 붓을 드는 것과 동시에 연주가 시작되었다.

현을 튕기듯 붓이 놀았다. 소리들이 쌓여 탑 하나를 짓더니, 곧 그 탑을 허물고 거대한 산을 만들었다. 산골짜기를 흐르는 물이여! 때론 돕고 때론 방해하는 기기괴괴한 바위여! 바위에 드리운 늙은 나무의 가지여! 가지를 흔드는 바람이여! 바람의 만지는 손이여! 손들이 만드는 질문이여! 답이여!

「의무려산곡」을 비롯한 다섯 곡을 더 연주한 후에야 겨우 김진과 마당에서 대화를 나눌 수 있었다. 모닥불 옆에 나란히 서서 칭찬부터 했다.

"솜씨가 많이 늘었더군."

거문고를 즐겨 연주하는 줄은 알았지만 악사들과 어깨를 나란히 할 줄이야.

"연습을 좀 했지. 환송연에서 술만 마시면 심심할 것 같아서. 괜찮았나?"

"괜찮은 정도가 아니야. 효효재 선생의 칭찬을 직접 들고도 그런 소릴 하는가. 한양 제일일세. 조선 제일일지도 몰라."

"치켜세우지 말게. 어지럽군."

말머리를 돌렸다.

"곡을 받으려고 영천에 들렀던 겐가?"

"연암 선생께 드릴 환송 선물이 혹시 있으면 주십사 했더니 악보를 내미시더라고. 나도 놀랐네."

질문을 쏟을 기회를 잡았다.

"나를 봤는가? 어디서 봤는가? 봤는데도 왜 아는 척하지 않았는가? 내가 올 줄 알면서 왜 영천에서 하루 더 머물지 않았고?"

쏟아진 질문에 김진은 약간 당황한 표정이었다. 하나하나 답하는 대신 한꺼번에 정리하는 쪽을 택했다. 그 정리는 되물음으로 시작하였다.

"의금부에 공문은 올렸는가?"

"그렇네."

"혹시 초안을 갖고 있나?"

급히 작성하여 내고 나오느라, 초안을 물에 씻지 못하고 소매에 넣어 뒀었다.

"그건 왜?"

김진이 손바닥을 내밀었다. 삼정승도 의금부 도사의 공

문을 함부로 보지 못한다. 그러나 던진 질문들의 답을 얻어 내려면 그의 요구를 거절하기 어려웠다. 초안을 꺼내 손에 얹었다. 김진이 일렁이는 불빛에 의지하여 빠르게 읽었다. 초안을 내게 돌려주지 않고 모닥불에 던져 넣었다. 나는 버럭 소리를 질렀다.

"뭣하는 짓인가?"

"의금부에서 하는 일이란 게 다 이렇게 한심하지 않나? 묻어 숨기든 태워 숨기든."

"그게 무슨 소리인가? 숨기다니?"

"정녕 몰라서 묻는 게야? 자네가 올린 공문엔 조운선 침몰 사건의 진실을 전혀 못 담았네. 사고 후 벌어진 추악한 은폐도 무시했고."

가슴이 답답했다.

"내가 뭘 담지 못했고 무슨 은폐를 무시했단 것인가?"

김진이 성난 눈길을 피하지 않고 되쏘았다.

"'조운선 두 척은 서로 부딪쳐 침몰하였으나 다행히 사공 두 명과 격군 서른 명이 무사히 구조되었으니 불행 중 다행이라 할 만하다. 밀양부사는 다시 나라에 바칠 세곡을 마련하는 어려움을 토로했지만, 밀양 백성에게 분란의 조짐은 없다.' 이따위 헛소리를 적어 놓고도 무엇을 잘못했는지 모르겠단 말인가?"

"……."

따져 물으려다가 한 호흡 참았다. 김진은 확실한 물증이 없이는 주장하지 않으며, 주장을 펼 때도 차분하게 자초지종을 설명하는 위인이다. 더군다나 벗인 나를 이렇듯 몰아세울 땐 그만한 이유가 있는 것이다. 자기 입으로 '조운선 침몰 사건'이라 했다. 영천만 다녀간 것이 아니라 영암과 밀양까지 둘러보았는가. 정말 내 뒤를 미행이라도 한 것인가. 침착하고 부드럽게 청했다.

"설명을 해 주게."

"4월 5일 침몰한 배는 두 척이 아니라 세 척일세."

깜짝 놀라 확인하듯 물었다.

"세 척이라고?"

"조운선 두 척에 소선(小船) 한 척. 소선에는 남자 열 명과 여자 네 명이 타고 있었네. 열 명의 남자 중 한 명은 아홉 살 아이였고. 열네 명 중에서 어부 정상치(鄭相値)에게 구조된 이는 단 한 사람뿐이야. 그이의 이름은 고후(高厚). 박보안과 함께 장악원에서 생황과 대금을 번갈아 맡는 맹인 악공이라네. 나머진 시신도 건지지 못했어."

"잠깐! 열세 명이 실종되었다 이 말인가? 하지만 조운 차사원인 제포 만호 노치국이 선혜청에 올린 공문엔 침몰한 배가 두 척이라고 적혀 있었네. 사망자나 실종자는 물론 부상자도 없다고 했어. 전원 구조했다고. 영암군수도 밀양부사도 두 척에 실린 세곡 2000석에 대해서만 언급했고."

김진이 정색하며 물었다.

"이 도사! 언제부터 자네가 공문을 글자 그대로 믿었는가? 사건 경위를 적은 글은 처음부터 끝까지 글자 하나하나를 짚으며 의심하고 질문을 던져야 한다고, 그게 의금부 도사와 서생이 글을 대하는 방식의 차이라고 설명한 이는 바로 자네일세."

원칙이긴 했다. 하지만 이번 출장은 본격적인 사건 조사가 아니었다. 침몰 사고는 일단락되었고, 이순구와 나는 영암과 밀양의 민심만 살피고 오면 끝나는 일이었다.

"하나만 짚고 넘어가세. 화광 자네는 무엇 때문에 언제부터 조운선에 관심을 가졌는가?"

내게 말도 않고, 연암 선생과의 약속도 어긴 채 전라도와 경상도를 떠돌 만큼.

"소선 침몰을 조사해 달란 요청을 받았다네. 요청을 받지 않았더라도 내려갔을 테지만."

"그건 또 무슨 말인가?"

"바다에 빠져 실종된 아홉 명의 남자 중 유일한 양반의 이름이 조택수(趙澤洙)일세."

귀에 익은 이름이다.

"조택수, 조택수라면……? 그 조택수 말인가? 영상의 서자인…….."

"맞네. 우리들의 벗 소운(素雲) 조택수. 그가 침몰한 배와 함께 바닷속으로 사라졌다네."

조택수는 영의정 조광병의 서자로 일찍부터 담헌 선생 문하를 출입하며 김진과 함께 공부했다. 천문학과 수학을 즐겨, 김영을 따라다닌 밤도 많았다. 내가 재작년부터 김진과 사귀기 시작한 후로 조택수와도 몇 차례 술자리에서 만났다. 솔직히 내가 좋아하는 성향의 사내는 아니었다. 지나친 집착이 눈에 거슬렸다. 조택수는 관심을 둔 대상에 집중하는 사내였다. 그 대상은 기녀에서부터 붓이나 벼루에 이르기까지 다양했다. 『논어』에 '인(仁)'이 몇 번 나오는지 헤아리기도 하고, 운종가와 이어진 골목이 몇 개나 되는지 걸으며 세어 보기도 했다. 김진과 백탑파도 저마다의 고유한 특질에 관심을 두었지만 조택수는 정도가 심했다. 내가 몇 번 얼굴을 찡그리는 것을 보았는지, 김진이 물었다.

"불편한가?"

"솔직히 좀 그렇네. 목수도 아니면서 세상일을 딱 자로 너무 재려고만 드는군."

"목수보다 솜씨가 좋을지도 몰라."

"농담 말게. 영의정의 아들이 어찌…….."

"서자(庶子)라네. 나도 서자지만, 아들과 서자는 달라. 언젠가 소운이 그러더군. 차라리 미관말직의 서자면 좋겠다고. 영의정의 서자이고 보니 따라다니는 눈이 한둘이 아니래."

"그래도 글공부는 제대로 했지 않은가? 손에 거친 나무나 쇠를 쥐는 팔자와는 거리가 멀지."

"영상 대감이 소운의 재주를 아껴 어려서부터 글공부를 시킨 건 맞아. 하지만 소운은 벼슬자리를 기웃거릴 맘이 전혀 없어. 대신 서자에 딱 어울리는 이들과 어울렸지. 목수, 대장장이, 광대, 거지 패들까지. 그들과 7~8년을 몰려다녔어. 상거지 차림으로 나타나선 밥을 얻어먹고 간 적도 여러 번이었다네. 백탑의 여러 벗들도 왈패들을 몰고 다니는 그와 말을 섞는 것조차 싫어했지. 담헌 선생만이 소운의 이야기를 모두 들어주셨어. 소운이 울며 선생께 연이어 던진 질문이 지금도 귀에 쟁쟁하군. '저들이 얼마나 주린지 아십니까? 저들이 얼마나 추운지 아십니까? 저들이 얼마나 아픈지 아십니까? 백성을 불행하게 만드는 이게 나랍니까?'"

내가 소운과 만났을 때는, 그가 거리의 떠돌이 생활을 접고 다시 서책을 손에 든 직후였다. 맺고 끊음이 분명한 사내가 가난하고 병든 천민과 돌아다녔다는 사실이 믿기지 않았다. 김진은 물론이고 형암 이덕무도 초정 박제가도 서자지만, 그처럼 천한 자들과 어울리며 방랑의 세월을 보내진 않았다.

"그렇다면, 자네에게 조사를 부탁한 이는……?"

"영상 대감이라네. 은밀히 살펴 달라 청하더군. 수고비는 얼마든지 내겠다면서 말일세. 백방으로 시신을 찾는 눈치였네. 하지만 그 넓은 바다에서 시신을 수습하기란 어려울 듯싶고. 어찌하여 그 친구가 영암 앞바다에 빠져 사라졌는지를 알 때까진 장례도 미루고 있다네. 돈 따윈 필요 없지만, 최선을 다해 조사하겠노라 답하였지. 그래도 마지막 예(禮)는 갖춰 치러야 하지 않겠나?"

"그랬군. 그래서 자네가 갑자기 사라졌던 게야. 그래 뭐 건질 만한……."

더 따져 물으려는데, 의금부 나장 피종삼(皮鐘三)이 급히 와서 허리 숙여 절했다.

"무슨 일이냐?"

"이 참상께서 속히 오시랍니다."

성이 같은 바람에, 이순구는 이 참상으로 나는 이 참외로 나뉘어 불렸다. 내일 아침에 함께 연행을 나설 텐데, 야밤에 찾는 이유가 무엇인가. 신문고에서 마지막 번을 서고 집에 가서 마저 짐을 꾸리겠다며 너스레를 떨던 얼굴이 떠올랐다. 느낌이 이상했다.

"어디 계신가?"

"수진동(壽進洞)에서 기다리시겠답니다."

수진동엔 의금부에서 비밀 회의를 갖거나 중요한 증인을 보호할 때 쓰는 밀가(密家)가 있었다. 이 밤에 갑자기 회의가 잡혔을 리는 없고, 수진동으로 누군가를 은밀히 데리고 갔단 말인가. 남산까지 피종삼을 보낸 것으로 추측하자면 내게 꼭 보여야만 하는 사람일 것이다. 연행 전날 그와 내가 같이 만날 사람이 언뜻 떠오르지 않았다. 밀가로 가는 수밖에 없었다.

"연암 선생께 인사드려 주게. 내일 뵙겠다고."

"같이 갈까?"

"아니야. 환송연을 주최한 자네가 자릴 비워서야 쓰나."

나는 사랑채에 잠시 맡겨 둔 장검을 챙겨 들고 봄이 머무는 언덕을 뛰어 내려갔다.

4장

수표교(水標橋)를 통해 개천(開川, 청계천)을 건너며 물었다.

"댕삼아! 너도 오늘 신문고 근무였지?"

나장 피종삼은 주먹으로 제 머리를 댕댕댕 치는 버릇 때문에 '댕삼'이라고도 불렸다. 올해 서른한 살이지만 아직 장가를 못 갔다. 여자 손목 쥐는 것보다 범인 팔꿈치 꺾는 맛이 낫다고 했다.

"맞습니다요. 이 참상 모시고 신문고를 지켰습죠. 보통은 병조의 관원과 함께 근무를 서는데, 오늘은 병조에 무슨 일이라도 생겼는지 우리뿐이었습니다요."

"찾는 이는 많았느냐?"

"웬걸요. 오후 들면서부턴 파리만 날렸습죠. 얼마나 사람이 없었으면 이 참상께서 의자에 앉은 채 꾸벅꾸벅 조셨겠습니까요."

종각을 통과하여 운종가를 달렸다. 어둠이 깔린 대로엔 오가는 이가 없었다.

"편했겠군. 근데 왜 수진동으로 오라는 게야?"

"대충 마치고 나오려는데, 여인네 한 사람이 찾아왔습죠."

"여인네라?"

"네. 치마를 입어 여자라는 걸 알아차리긴 했지만, 거지도 그런 상거지가 없었습니다요. 비녀는 어디서 잊어먹었는지, 산발한 머리채는 고개를 살짝만 숙여도 얼굴 전체를 가렸습죠. 저고리와 치마엔 땟국물이 줄줄 흐르고 구멍이 숭숭 뚫렸으며, 손등과 목덜미도 곳곳에 피딱지가 앉고 살이 갈라져 꼭 문둥이 같았습니다요. 더욱 기가 막힌 건, 그러니까 이 참상 어른을 의자에서 땅바닥에 놀라 주저앉게 만든 건, 통곡 소리였지요."

"울음을 터뜨렸단 말이더냐?"

종삼이 오른편의 의금부를 곁눈질하며 답했다.

"울음 정도가 아닙니다요. 사지를 버둥대며 얼마나 몸부림을 치는지, 살다 살다 그리 슬피 우는 사람은 처음 봤습죠. 주먹으로 땅을 치고, 이마를 벽에다 찧고, 저리 울다간 숨이 넘어가겠단 걱정까지 들더라고요. 한 마리 미친 짐승 같았습니다. 오죽하면 참상 어른이 묶으라는 명령까지 내리셨겠습니까?"

"묶었느냐?"

"겨우겨우 포승줄로 묶긴 했습죠. 참상 어른이 졸던 바
로 그 자리에 앉힌 뒤에도 또 그렇게 한참을 버둥대며 오
열하더군요. 그렇지만 어쩌겠습니까. 의금부 나장에게 포
박당하면 천하장사라도 옴짝달싹 못합죠. 차츰차츰 몸부림
과 울음이 잦아들었습니다요. 소인은 참상 어른의 명을 받
들어 깨끗한 수건으로 여인네의 얼굴을 훔쳐 줬습니다. 흘
러내린 머리카락도 대충 묶어 뒤로 넘겨 비녀 대신 작은
붓으로 쪽을 졌고요. 희한한 것이, 바싹 야위긴 했지만 고
운 얼굴이었습니다요. 그리고 말했습죠."

"뭐라고?"

"숨 쉴 때마다 죽은 아들이 생각난다고."

숨 쉴 때마다! 견디기 힘든 그리움이다.

"어디서 온 누구라더냐?"

"밀양에서 온 선영(仙影)이라 하더군요. 배 만드는 목수
인 남편 돌쇠는 재작년에 병들어 죽고, 아홉 살 먹은 차돌
이란 아들 녀석과 단둘이 살았답니다. 길쌈도 하고 농사일
도 거들고 기방에서 허드렛일도 하며 겨우겨우 지냈대요.
놀라운 사실은 선영이란 그 여인네가 밀양에서 한양까지
걸어온 겁니다요. 길에서 먹고 잤으니 몰골이 엉망이었던

게지요."

밀양이란 지명이 귀에 쏙 들어왔다.

"밀양에서? 확실하냐?"

"이 참상께서 밀양 읍성 안팎의 몇 군데를 짚어 물으셨는데, 단번에 답하였습죠."

"신문고를 찾은 이유는?"

"그게…… 아들인 차돌이가 물에 빠져 죽었답니다요."

"익사 사고가 어디 한둘이더냐? 그런 일로 한양까지 와서 신문고를 두드려?"

"차돌이가 빠져 죽은 곳이 강이 아니라 바다, 그것도 경상도 바다가 아니라 전라우도인 등산진 앞바다라 합니다요. 선영이가 물어물어 영암까지 갔는데도 차돌이 시신을 못 건지고, 또 차돌이가 어찌 죽었는지 설명해 주는 사람이 없었다네요. 영암 관아를 찾아갔지만 문전박대를 당했답니다요. 영암 바닷가에서 사흘을 꼬박 울다가, 정신을 차려 한양으로 올라갔다는 겁니다요. 처음엔 배를 타고 군산진까지 나왔는데, 거기서부턴 뱃삯이 떨어지는 바람에 걸식을 하며 한양까지 걸었답니다요."

"차돌이가 죽은 날이 언제라더냐?"

"4월 초닷새라고 들었습죠."

4월 5일! 조운선 두 척과 소선 한 척이 등산진 앞바다에서 침몰한 날이다.

"초닷새가 확실하냐?"

"아직 귓구멍이 막힐 나이는 멀었습니다요. 이 참상께서
선영을 데리고 나왔습죠. 보통은 거기서 신문고를 찾은 이
의 억울한 사연을 기록하고 수결을 받습니다만, 어쩐 일인
지 아무것도 적지 않고 좀도둑질하다가 도망치는 사람처럼
나왔다 이 말씀입니다. 그리고 소인에게 명령하셨습죠. 남
산 자락으로 가서 이 참외를 찾아오라고 말입니다요. 남산
자락에서 어떻게 참외 나리를 찾나 걱정했는데, 괜한 걱정
이었습죠. 멋진 풍악이 길라잡이를 맡아 주었으니까요."

이순구는 선영이란 여인과 함께 수진동으로 간 것이다.
내가 올 때까지 슬픔에 젖은 그미를 달래며 4월 5일의 일
들을 자세히 캐묻겠지. 김진은 그날 열네 명이 소선에 탔
고 열세 명이 실종되었다고 했다. 실종자 중에는 아홉 살
소년이 있다고 밝혔는데, 그 소년의 이름이 차돌이고 그
어미가 선영인 것이다. 그렇다면 왜 실종자들의 이름이 조
운차사원의 공문에는 없을까. 이순구도 바로 그 점이 의심
스러워 선영을 은밀히 수진동 밀가로 데려가며 급히 나를
찾아오라 명한 것이다. 차사원이 고의로 실종자들을 누락
시켰다면 엄중히 죄를 따져 물어야 한다.

"어느 집이냐?"

수진동 골목으로 꺾어 들며 물었다. 종삼이 주먹으로 제 머리를 댕댕댕 가볍게 두드렸다. 의금부에서 확보한 다섯 군데 밀가 중 세 번째에서 이순구가 기다리고 있는 것이다. 대문을 지나쳐 흙벽을 손바닥으로 짚으며 협문으로 갔다. 수진동을 왕래하는 의금부 관원은 정문을 피하고 협문을 이용하는 것이 내규였다. 두 그루 은행나무로 가려진 협문으로 다가섰다. 종삼이 열쇠를 꺼내 자물쇠를 따고 비켜섰다. 나는 문을 반만 열고 재빨리 들어섰다. 종삼이 뒤따라 들어와선 등 뒤로 문을 닫아걸었다. 우리는 도둑고양이 걸음으로 벽에 붙었다가 굴뚝을 지나 후원으로 향했다.

"참상 나……."

종삼의 입을 틀어막곤 끌어 앉혔다. 왜 이러십니까요? 종삼이 놀란 눈으로 물었다. 대답 대신 마루로 가만히 올라서며 장검을 꺼내 들었다. 종삼도 번뜩이는 칼날을 보곤 마른침을 꼴깍 삼키곤 섬돌 옆에 세워 놓은 방망이를 쥐었다. 나는 문고리를 잡은 채 어둠을 노렸다. 허공에 떠서 뭉친 기운이 느껴졌다. 들릴락 말락 소리를 내며 흔들렸다. 문을 박차고 단숨에 뛰어 들어갔다. 원을 그리며 방을 크게 돌았다. 뒤따라 들어오던 종삼이 매달린 물체에 얼굴을 부딪치곤 엉덩방아를 찧었다.

"어이쿠!"

"일어나, 어서!"

내 목소리에 힘이 실렸다. 종삼이 벌떡 일어섰다. 나는 단숨에 뛰어올라 천장 대들보에 매달린 줄을 끊었다. 종삼이 양팔을 벌려 떨어지는 물체를 품에 안고는 다시 엉덩방아를 찧었다.

사람이었다. 그것도 여자였다. 종삼이 전한, 밀양에서 영암까지 갔다가 한양까지 걸어온 선영이 분명했다. 그미의 목덜미에 손가락을 대고 맥박을 짚었다. 목을 쥔 줄 때문에 피부가 부풀었다. 맥이 뛰지 않았다. 이미 목숨이 끊긴 것이다.

"이게 다 무슨 일이래요?"

종삼이 주머니에서 작은 부싯돌을 꺼냈다. 등잔불이라도 밝혀 시신의 상태를 확인하려는 것이다. 나는 그 돌을 빼앗은 후 녀석의 허벅지를 걷어찼다. 종삼이 무릎을 꿇었다.

"잘 지켜!"

열린 창으로 몸을 날렸다. 그곳으로 밀려든 바람이 허공에 매달린 선영을 흔든 것이다. 땅바닥을 구른 뒤 향나무에 붙었다가 벽을 따라 정문으로 뛰었다. 발자국이 우물에서 멈췄다. 두레박줄이 우물 안으로 드리웠다. 급히 줄을 쥐고 조금만 당겨 버텼다. 물을 가득 채운 두레박보다 열 배는 무거웠다. 이순구의 환하게 웃는 얼굴이 스쳤다.

검을 내려놓고 급히 줄을 끌어당기기 시작했다. 우물이 깊은 만큼 줄도 길었다. 손바닥 살점이 떨어져 나가는 것도 모르고 정신없이 당긴 뒤에야 겨우 사람 다리가 우물 밖으로 나왔다. 두레박줄로 발목을 묶어 우물로 던진 것이다. 경직되고 부어오른 다리를 부둥켜안고선 끌어올렸다. 내 저고리 앞섶이 온통 젖어 싸늘했다. 우물 주위도 금방 흥건해졌다. 시신을 땅에 내려놓자마자 얼굴을 돌려 확인했다. 숨을 거둔 이는 의금부 참상도사 이순구가 분명했다.

"형님!"

그 순간 뒤통수가 서늘했다. 땅에 내려놓은 장검의 위치를 머릿속으로 가늠했다. 선영과 이순구를 죽인 자가 아직 이 밀가에 머무르고 있는 것이다. 둘을 죽였는데 셋이라고 주저할까. 시체들을 확인한 이가 의금부 도사이니, 범인은 나까지 없애 흔적을 지우려 들 것이다. 장검을 내려놓는 것이 아니었다. 경솔했다. 그러나 묵직한 두레박줄을 당기기 위해선 양손이 필요했다. 범인은 그것까지 노렸을지도 모른다. 얄밉도록 머리가 좋은 놈이다. 당할 땐 당하더라도 놈의 얼굴을 보고 싶었다. 숨을 가다듬고 발끝에 힘을 실었다. 단숨에 몸을 날려 장검을 쥐려는데 뒤통수에서 퍽 소리가 났다. 쓰러지지 않고 겨우 비틀대며 돌아섰다. 어깨와 가슴 그리고 아랫배의 급소만 노려 차례로 몽둥이가 날

아들었다. 숨이 막히고 온몸이 뜯겨 나가듯 아파 왔다. 그리고 나는 정신을 잃었다.

길 위를 한 여자가 걷고 있었다. 멈추지 않고 고개 돌리지 않고 손등으로 땀을 훔치지 않고 걷기만 했다. 내게는 등만 보였다. 그 등만 보고도 나는 그미가 울고 있음을 알아차렸다. 세상에서 가장 슬픈 등이었다. 들길도 걷고 산길도 걸었다. 바닷가를 따라서도 걷고 강가를 거슬러서도 걸었다. 낮에도 걷고 밤에도 걸었다. 비가 와도 걷고 해가 쨍쨍 내리쬐어도 걸었다. 두 팔을 휘휘 저으면서도 걷고 곰배팔이처럼 팔을 전혀 움직이지 않고도 걸었다. 똑바로 한 걸음 한 걸음 신중하게도 걷고 흐느적흐느적 발길 닿는 대로도 걸었다. 마을로 들어서면 많은 이들이 불쾌하게 노려보았다. 맞은편에서 걸어오던 이들은 멀리서부터 피했다. 뒤따르던 아이들은 돌을 던졌다. 그미의 몸에선 악취가 풍겼다. 씻지도 않고 옷을 갈아입지도 않고 계속 걸었기 때문이다. 코를 잡고 물러나는 이들은 그래도 나은 편이고, 손가락질을 하는 이들은 보통이며, 상거지를 마을에서 내쫓는다고 빗자루나 몽둥이로 등을 후려치기까지 했다. 슬프면서도 아픈 등이었다. 욕을 들으면서도 걷고 얻어맞으면서도 걸었다.

오르막길로 접어든 발걸음이 점점 빨라졌다. 나도 뒤처지지 않으려고 종종걸음으로 따라붙었다. 대낮이고 쾌청했다. 처음엔 희던 옷에 회색빛이 얹히더니 거무스름하게 바뀌었다. 나는 더욱 가까이 등 뒤로 붙었다. 으으하하하. 으아아으윽. 신음 소리가 들렸다. 울음도 아니고 웃음도 아니었다. 인간이 만드는 소리가 아니었다. 쉬이익 식식. 땅을 끄는 긴 치맛단 소리와 함께, 세상에 없는 소리를 토해 냈다. 코를 막는 이들만큼이나 귀를 막는 이들도 늘어났다. 악취보다 더, 이 낯선 소리가 사람들을 불편하게 만들었다. 그미의 고개가 천천히 올라갔다. 거대한 성벽 가운데 문이 있었다. 이 나라의 도읍지, 한양 숭례문 앞에 닿은 것이다. 멈추지 않고 문으로 들어가려 했다. 성문을 지키는 군졸 둘이 장창을 어긋나게 눕혀 막았다. 머리와 어깨와 가슴으로 밀고 가려 했지만, 군졸들이 장창을 풀지 않았다. 신음 소리가 점점 커졌다. 으하학 아흑아아흑. 끝내 나아가지 못하고 땅바닥에 엎어졌다. 치맛단이 따라 올라갔다.

그때 나는 보았다, 그미의 맨발을. 피와 흙이 뒤엉켜 검붉은 두 발은 성한 곳이 한 군데도 없었다. 발바닥의 갈라진 살과 살 사이로 피가 흘렀고 발등엔 피딱지가 가득했다. 엄지발톱은 양쪽 다 빠져 버렸고, 나머지 발톱도 부러지거나 피멍이 들어 시커멓게 색이 바랬다. 인간의 발이 아니었다.

처음부터 맨발이었던 것이다. 아들을 잃은 슬픔이 깊어서였을까. 아니면 아들의 고통을 조금이라도 알고자 일부러 신발을 벗어던진 것일까. 어느 쪽이든 한 걸음 한 걸음 내디딜 때마다 발끝에서부터 올라오는 끔찍한 아픔을 감내하며 한양에 닿았다. 대문을 왕래하는 이들을 살피고 의심스러운 자를 격리하여 조사하는 것은 수문장 이하 문지기 군졸의 임무였다. 걸인을 들이고 내치는 것 역시 그들에게 부여된 일 중 하나였다. 그미가 일어섰다. 군졸이 장창으로 겨누며 위협했다.

"꺼져!"

그미는 장창을 내려다보더니 곧장 걸어갔다.

"이 거지 년이 돌았나. 꺼지라니까. 죽고 싶어 환장했어?"

그래도 멈추지 않았다. 오히려 허리를 반쯤 숙인 채 달리기 시작했다. 이대로 두면 가슴을 창에 찔려 크게 다치거나 죽을 것이다. 나는 그미의 허리를 등 뒤에서 잡고 굴렀다. 버둥거리는 양팔을 머리 위로 올려 붙들었다.

얼굴을 쳐다보았다. 눈을 맞추려 했다. 눈동자가 빛나야 할 자리가 텅 비었다. 눈알이 모두 빠진 검은 구멍 두 개뿐이었다. 그 구멍에서 붉은 피가 내 얼굴로 쏟아졌다. 두려움이 밀려들었다. 일어서서 피하려 했다. 어느새 그미가 내 손목을 꽉 쥐고 버텼다.

"놔!"

말하려는 순간, 핏줄기가 입으로 파고들었다. 뜨겁고 비릿한 피가 입술과 이와 혀를 적시곤 목구멍으로 넘어갔다. 내 몸이 한순간에 부풀어 올라 터져 버릴 것만 같았다. 명치에서부터 활활 불덩이가 이글댔다. 밀양에서부터 그미의 가슴에 타오르던 불덩이가 내 안으로 들어온 것이다. 나는 단 한순간도 견디기 어려운데, 그미는 그 불덩이를 꾹꾹 참으며 한양까지 온 것이다. 갑자기 손목을 쥐었던 힘이 스러졌다. 내려다보니 그미의 몸이 검은 재로 바뀌고 있었다. 나는 그미를 끌어안으려고 했다. 그러나 재만 풀풀 날릴 뿐 살점 하나 잡히지 않았다. 이렇게 작별할 순 없었다. 어찌해야 사라지는 것을 막을 수 있을까. 그미가 들어가려 했던 성문 안에서 바람 한 줄기가 불어왔다. 내 밑에 깔린 그미의 몸 그러니까 재들이 한꺼번에 흩어져 날리기 시작했다. 나는 일어서서 재들을 손 움큼으로 붙잡으려 했다. 재는 손길을 피해 더 멀리 더 빨리 사라져 갔다.

"안 돼!"

비명을 지르며 꿈에서 깼다. 눈을 떴지만 시야가 흐렸다. 꿈을 꾸면서 계속 눈물을 쏟아 낸 탓이다. 손등으로 눈물을 쓰윽 훔쳤다. 걱정 가득한 눈으로 나를 내려다보는 이의 얼굴이 비로소 또렷하게 보였다. 담헌 선생이었다.

"정신이 드는가?"

"여, 여긴?"

"건곤일초정일세. 안심하게나. 화광 아니었으면 큰일 날 뻔했네."

"제가 얼마나…… 여기 누워 있었던 건지요?"

"보름이라네. 혈이 막혀 애를 먹었다네."

내가 죽지 않은 것은 김진이 불길한 예감을 떨치지 못하고 곧바로 뒤를 밟았기 때문이다. 그가 수진동 밀가에 도착했을 때 안방에는 선영과 종삼이 쓰러져 있었다. 종삼은 목에서 왼 가슴까지 사선으로 장검에 베여 목숨을 잃었다. 방 전체가 피로 흥건했다고 한다.

우물로 접근한 김진은 허공으로 높이 올라간 장검을 보았다. 범인이 내 목을 향해 장검을 내리긋기 직전이었다. 그 곁엔 몽둥이를 든 사내도 있었다. 김진은 지체하지 않고 지니고 다니던 부채를 힘껏 내던졌다. 대나무 대신 철로 심을 넣어 위급할 땐 표창 대용으로 썼다. 부채가 칼날에 부딪혀 챙 소리를 냈다. 복면을 쓴 사내들은 고개를 돌려 김진 쪽을 쳐다보더니 담을 넘어 달아났다. 이것은 내가 수진동에서 정신을 잃은 후 보름이 지나서야 겨우 김진으로부터 전해 들은 이야기다. 전문가의 솜씨다. 급소를 때려 옴짝달싹 못하게 기절시킨 뒤 목숨을 앗기까지 조금의 망설임도 없었다. 그들이 장검부터 휘두르지 않은 것도 살인에 익숙하다는 반증이었다. 나까지 포함해서 네 사람은 몽둥이로 급소를 맞고 혼절했다. 죽음의 방식은 그 후에 살인자들이 정한 것이다.

내게는 영원히 아쉬운 보름이었다. 우선 이순구의 장례에 참석 못했다. 김진의 연락을 받고 병문안을 온 의금부 도사들은 이 참상의 죽음이 결코 내 탓이 아니라며, 몸이나 잘 챙겨 어서 회복하라고 위로했다.

돌이켜 짚어 보아도, 그 밤 건곤일초정에서 수진동까지 나는 정말 최선을 다해 뛰었다. 조선에서 가장 빠른 이와 겨뤄도, 한양 골목을 누비는 시합이라면 지지 않을 자신이 있다. 의금부 도사들은 속도를 줄이지 않고 최단 거리로 한양 골목을 질러 가는 방법을 미리 익혀 안다. 사건 현장에 가장 먼저 도착해야 하고, 달아나는 범인을 추격하여 붙잡기 위해 대대로 전하는 은밀한 기술이었다. 그 기술을 부리며 달렸는데도 두 사람의 죽음을 막지 못했다. 종삼까지 잃었다.

도사들이 여러 정황을 살펴 위로했지만 죄책감은 줄어들지 않았다. 그들에게 털어놓지 않은 사연이 있다. 그날 신문고를 지켜야 할 관원은 이순구가 아니라 나였다. 내가 연암 선생 환송연에 가고 싶어 한다는 것을 알고, 마음씨 좋은 이순구가 선선히 대신 근무를 서 주겠다며 나선 것이다. 순번을 바꾸지 않고 내가 신문고를 지켰다면, 선영도 내가 만났을 것이고, 수진동에도 내가 안내했을 것이고, 급습을 당해 정신을 잃고 우물에 거꾸로 매달려 목숨을 잃은 이도 이순구가 아니라 나였을 것이다. 미안하고 또 미안했다.

그리고 나는 연행에 끼지 못했다. 나와 이순구 대신 다른 도사 두 명이 서둘러 짐을 챙겨 따라 나선 것이다. 연행은 연암 선생의 오랜 꿈이자 또 나의 간절한 바람이기도 했다. 연경 구석구석을 살피고 돌아와선, 비록 『을병연행록』이나 『북학의』 정도는 못 되더라도, 뭔가 끼적여 보고 싶었다. 연행록을 함께 검토하기 위해 연암 선생을 찾아가던 길에 김진에게 이 바람을 털어놓았다. 김진이 흔쾌히 격려해 줬다.

"연행록이 뭐 별건가. 이야기라네 이야기! 낯선 길로 갔다가 낯선 고을을 구경하고 다시 돌아온 사람들의 이야기. 소설을 밥보다 더 좋아해서 밤낮 세책방을 드나드는 자네라면 그런 이야긴 쓰고도 남지."

"고마우이."

"한데 연행록만 쓰긴 너무 아깝지 않아?"

"아까우면?"

"연행록은 연행록대로 쓰고 이참에 소설을 한 편 써 보는 건 어때?"

"소설을?"

"자네도 가 보면 알겠지만, 밤마다 얼마나 많은 이야기들이 오가는 줄 아는가? 희한한 사건이 하루가 멀다 하고 생긴다네. 일화들을 적당히 뒤섞고, 재물 때문에 사람을 몇 명 죽인다든지, 아니면 남녀를 등장시켜 곡진한 사모의 정을 키운다든지 하면, 근사한 소설 서너 편은 뚝딱 만들어질 거야."

그리고 이런 귀띔도 했다.

"자네가 서둘러 쓰지 않으면, 아무래도 연암 선생이 소설을 쓰실지도 모른다네."

"연암 선생이? 쓴다고 하셨는가?"

"그건 아니네만 평생 연행록을 쓰려고 준비하고 또 준비하셨잖은가. 선생은 지금까지 나온 연행록이 너무 천편일률적이라고 비판하셨어. 일정에 따라 그때그때 소회를 적은 것이 전부니까 말일세. 선생은 다양하게 가고 싶으신가 봐?"

"다양하게 간다고?"

"새로운 풍광, 새로운 사람, 새로운 문물을 보고 듣고 맛보고 냄새 맡고 만질 텐데, 그 순간의 느낌을 최대한 살리는 방향으로 글의 형식을 그때그때 바꿔 보시겠단 거지. 시나 일기나 필담은 기본이고 그 외에 소설을 짓는다 해도 전혀 이상하지 않아. 청나라는 대국이야. 소설로 쓰고도 남을 이야기가 정말 많다네."

"연경을 수시로 오간 자넨 왜 그동안 소설을 안 썼나?"

김진은 걸음을 멈추고 고개를 돌려 내 얼굴을 잠시 쳐다보았다.

"쓸 날이 있겠지. 아직은 아냐."

"첫 영광은 내게 양보하겠다?"

"얼마든지! 우린 친구 아닌가."

내가 이렇게 자리보전을 하고 누웠으니, 연암 선생이 이번 연행에서 소설을 짓는다면 영광을 선생에게 양보하는 꼴이다. 얼마든지! 선생이 연행에서 얻은 생각을 마음껏 문장으로 드러내는 것만 해도 내게는 큰 기쁨이다.

연암 선생은 출발하기 직전까지 나를 기다렸고, 내가 급한 용무로 이번 연행에서 빠졌다는 연락을 받고는 매우 상심한 채 길을 나섰다고 한다. 소설이야 누가 먼저 쓰든 상관이 없지만, 선생과 말 머리를 나란히 하여 먼 여행을 다녀올 기회를 놓친 것이 못내 아쉬웠다. 평생 한 번 가기도 힘든 연행이 아닌가. 그것도 연암 선생과 함께 가는 연행이었는데, 더더욱 아쉬웠다.

김진은 막힌 혈을 뚫고 정신을 맑게 하며 통증을 줄이기 위하여 청나라에서 가져온 정심단(精心丹)을 보름 꼬박 썼다. 이 약은 효능이 좋은 대신 환자를 계속 재웠다. 특이한 점은 잠든 상황에서도 간병인이 시키는 대로 환자가 밥을 먹고 물을 마시고 또 묻는 말에 정직하게 답한다는 것이다. 그 덕분일까. 보름을 누워 지낸 다음에도 내 볼엔 두툼하게 살이 올랐다. 김진이 보름 동안 내게 무엇을 묻거나 지시했을까. 머릿속을 더듬어도 그믐밤처럼 깜깜했다.

담헌 선생이 한양엔 어쩐 일일까. 내가 김진을 담헌 선생으로 착각하는 것은 아닐까. 고개를 천천히 돌리니 선생의 왼편에서 김진의 얼굴이 쓰윽 들어왔다. 너무나도 생생한 꿈을 떠올리며 김진에게 물었다.

"차돌이라고 했나, 그 죽은 아이 이름이?"

"그렇다네."

"겨우 아홉 살 먹은 아이가 밀양 집을 떠나 등산진 앞바다의 배엔 왜 탔을까?"

"조사를 더 해 봐야 하겠지만, 소운의 잔심부름을 위해서였던 것 같아. 워낙 귀하게 자란 탓인지, 소운은 한양에서 지낼 때도 늘 몸종 아이가 따라붙었지. 망원경을 들든 담뱃대를 들든. 지니고 다니던 물건이 워낙 많았으니까. 하고 싶은 일이 생기면 그 자리에서 곧바로 해 버리기도 했고."

"잔심부름이라! 그랬을 수도 있겠군."

"그랬을 걸세."

선생이 권했다.

"말을 많이 말게. 한숨 더 자고 나서 이야길 하세나. 나도 방금 와서 따로 챙겨 볼 것도 좀 있고."

김진도 동의했다.

"그게 좋겠네."

무거운 눈꺼풀을 겨우 밀어 올리며 김진에게 물었다.

"또 잠들었다가 깼는데 보름이 휙 지나가는 건 아니지?"

"마음 같아선 그리하고 싶으이. 자넨 좀 더 쉬는 게 나아."

"그럼 자지 않겠네."

"걱정 말게. 이젠 기력을 많이 회복하여 정심단을 먹지 않아도 된다네. 오늘 오실 손님들도 있으니 오래 자진 못할 걸세. 나를 믿고 편히 꿈나라로 가시게나."

"손님?"

"잠부터 청해. 생각이 많으면 악몽을 꾸는 법이라고."

"꿈이 이어지는 약 같은 건 혹시 없나?"

"점점!"

눈을 감았다. 선영이 꿈에 다시 나타난다면 가까이 다가가서 도우리라 결심했다. 아니다, 그미가 맨발로 한양까지 걸어오지 못하게 만들리라. 등산진 앞바다로 나온 소선에 차돌이를 태우지 않는다면, 선영이 밀양에서 영암을 거쳐 한양까지 올라올 까닭도 없지 않은가. 그러나 생시에 벌어지는 일도 조절하기 힘들지만 꿈은 더더욱 내 맘대로 바꾸기 어렵다. 아예 꿈을 꾸지 않을 수도 있다.

김진은 허황한 짓 말라며 비웃겠지만 노력은 해 보고 싶다. 발바닥이 갈라지고 찢기는 고통도 감내하며, 아들은 차가운 바닷속을 헤매는데 나만 편히 신발을 신고 다닐 수 없다며, 맨발로 아들의 이름을 길 위에서 부르고 또 부르는 어머니의 슬픔을 어루만질 수만 있다면 그보다 더한 일도 나는 할 것이다. 인간이라면 누구라도 그러하지 않으리.

5장

"이곳까지 어인 일이신지요?"

낮잠에서 깬 후 연잎차를 놓고 마주 앉고서도, 나는 아직 이 상황이 낯설었다. 꿈인가 싶어 허벅지를 꼬집어 보기까지 했다. 경상도 영천군수가 갑자기 한양으로 올라온 것이다. 외직에 매인 몸인지라 연행에 나서는 연암을 배웅할 수 없다며 안타까워하지 않았던가.

담헌 선생이 답을 하기도 전에 바깥이 시끄러웠다. 이덕무, 박제가, 유득공, 서이수 네 명의 검서관이 한꺼번에 들어왔다. 나는 또 한 번 놀랐다. 규장각에서 촌각을 아껴 서책을 분류하고 정돈하기에 바쁜 이들이다. 외근을 나갈 때도 넷 중 둘은 규장각에 남아 계속 책 먼지를 맡으며 근무했다. 네 명이 대낮에 함께 규장각을 벗어난 것은 작년에 초대 검서관으로 임명된 후 처음 있는 일이다. 박제가가 다가앉아선 내 손을 꼭 쥐었다.

"이만하기 다행일세. 의지가 굳은 사람이니 떨치고 일어나리라 믿었네만, 그래도 행여 상처가 덧나지나 않을까 걱정했으이."

마음 약한 이덕무는 눈물이 그렁그렁했다.

"정말 큰일 날 뻔했어. 의금부 도사란 직책이 힘들단 건 알지만 목숨까지 위태로울 줄이야……. 그래 이제 어떤가?"

아직 뒤통수와 아랫배가 쩌릿쩌릿 아팠지만 참으며 웃어 보였다.

"다 나았습니다. 걱정 마십시오. 한데 네 분이 함께 오시다니 해가 서쪽에서 뜰 일입니다. 제가 누워 있는 동안 검토해야 할 규장각 서책들이 제 발로 책장에 척척 꽂히기라도 한 겁니까?"

검서관들이 서로 보며 안타까워했다.

"발 달린 서책이라! 혹시 만나면 꼭 알려 주게나."

담헌 선생께 못다 한 질문을 얹었다.

"영천에서 한양은 한달음에 오실 거리가 아니지요. 혹무슨 문제라도 생기신 겁니까?"

그때 마지막으로 김진이 들어서며 답했다.

"보름을 꼬박 누워 지냈으니 궁금한 일도 많겠지. 하지만 우선 목욕부터 하는 게 어떻겠는가? 옷도 좀 갈아입고 말일세. 담헌 선생이나 네 분 검서관 형님들과는 이야기를 나눌 시간이 충분하다네. 못 일어날 정도는 아니지?"

좌중의 시선이 내게 쏠렸다. 보름이나 제대로 씻지를 않았으니 몸에서 악취가 날 만도 했다. 뻐근한 등과 어깨를 더운 물로 풀고 싶었다.

"이제 다 나았네. 잠시 나갔다 오겠습니다."

김진의 부축을 받으며 방을 나섰다. 부엌에 딸린 방에서 김이 모락모락 새어 나왔다. 천문 기기나 실험 기구들을 씻고 닦기 위해 특별히 만든 협실이다. 문을 열자 직사각형 모양의 나무 욕탕이 나왔다. 더운 물이 가득 담겨 있었다. 갑신년(1764년) 조선 통신사의 서장관으로 일본에 다녀온 청성(靑城) 성대중에게 들은 욕탕이었다. 나는 축축한 열기로 가득한 방으로 들어서려다 말고 물었다.

"차돌이의 어머니, 선영이라는 여인의 시신을 자세히 살폈는가?"

고개를 끄덕였다. 내가 짐작하는 그미의 최후를 김진의 설명과 맞춰 보고 싶었다.

"검관(檢官)이 도착하기 전에 확인했지. 자네가 당한 것과 같아. 둔기로 뒤통수를 강하게 맞았다네. 상처 부위가 부풀어 올랐고 멍이 채 빠지지도 않았으이. 그 정도 충격이면 정신을 잃고도 남지. 기절한 여인의 목에 줄을 감아 대들보에 맸던 걸세."

"이해하기 어렵군. 왜 그미를 대들보에 매달아야 했을까? 범행을 숨기려 한다면 시신을 조용히 옮길 수도 있었을 텐데."

"확정하긴 어렵네만 몇 가지 추측은 가능해. 우선 이 참상의 저항이 만만치 않았던 탓이야. 방은 물론이고 창밖 향나무 아래와 우물 주위에도 발자국이 어지럽더군. 꽤 긴 시간을 맞서 싸웠단 뜻일세. 겨우 이 참상을 제압하고 나니, 선영과 이 참상의 시신을 동시에 챙겨 사라지긴 어려웠던 거겠지. 자네가 들이닥칠 줄 짐작한 듯도 하고."

"내가 올 줄 어찌 알았을까?"

"살인자들 입장에서 생각해 볼까. 그들은 우선 선영이 등산진 앞바다에서 실종된 차돌이의 어미임을 알고 있었네. 어디서부터인지는 모르겠지만 적어도 한양에 들어온 후론 그미를 미행했겠지. 공교롭게도 그날 신문고를 지킨 관원은 밀양과 영암에 다녀온 이 참상이었어. 그는 선영에게서 차돌이가 실종된 때와 장소를 듣자마자, 후조창 조운선이 침몰한 때와 장소와 동일하다는 것을 알아차렸네. 그래서 피 나장을 시켜 자네를 급히 데려오라고 하곤 선영을 수진동 밀가로 데려간 게지. 그들은 아마도 피 나장이 급히 신문고를 나서는 걸 숨어서 지켜봤을 걸세. 누군가를 데리고 밀가로 오리란 예측은 당연한 수순이고."

"아무 죄도 없는 선영을 미행했다 이 말인가?"

"의금부 도사를 죽여 우물에 던진 자들일세. 무슨 짓인들 못하겠는가. 이 참상과 선영을 죽인 범인들은 시신들을 줄에 묶어 드리우는 식으로 함정을 만들었네, 목을 매달든 발목을 매달든! 그리고 잠복해 있다가 자네를 급습한 걸세. 자자, 우선 씻기부터 하게나. 펄펄 끓는 물 다 식겠네."

문을 닫으려 했다. 내가 손을 뻗어 버티며 물었다.

"선영이라는 그 여인의 발은 어떻던가?"

김진이 내 눈을 들여다보며 되물었다.

"발……이라고? 목이나 뒤통수가 아니라 발은 왜?"

"이유 묻지 말고 답부터 해 주게. 발이 어땠어?"

"울고 있더군."

"울어?"

"자식 잃은 어미의 발이었네. 짐작건대 밀양에서부터 등산진 앞바다를 거쳐 한양까지 맨발로 걸어온 모양이야. 발바닥이 피와 흙으로 뒤범벅이었다네. 피딱지가 얼마나 자주 많이 앉았다가 떨어지고 앉았다가 떨어졌는지, 딱딱하게 굳은살이 또 갈라져 피가 흐르더군. 상경하는 동안 곡기마저 끊었던 걸까. 볼과 허리는 물론이고 종아리까지 움

푹 파였더라고. 살점이 전혀 없고 감춰져 잘 드러나지도
않는 뼈들까지 다 튀어나온 꼴일세. 그 몸으로 한양에 올
라왔다는 것 자체가 놀랍지. 신문고를 반드시 두드리겠다
는 생각뿐이었을 거야."

꿈에서 본, 고통 받고 흐느끼는 발이었다. 잠시도 쉬지
않고 길을 따라 걷는 발이었다. 숨을 잠시 멈추고 마른침
을 삼킨 뒤 질문을 이었다.

"하나만 더 묻겠네. 얼굴은 어떻던가? 눈은 제대로……?"
김진이 말허리를 잘랐다.

"뜬 눈으로 숨을 거뒀네. 기절한 채 매달렸다가 숨이 막
히자 정신이 들면서 눈부터 떴던 모양일세. 온통 핏발이 서
서 흰자위가 붉게 바뀌었어. 실핏줄이 터져 버린 거야. 두
려움도 담겼지만, 분노와 억울함이 그보다 더욱 컸다네."

마음이 무겁고 복잡했다. 꿈에 본 광경처럼 눈이 뽑히진
않았다. 그러나 아들이 실종된 이유를 밝히지도 못한 채
목숨을 잃게 되었으니, 눈을 뽑힌 것보다 더 큰 고통이었
으리라.

"알았네."

"아직 시간이 넉넉하다네. 탕에 몸을 뒤통수까지 푹 담
그도록 하게나."

시간. 그 단어가 가슴에 박혔다. 산 자에겐 새로운 나날

이 기다리지만 죽은 자에겐 촌각도 주어지지 않는다.

"건곤일초정에 올 이가 더 있는가?"

"씻기부터 하게. 영천군수인 담헌 선생과 규장각에서 숙식을 해결하다시피 하는 네 명의 검서관이 함께 나타난 것만으로도 놀랄 일이지? 씻고 나오면 궁금증은 풀릴 걸세. 하나만 미리 말해 두자면, 자네가 다치는 바람에 연암 선생을 따라 연경에 못 간 건 참으로 가슴 아프지만, 나로선 무척 다행이라네. 장담컨대 앞으로 벌어질 일들은 자네의 그 아픈 몸과 섭섭한 마음을 상쇄하고도 남을 걸세."

그리고 문을 닫았다. 더 캐물으려다가 그만두었다. 피식 웃음이 나왔다. 김진은 늘 이런 식이다. 계획을 미리 짜 놓곤 내가 꼭 필요하다는 식으로 말한다. 기운을 북돋으려 일부러 그러는 건지 아니면 정말 내가 필요한 건지 헷갈렸다. 처음엔 불쾌한 마음에 따져 묻기도 했지만 지금은 그러려니 한다. 친구로서 나를 걱정하고 위하는 것은 진심이니까.

알몸으로 탕에 들어갔다. 편백나무 향이 은은하게 배어나왔다. 두 다리를 쭉 뻗고 누웠다. 얻어맞은 뒤통수를 수면에 대고 천천히 내렸다. 쑤시는 통증이 사라지면서 뜨겁고 시원했다. 눈을 지그시 감았다. 비명에 간 이순구와 피종삼 그리고 선영의 얼굴이 차례로 지나갔다. 꿈속에서만

보았는데도 선영의 얼굴이 가장 또렷했다. 세 사람이 죽었고 나도 죽을 뻔했다. 그들을 구할 방법은 정녕 없었던가. 내가 좀 더 신중했더라면? 방에 두지 않고 함께 우물로 나갔더라면 최소한 종삼의 목숨은 건지지 않았을까?

아직 건곤일초정에 닿지 않은 이는 누구란 말인가. 백탑파의 나머지 사람들을 떠올렸다. 정철조, 김영, 김홍도 혹은 산천 유람을 떠난 백동수? 그러나 그들과 어울리기 위해 담헌 선생이 영천에서 올라오고 네 명의 검서관이 대낮에 규장각을 벗어날 리는 없다. 그렇다면 누구일까?

탕에서 일어서려고 엉덩이를 들다가 미끄러지며, 머리가 수면 아래로 잠겼다. 더운물이 순식간에 콧구멍으로 콸콸 밀려들었다. 숨이 막혔다. 양손을 허우적댔지만 두 다리마저 바닥에서 뜨는 바람에 버둥대도 중심이 잡히지 않았다. 뒤통수를 바닥에 찧었다. 누군가가 목을 감고 끌어 내리는 듯했다. 물에 빠져 죽는 기분이 이런 것이구나 싶었다. 죽기 싫었다. 살아야만 했다.

겨우 일어섰다. 물방울이 머리카락과 손끝에서 뚝뚝 떨어졌다. 목욕을 마치면 개운하리라 여겼지만 전혀 개운하지 않았다. 손바닥으로 얼굴을 훔쳤지만 흘러내리는 눈물을 멈추긴 어려웠다. 눈물을 쏟기 시작하고서야 몸을 추스를 수 있었다. 머리가 가벼워지는 듯도 했다. 서늘하고 부끄러웠다. 영암과 밀양에 내려갔으면서도, 바닷속으로 열세 명이나 사라진 줄은 몰랐다. 맨발로 한양으로 올라와 신문고를 두드린, 실종자 중 한 아이의 어미도 지키지 못했다. 늘 챙겨 주던 자상한 선배가 죽어 갈 때, 나는 악회(樂會)를 즐기며 줄풍류의 감미로움에 취해 있었다. 이 잘못을 어찌 씻을까. 벌써 보름이나 지났다. 김진이 말한 그 일이 무엇이든 빨리 시작하고 싶었다.

욕탕에서 눈물을 말리고 방으로 돌아왔을 땐 여섯 사람이 지도를 펼쳐 놓고 의논 중이었다. 「팔도전도(八道全圖)」도 있었고, 경상도와 전라도만 확대한 지도도 있었으며, 내륙을 제외하고 남해 바다만 길게 이어 붙인 「영호남연해형편도(嶺湖南沿海形便圖)」도 있었다.

"한결 좋아 보이는군. 이제 다시 사건을 맡아도 되겠어."

김진이 반기자 나머지 사람들도 고개를 끄덕였다. 하마터면 이 좋은 사람들을 두고 세상을 뜰 뻔했다. 김진이 눈짓으로 담헌 선생 옆자리를 가리켰다. 네 명의 검서관이 서안 왼편에 나란히 앉고, 오른편엔 담헌 선생과 나 그리고 김진이 자리를 잡았다.

지도부터 훑었다. 붉은 선이 밀양을 출발하여 영암까지 주욱 그어져 있었다. 조운선이 오가는 뱃길이었다. 그들은 조운선 침몰을 의논하고 있었던 것이다. 이상한 일이었다. 규장각 검서관들이 왜 조운선 침몰 사건에 관여하는가? 선혜청과 호조 또는 형조와 의금부라면 이해가 가지만, 규장각 검서관은 조운선으로부터 가장 멀리 떨어진 관직이다. 영천 역시 조운과 무관한 고을이다.

"한데 다들 무엇 때문에 모이셨습니까? 조운선 뱃길은 왜 살피십니까?"

그들은 비밀을 공유한 도망자들처럼 서로 시선을 나누었다. 김진이 고개를 끄덕인 후 입을 열었다.

"알려 둘 것이 있네. 자네가 누워 있는 보름 동안 벌어진 일일세. 회복할 때까지 기다릴까 하였지만, 너무 늦을까 싶어 여기 계신 초정 형님과 의논하여……."

"손님이 오셨습니다."

김진이 곁에 두고 심부름을 시키는 동자가 문밖에서 아뢰었다. 김진은 물론이고 나머지 사람들이 동시에 일어섰다. 나는 한 박자 늦게 일어나며 김진에게 눈으로 물었다.

대체 누가 오는데 이 호들갑인가?

김진의 입가에 은은한 미소가 스쳤다. 문이 열렸다. 방에 있던 사람들은 허리를 숙여 예의를 차렸다. 엉겁결에 따라 했다. 미복 차림의 사내 둘이 빠른 걸음으로 들어왔다. 한 사람은 서안을 차지하고 앉았으며 나머지 한 사람은 담헌 선생과 서안 사이에 앉았다.

"오랜만이군. 영천에선 잘 지내고 있느냐?"

선생이 목소리를 낮춰 답했다.

"성은에 힘입어 편히 지냈사옵니다."

나는 곁눈질을 하려다가 말고 '성은(聖恩)' 두 글자에 다시 머리를 숙였다. 이 나라의 군왕이 남산 자락 김진의 집에, 그것도 벌건 대낮에 나타나신 것이다. 오늘 이 자리를 만들라고 명한 이가 전하셨단 말인가. 고개를 살짝 돌려 담헌 선생 옆자리에 앉은 사내를 살폈다. 다시 한 번 놀랐다. 판의금부사 겸 호조판서 조광준이 눈에 힘을 잔뜩 넣은 채 맞은편의 검서관들을 째렸던 것이다. 담헌 선생 곁에 앉은 내게도 편치 않은 시선을 보냈다. 참석자가 누군지 모르고 온 눈치였다.

"뭇별들 관찰은 여전히 하고 있고?"

"그러하옵니다."

"관상감에서도 천문에 관한 각종 보고가 올라오지만, 담헌과 얘기를 나눌 때만큼 즐겁진 않다. 그들은 오직 별이 나타난 장소와 움직이는 방향만을 보고할 뿐, 그 별에 얽힌 각종 시와 문과 역사에 대해선 들려줄 줄을 몰라. 별 하나가 빛나기까지 얼마나 많은 어둠이 깔려야만 하는지를 담헌보다 잘 아는 이가 없는 듯하구나. 별을 살피기 전에

어둠부터 훑으라는 충고 잊지 않고 있다. 다음엔 영천에서
살핀 어둠과 별들에 관해 이야기해 다오."

"알겠사옵니다."

기억 하나를 더 끄집어내셨다.

"아직도 나라에서 지원만 하면 연경 남천주당에서 본
거대한 풍금을 만들 수 있다고 자신하느냐?"

"그러하옵니다."

조광준에게 불쑥 하문하셨다.

"판의금부사는 그 풍금 소리가 듣고 싶은가?"

"드, 듣고 싶사옵니다만, 악기 제조라면 장악원(掌樂院)
과 의논을 먼저 하시옵소서."

"장악원 제조 김용겸에게 벌써 물어봤느니라. 담헌이라
면 능히 만들고도 남음이 있다 하더군."

"김 제조의 뜻이 그러하다면야……."

조광준은 말끝을 흐렸다. 친형인 영의정 조광병은 거문
고 소리라면 자다가도 벌떡 일어날 만큼 즐겼지만, 조광준
은 악기 소리를 날아가는 화살 소리보다 못하다고 여겼다.

"하면 어디 한번 만들어 보거라. 도승지에게 따로 일러둘
터인즉 악기 제작에 필요한 돈은 얼마든지 청해도 좋다."

"성은이 망극하옵니다."

"단 네가 설명한 대로 10여 가지 악기 소리를 뒤섞어 내

고, 하늘과 땅을 동시에 울리지 않는다면, 과인을 기망한 벌을 면치 못할 것이야."

"어찌 신이 거짓을 아뢰겠사옵니까? 연경의 풍금을 그대로 재현하겠사옵니다. 믿어 주시오소서."

"김 제조가 자랑하기를, 담헌은 곡도 잘 짓는다고 하던데?"

"부끄럽사옵니다."

"풍금에 맞는 곡도 지어 올리거라. 귀를 자극하고 마음을 어지럽히는 빠른 곡보다는 충분히 음(音)을 즐길 수 있는 유장한 곡이 낫겠다."

"알겠사옵니다."

말머리를 돌리셨다.

"판의금부사도 담헌의 탁월함을 아는가?"

조광준이 답했다.

"연경에 다녀왔으며, 수학과 천문에 재주가 남다르다 들었사옵니다. 그와 친한 이들은 만나 보았으나 이렇게 가까이 앉기는 오늘이 처음이이옵니다."

"백탑의 무리는 만나 보았으나 담헌과는 초면이라?"

"그러하옵니다."

"그림자만 밟았을 뿐 탑의 모양과 재질을 살피지 않은 것과 같겠군. 아니 그러한가?"

"과찬이시옵니다."

담헌 선생이 더욱 머리를 조아렸다. 조광준이 불편한 속 내를 삥 둘러 아뢰었다.

"신은 남산 숲에서 초여름 더위를 식히려 하니 속히 오 라는 전언을 받았사옵니다. 규장각 검서관들과 외직으로 나간 담헌에다가 또 제 휘하의 이 참외까지 있는 자리인 줄 몰랐사옵니다."

한 사람이 빠졌다. 조광준의 눈엔 내 옆에 앉은 김진이 들어오지도 않는 것이다.

"겸사겸사해서 온 게다. 이렇게 정갈한 방에 드니 더위 가 저절로 사라지는 듯하지 않은가?"

담헌 선생 옆에 엎드린 내게 하문하셨다.

"몸은 좀 어떠하냐? 수진동의 변고는 박 검서가 올린 글 을 통해 보고를 받았느니라."

박 검서?

박제가와 시선이 마주쳤다. 그가 어찌 수진동 밀가의 변 고를 파악하여 글을 짓는단 말인가. 옆에 앉은 김진이 가 만히 제 왼쪽 새끼손가락을 내 오른쪽 새끼손가락에 갖다 댔다. 그 글을 박 검서가 아니라 자신이 썼다는 무언의 암 시였다. 아! 그 순간 전하가 방으로 들어오시기 전에 끊긴 김진의 말이 떠올랐다. 내가 회복되기를 기다리다간 너무

늦을까 싶어 초정 형님과 의논하였다고 했다. 이 참상과
선영과 피종삼의 죽음이 곡해되거나 묻히기 전에 박제가
를 통해 이 사실을 전하게 알리기로 한 것이다. 김진은 정
심당을 먹고 깊이 잠든 내게 이것저것 정황을 묻고 또 답
을 들었을 것이다. 내가 한 말을 내가 기억 못하니 참으로
기이했다. 나중에 꼭 김진에게서 내가 답한 것들을 모두
확인해야겠다.

"가벼운 상처일 뿐이옵니다."

"여전하구나, 재작년 '방각살옥'을 다룰 때도 씩씩하더
니. 네가 얼마나 다쳤는지는 어의를 통해 들었느니라. 반
뼘만 위쪽에 맞았다면 목숨을 잃었을 것이라고. 적어도 석
달은 편히 쉬며 심신을 다스리는 것이 좋다더구나. 하지만
여기 담헌과 검서관들이 네가 꼭 필요하다며 입을 모았느
니라. 판의금부사 또한 네가 의금부 도사들 중엔 으뜸이라
하였고. 그래서 확인하고자 왔느니라."

가슴이 뜨거워졌다. 한낱 의금부 도사의 상처를 살피기
위해 직접 미행을 나오신 것이다. 의금부가 생긴 이래 이
와 같은 이야기를 들은 적이 없다.

"성은이 망극하옵니다."

"확실히 다 나았느냐?"

"나았사옵니다."

"불편한 곳이 조금이라도 있으면 쉬어도 된다. 반년 혹은 1년 동안 몸과 마음을 편히 두고 지낼 곳을 마련해 주마."

"보름이면 충분하옵니다. 하명하시오소서."

어명을 내리는 대신 조광준에게 하문하셨다.

"과인의 밀명을 받들 의금부 도사가 필요한데, 이 도사가 적임자일 듯하오. 어찌 생각하는가?"

"의금부 도사가 없다면 모를까, 요양을 해야 하는 이 도사보단 다른 도사를……."

말허리를 자르셨다.

"도사라도 다 같은 도사가 아니다 이 말이지. 과인이 저이명방을 좀 아오. 가끔 실수도 하고 어리바리한 구석도 있지만, 독하고 단단하며 끈질기지. 단 한 푼의 돈도 받아먹지 못하는, 겉과 속이 똑같은 위인이기도 하고. 과인은이 도사를 쓰겠다. 이 얘긴 재론 마시오."

이명방, 내 이름 석 자를 또박또박 짚으신 것이다. 엄청난 광영이었다. 내가 정심당에 취해 시간을 흘려보내는 동안, 전하와 사검서 사이에 심각한 의논이 오간 것이 분명했다. 김진은 고개를 숙이고 엎드린 채 미동도 하지 않았다. 나는 아직 전모를 파악하지 못했다. 검서관들에게 하문하셨다.

"어디까지 살폈느냐?"

박제가가 답했다.

"절반 정도 했사옵니다."

"아직 절반이나 남았단 말이더냐?"

이덕무가 답했다.

"선혜청과 광흥창의 10년 문서를 빠짐없이 검토 중이라 그러하옵니다."

선혜청은 나라의 조세 대부분을 관장하는 기관이었고, 광흥창은 관원들의 녹봉을 보관 지급하는 관아로 서강 기슭에 창고와 함께 있었다. 검서관들이 규장각 문서 대신 조운을 책임진 두 관청의 문서를 뒤지고 있는 것이다. 오늘은 놀랄 일이 참으로 많았다.

"발견한 게 있느냐?"

유득공이 답했다.

"이 봄에 침몰한 조운선은 모두 다섯 고을에서 출발하였사옵니다. 영남 밀양 후조창, 호남 능주, 무안, 호서 홍주·은진 그리고 공주이옵니다. 그곳의 차사원들이 올린 문서만 우선 살핀 결과 네 가지 정도 특이한 공통점을 찾았사옵니다."

"네 가지? 그것이 무엇이냐?"

"첫째, 사공과 격군 중 익사자나 실종자가 전혀 없사옵니다. 조운선이 암초에 부딪치거나 급류에 휘말려 난파했지만, 배를 몰던 이들은 전원 목숨을 건졌사옵니다. 둘째, 증열미가 전혀 없사옵니다. 즉 난파된 배에서 조운미를 한 톨도 건져 내지 못하였사옵니다. 셋째, 난파된 배들은 모두 각 배에 조운미를 1000석씩 실었사옵니다. 그러니까 국법으로 정한 최대량을 신고 가다가 침몰한 것이옵니다."

마지막 한 가지는 서이수가 이어 답했다.

"넷째, 조운선 침몰로 인해 막대한 손실을 입었음에도 처벌은 미미하였사옵니다. 고패(故敗)나 투식(偸食) 혹은 화수(和水)로 적발되어 목이 달아나거나 장 100대 이상을 맞은 죄인이 한 사람도 없었사옵니다."

고패는 세곡을 빼돌린 후 배를 침몰시키는 것이고, 투식은 세곡을 횡령하여 상납하지 않는 것이며, 화수는 세곡에 물을 타서 양을 일부러 불리는 것이다. 이 세 가지 죄를 범한 주모자는 효시(梟示), 즉 목을 베어 높은 장대에 매다는 것이 원칙이었다. 조광준에게 고개를 돌리셨다. 조광준이 조목조목 의견을 냈다.

"의금부에서도 그와 같은 특이점을 이미 파악하고 있었사옵니다. 하온데 이렇게 모아서 한꺼번에 이야기하면 기이한 느낌이 들기도 하겠으나, 각 사항을 따져 보니 범죄라 일컬을 만한 부분을 찾지 못하였사옵니다. 사공과 격군을 구조한 것은 호위하던 군선들이 맡은 바 임무를 충실히 한 결과이옵고, 조운선에 조운미를 1000석씩 실은 것은 많은 세곡을 한꺼번에 운반하기 위해서이옵고, 증열미가 없는 것은 만선으로 떠난 배가 침몰하는 바람에 그 무게가 너무 무거워 세곡이 수면으로 올라오지 못한 것이옵고, 도차사원에서부터 격군에 이르기까지 관련자를 엄히 신문하였으나 고패나 투식이나 화수로 엄벌할 만한 물증이 없었사옵니다."

다시 하문하셨다.

"영암 앞바다에서 침몰한 조운선으로부터 불과 100보도 떨어지지 않은 곳에서 같은 시각에 소선이 전복되었고, 배에 탔던 사람 중 열세 명이 실종되었단 소식 또한 알고 있는가? 그중에는 광흥창 부봉사(副奉事, 종구품)를 지낸 이까지 끼어 있다던데……."

조광준이 답했다.

"조택수이옵니다. 신이 바로 그의 작은아버지이옵니다. 비록 서자이긴 하나 어려서부터 책을 가까이하고 총명하여 매우 아끼던 조카이옵니다. 음직으로 광흥창 부봉사를 맡아 충실히 직분을 이행하는 줄 알았습니다만, 1년 만에 그 직에서 물러나 하삼도를 유람한단 소식을 마지막으로 접했사옵니다. 그런데 갑자기 영암 앞바다에서 실종되었단 비보가 날아들었사옵니다."

"그러한가? 조카라고 하니 모를 수 없겠구나."

담헌 선생이 끼어들었다.

"조택수는 또한 신의 제자이기도 하옵니다. 외직에 나가기 전, 5년 남짓 문하로 두고 가르쳤사옵니다. 급한 성격이 흠이긴 하나 강직하기가 바위와 같았사옵니다. 안타깝고 또 안타깝사옵니다."

담헌 선생에게 하문하시려다가 유득공에게 시선을 돌리셨다.

"아까 공통점을 설명할 때 사공과 격군이 전원 구조되었고 익사자나 실종자는 없다 하지 않았느냐? 영암 앞바다 사건에서 조택수를 비롯한 실종자 열세 명의 이름과 행적이 공문에 있었느냐? 과인도 관련 공문을 훑어보긴 했는데, 조택수란 이름이 참으로 낯설구나. 방금 처음 들은 것 같아서 묻는 것이다."

"없었사옵니다. 차사원이 올린 글 어디에도 조택수란 이름은 등장하지 않사옵니다."

나도 차사원의 공문을 읽었지만 소선 침몰에 대한 설명은 없었다. 조광준이 의견을 냈다.

"소선 침몰과 조운선 침몰을 별개로 다뤘기 때문일 것이옵니다. 소선이 조운선과 부딪쳤다면 함께 조사하는 것이 마땅하겠으나, 거리를 둔 채 각각 침몰하였다면, 소선 침몰을 조운선 침몰을 조사한 공문에 포함시키지 않을 수도 있지 않겠사옵니까? 차사원인 제포 만호에게 확인해 봐야 하겠으나, 후자와 같이 판단하지 않았을까 사료되옵니다."

전하의 시선이 조광준과 담헌 선생과 나를 지나 비로소 김진에게 가 닿았다. 지금까진 그림자 취급이었다.

"요즈음도 방각본 소설을 즐기느냐?"

재작년 '방각살옥'의 일을 잊지 않았다는 뜻이다.

"먼지가 앉았사옵니다."

"먼지가 앉았다? 연유가 무엇이냐?"

"소설 같은 희한한 일이 세상에 너무 많아 이야기책을 쥘 겨를이 없었사옵니다."

위험한 대답이었다. 소설 같은 일이 많다는 대답은 세상이 혼란스럽다는 식으로 새길 수도 있다. 김진에게 눈짓을 보냈다. 화광! 거기서 멈추게. 더 가서는 아니 되네.

"과인도 세책가에서 인기를 끈다는 잡스러운 이야기 몇 편을 읽어 보았느니라. 혹시 온갖 문제를 장쾌하게 푸는 영웅의 꿈을 소설이 아니라 세상에서 펼치려는 뜻을 가지진 않았느냐?"

날카로운 하문이었다. 조광준은 지난봄 의금부 도사들을 다섯 고을로 내려 보내며, 세상에서 영웅 노릇하려 드는 정 도령의 무리를 은밀히 살피라고 지시했다. 긴장감이 흘렀다. 담헌 선생이나 네 명의 검서관도 김진의 자유분방하고 꺾이지 않는 기질을 아는 것이다. 꽃 미치광이의 서재에는 온갖 서책들이 흘러 넘쳤다. 『정감록』과 같은, 나라에서 금하는 예언서도 적지 않았다. 물론 김진이 예언서에 적힌 문장들을 신봉하는 것은 아니다.

"신은 배움이 부족하고 여름 벌레가 겨울을 이야기하듯 어리석으며 소설이나 즐기는 서쾌일 뿐이옵니다."

"그냥 서쾌가 아니지. 담헌이 인정하는 서쾌가 어디 흔할까. 검서관들의 추천을 받아 규장각 서리(胥吏)로 일하는 서쾌가 있느냐 말이다. 또한 이 도사의 목숨까지 구하지 않았느냐?"

"운이 좋았을 뿐이옵니다."

미복 차림으로 남산까지 와야만 했던 물음을 마침내 던지셨다.

"조운선이 마지막으로 다다르는 서강 광흥창에서 부봉사를 지냈고, 영의정의 서자이자 판의금부사의 조카인 조택수가 조운선과 불과 100보 떨어진 영암 앞바다에서, 조운선과 나란히 침몰했다. 그리고 조택수와 함께 실종된 소년 차돌이의 어미 선영이 맨발로 밀양에서 영암, 영암에서 한양까지 1000리가 훨씬 넘는 걸어와 신문고를 울리려 했다. 접수를 받은 의금부 도사 이순구와 소년의 어미 선영이 수진동 의금부의 비밀 은신처에서 살해되었고, 이순구와 함께 영암에 내려갔던 의금부 도사 이명방도 급습당했으나 겨우 목숨을 건졌다. 네가 생각하기에 조운선 침몰과 소선 침몰이 무관하다 여기고 넘길 문제인가?"

김진이 주저하지 않고 답했다.

"무관하지 않사옵니다."

네 명의 검서관과 담헌 선생 그리고 나도 일제히 답했다.

"무관하지 않사옵니다."

조광준도 마지못해 답했다.

"소선 침몰을 의금부에서 맡아 조사하겠사옵니다."

준비한 대책을 말씀하셨다.

"태종 대왕 3년 전라도 앞바다에서 조운선 34척이 침몰하여 조군 1000여 명이 몰살하였다. 그와 같은 끔찍한 사고를 방지하기 위해 여러 법과 제도를 정비하여 오늘날에 이르렀다. 사고가 일어나는 것도 망극한 일이겠으나, 또한 올해 조운선 침몰 사고에서 단 한 명의 조군도 죽거나 실종되지 않았다는 것도 납득하기 어렵다. 조운선에서 불과 100보 떨어진 소선에 탔던 열세 명이 실종되고 겨우 한 명만 구조된 것도 받아들이기 힘들다. 조운선의 조군들을 전원 구조한 군선이 어찌하여 조택수와 실종자들은 구하지 못하였는가. 또 그 열세 명의 실종자가 선혜청에 보고되지 않고 누락된 과정도 의심스럽고, 신문고를 울리고도 억울함을 풀지 못한 채 죽은 어미의 원통함도 작다 할 수 없다. 그들은 모두 과인의 소중한 백성이니라. 백성의 안위를 살피는 것은 군왕이 가장 중요하게 여겨야 하는 책무이다. 늦었지만 과인은 이 모든 문제를 하나하나 조사하기 위해 별도의 틀을 꾸리려 한다."

조광준이 놀란 눈으로 아뢰었다.

"기존에 이와 같은 문제를 맡아온 의금부로도 충분하옵니다. 필요하다면 호조와 선혜청의 관원을 차출하겠사옵니다. 흔치 않은 사고인 것은 분명하지만 별도의 틀을 꾸리는 것은 혼선만 빚을 뿐이옵니다. 이처럼 침몰 사고가 생길 때마다 새로운 조직을 꾸리실 것이옵니까? 나쁜 선례를 만드는 일이옵니다. 살피시오소서."

그 청을 거절하셨다.

"담헌을 독운어사(督運御史)로 임명하여 전담시키겠다. 또한 의금부 도사 이명방과 규장각 서리 김진으로 하여금 담헌을 보좌토록 하겠다. 독운어사는 본디 조운선이 조창에서 무사히 서강 광흥창에 이르도록 감독하여 왔느니라. 하나 이번엔 지난 4월 5일 침몰한 조운선에 대한 조사는 물론이고, 수장된 양만큼 다시 세곡을 거둬 7월 말일까지 조운선을 출발시키는 임무를 부여하겠다. 세 사람은 후

조창을 출발하여 영암 앞바다에서 침몰한 조운선 두 척을
비롯하여 그 근처에서 침몰한 소선까지 처음부터 낱낱이
재조사하라. 조사를 방해하거나 죄를 지은 물증이 확실한
자는 지위 고하를 막론하고 잡아들여 신문하라. 진상을 철
저히 규명하라. 티끌만 한 사실도 바다에 가라앉아선 아니
될 것이야. 명심하렷다."

6장

담헌 선생은 곧장 경상도로 내려갔지만 김진과 나는 하루를 더 한양에서 묵었다.

　서강 나루로 선생을 배웅하러 나갔다. 나룻배를 기다리며 잠시 강바람을 맞으면서 환담했다. 더운 기운이 한결 가라앉았다. 목마른 개들이 나루 옆으로 와선 앞발을 강에 담근 채 긴 혀로 허겁지겁 물을 핥아 삼켰다. 콧김을 뿜거나 고개를 흔드는 녀석도 있었다. 선생은 팔을 들어 소매가 흩날리는 정도를 가늠했다. 흙벽을 지날 때면 손바닥을 대곤 그 온기를 측정했고, 그루터기에 앉아 쉬기 전에 나이테부터 헤아려 잘려 나간 나무가 그곳에 서서 보낸 세월을 가늠했다.

　"이것들을 하나씩 넣어 두게."

선생이 마패 두 개를 우리에게 각각 건넸다. 독운어사로 임명하는 봉서(封書)와 함께 내려온 것이다. 검시(檢屍)를 비롯하여 길이를 잴 때 표준으로 삼는 유척(鍮尺) 세 개와 밀양 후조창의 실정을 조목별로 적은 사목책(事目冊) 한 권, 죄인을 묶는 홍사(紅絲)도 있었다. 마패를 받고 나니 어사를 보좌하는 기분이 정식으로 들었다.

배를 두 척이나 그냥 보낸 것은 선생도 이번 임무에 궁금한 점이 많고 부담감이 컸기 때문이리라. 상경하란 연락을 받고 올라와서 건곤일초정에 닿을 때까지 독운어사를 맡게 되리라곤 상상도 못했을 테니까. 나 역시 선생과 같은 심정이었다. 내가 쓰러진 보름 동안, 김진은 검서관들과 무슨 일을 벌인 걸까.

"검서관들을 원망하진 마십시오. 조운을 담당하는 관원들이 썩을 대로 썩었음은 선생님도 잘 아시지 않습니까? 더러운 기운이 광흥창은 물론이고 선혜청부터 의금부까지 스며든 겁니다. 새 틀을 마련하자면 부패와 동떨어진 인물이 조사를 총괄해야 합니다. 전하께서도 같은 결론에 도달하신 겁니다. 적임자가 없어서 고심에 고심을 거듭하셨지요. 검서관들이 선생님을 추천하자 비로소 용안을 편히 하셨다더군요."

김진의 자세한 설명을 듣고도 선생의 굳은 표정은 풀리

지 않았다.

"어울리지 않은 옷을 걸친 꼴일세. 아무리 상황이 나빠도 그렇지, 시골에서 조용히 지내는 나를 불러올릴 것까지 있는가. 독운어사를 맡을 인물은 조정에도 많으이. 선혜청이나 호조에서 잔뼈가 굵었으되 청렴한 이를 찾았어야 했어."

"청렴은 기본일 뿐입니다. 중요한 조건이 하나 더 있었습니다."

내가 끼어들었다.

"그게 뭔가?"

김진이 선생과 나를 번갈아 쳐다본 후, 나루에 닿은 배들 쪽으로 시선을 돌렸다. 서강에는 배도 많고 창고도 많고 사람도 많았다. 뱃길을 통해 올라오는 세곡이 총집결하는 곳이었다. 와우산의 소가 드러누운 것은 등짝에 쌓인 세곡이 무거워서라는 우스갯소리까지 돌 정도였다.

"어심을 살피는 사람이어야 합니다."

"어심을 살핀다?"

"전하께서 탐닉하는 것과 경멸하는 것, 부끄러워하는 것과 자랑스러워하는 것을 아는 사람. 그러면서도 전폭적인 신임을 받는 사람이어야 합니다. 예전엔 홍국영도 여기에 포함되었으나 지금은 오직 선생님뿐입니다."

선생은 갑오년(1774년) 세손익위사(世孫翊衛司) 시직(侍直)

에 임명되었으며, 그해 12월 1일부터 다음 해 8월 26일까지 서연(書筵)에서 세손을 모시고 시문을 논했다.

"서연에 참석한 신하는 한두 명이 아닐세. 나는 그저 질문을 받으면 충실히 답하고자 애썼을 뿐이야."

"밤하늘에 별들이 무수히 많지만 맘에 드는 별은 한둘이 고작이지요. 그리고 그 별을 고르는 이는 전하이십니다. 선생님이 어사를 맡지 않으시면 소생은 이 일에서 손을 떼려고 했습니다."

내가 말꼬리를 잡아챘다.

"화광답지 않군. 벗이 실종되었는데 손을 뗀다? 더구나 조택수의 아비인 영의정 조광병으로부터 사건을 조사해 달란 청까지 받아들였지 않은가?"

김진이 고쳐 답했다.

"적당한 선에서 자르겠단 뜻이었네. 끝까지 파헤치는 건 나 혼자 힘으론 어려워."

"뭐가 그리 어렵단 말인가?"

나 자신을 향한 물음이기도 했다. 건곤일초정에서 용안을 우러른 후 계속 찝찝한 구석이 남았다. 연행을 못 간 아쉬움과는 다른 빛깔이었다.

김진이 즉답을 미루며 잠시 나를 쳐다보았다. 그 눈은 이렇게 반문했다. 설마 정말 몰라서 묻는 건 아니지? 이런 눈길을 받을 때마다 기분이 좋진 않았다. 하지만 정말 몰라서 던진 질문이고, 김진은 그때마다 대부분 답을 제시했기 때문에 참고 기다릴 수밖에 없었다.

"내가 쥔 패를 보여 주고도 이겨야 하니까."

담헌 선생의 눈가엔 웃음이 감돌았다. 나는 아직 말뜻을 이해하기 어려웠다. 김진이 언제나처럼 질문을 던져 보충 설명을 이었다.

"당장 밀양으로 내려가면 우린 어디서부터 어떻게 움직여야 할까?"

"그야…… 선생님이 독운어사로 임명되셨으니 그에 걸맞게……."

『춘향전』에 나오듯, 혹은 어사 박문수의 믿기 힘든 설화들처럼 "암행어사 출두야"를 외치며…….

입안에서 말이 자꾸 꼬였다. 한 사람의 얼굴이 선명하게 떠올랐다. 그 이야기들처럼 꾸미려면 건곤일초정에 조광준이 오지 않았어야 했다. 김진이 흔들리는 내 마음을 꼭 집어냈다.

"암행(暗行)은 불가능하겠지. 밀양에 닿기도 전에 우리를 환영하기 위한 잔치 준비를 마쳤을지도 모른다네. 전하께서 판의금부사를 대동하고 방으로 들어서는 순간, 난 내 일생에서 이 일이 가장 힘들지도 모른다는 걸 직감했어."

선생이 거들었다.

"암행을 시킬 계획이었다면 홀로 오셨겠지. 그리고 이미 영암과 밀양을 다녀와서 그곳 관원들에게 얼굴이 노출된 이 도사 자네에게 독운어사를 보좌하라 명하지도 않으셨을 게야. 판의금부사가 안다는 것은 곧 영의정이 안다는 것이지. 영의정이 안다는 것은 곧 지금 조운을 관장하는 벼슬아치들이 나와 자네들 이름을 숙지했단 뜻이 된다네. 그러니 패를 보여 주고 치는 도박판이 맞는 셈이지. 암행어사가 아니라 명행어사(明行御史)일세."

명행어사! 찝찝한 기분이 어디서부터 비롯되었는지 명확해졌다. 걱정이 몇 배 더 자랐다.

"패를 보여 주고 어찌 이길 수 있습니까? 백전백패입니다. 전하께선 왜 이런 판으로 우릴 밀어 넣으신 걸까요?"

선생이 대답을 김진에게 미뤘다.

"우리가 은밀히 움직이면 저들도 은밀히 움직이겠지. 우리가 당당히 드러내 놓고 사건을 조사하면 저들은 어찌할까?"

"대비를 하겠지. 숨길 건 숨기고 피할 건 피하고."

"맞네. 자기들에게 유리한 상황을 만들기 위해 동분서주하겠지. 하지만 조운을 준비하고 조운선을 띄우고 호위한 책임자들은 독운어사 앞으로 나올 수밖에 없어."

"그래 봤자 뭣하겠느냐고? 증거를 모조리 인멸하고 자기들끼리 입을 다 맞췄을 건데."

"바로 그거야! 입을 맞출 기회를 주는 것. 그리고 이 싸움은 무조건 자기들이 이긴다는 확신을 심는 것."

"점점 더 답답해지는군. 난 도무지 모르겠네. 적군에게 아군의 진법을 전부 알려 주고도 이기겠단 말인가? 자네가 제갈공명이라도 돼? 적벽을 불바다로 만든 제갈공명이라도 이건 어려워."

"바람의 방향을 바꾸는 건 어렵겠지만 마음의 방향은 바꿀 수 있지 않을까? 아, 저기 배가 오는군. 오늘은 이 정도로 하세. 벌써 세 번째 배일세. 더 늦으면 남행이 힘드실 거야. 편안히 내려가십시오. 며칠 후에 뵙겠습니다."

"알겠네. 영천에 들러 채비를 한 뒤 밀양으로 바로 가겠네. 어쩌면 자네들과 비슷하게 도착할지도 모르겠군."

선생을 실은 배가 강을 건너 멀어졌다. 우리는 건너편 나루에 그 배가 닿을 때까지 서 있었다.

"판단이 흐려진 건 아닌가? 벗의 불행을 조사하겠다는 욕심만 앞선 게 아닌가 이 말일세."

"의금부 도사를 아무렇지도 않게 살해한 놈들이야. 졸지에 아들을 잃고 억울함을 풀기 위해 신문고를 두드린 어머니의 목을 대들보에 매단 놈들이라고. 전부를 도려내지 않

고는 이길 수 없는 싸움이지. 둘 중 하날세. 이 싸움을 하든
가 아니면 빠지든가. 결과도 둘 중 하나지. 전부를 얻든가
아니면 잃든가. 전하께서 의금부가 아닌 담헌 선생과 우
리 둘을 택한 것 역시 군왕다운 선택이라네. 만에 하나 전
부를 잃게 된다면, 우리 셋만 도려내면 그만일 테니까. 의
금부든 선혜청이든, 법으로 정한 관청에 이 일을 맡겼다가
잘못되기라도 하면 그 책임은 고스란히 전하까지 올라갈
걸세."

"토사구팽(兎死狗烹)을 각오하란 뜻으로 들리는군."

"토끼 사냥에 목숨을 걸 순 없어서 판을 키운 거라네. 호
랑이 사냥 정도는 되어야 담헌 홍대용과 화광 김진 그리고
청전 이명방이 인생을 걸고 달려들 만할 테니까."

김진은 선생을 실은 배가 남쪽 나루에 도착한 것을 확인
한 뒤 돌아서서 큰 걸음을 옮기기 시작했다. 행선지를 이
미 정해 둔 것이다.

언덕엔 크고 작은 창고들이 즐비했다. 조운선에 실려 운
반된 세곡을 저장하는 곳이었다. 창고들을 관리하는 광흥
창 관아는 와우산 아래 서강 가까이 있었다. 정일품부터 종
구품까지 관원들의 녹봉이 모두 이곳에서부터 나갔다. 문
반과 무반 관원들은 이조(吏曹)와 병조(兵曹)에서 각각 발행
한 지급 의뢰서를 가지고 광흥창까지 와서 녹봉을 받아 갔

던 것이다. 아무리 벼슬이 높은 당상관이라고 하더라도 광흥창의 당하관을 함부로 못했다. 작은 꼬투리라도 잡히는 날엔 녹봉 지급이 사나흘 늦춰 지는 것은 흔한 일이었다.

광흥창 주부(主簿, 종육품) 남택만(南澤萬)과 봉사(奉事, 종팔품) 이준광(李俊匡)이 함께 기다리고 있었다. 의금부 도사 이명방이 방문할 예정이라고 김진이 연락을 넣었던 것이다. 광흥창에서 가장 직급이 높은 벼슬은 수(守, 정사품)인데, 수는 조정에서 열리는 주요 회의에 참석하느라 서강보다 한양에 머무르는 시간이 많았다. 우리가 간 날도 수 백제룡(白濟龍)은 출타 중이었다. 실질적으로 서강을 나고 드는 세곡을 총괄하는 이는, 술에 취한 듯 콧잔등이 불그스름한 주부 남택만이었다.

"의금부 도사 이명방입니다."

"흉악범 잡아들이느라 신출귀몰 분주한 의금부 도사가 무슨 일로 여기까지 오셨소이까?"

쉰 살을 내다보는 남택만은 광흥창에서만 20년을 보냈다. 부봉사에서부터 시작하여 주부에 이른 살아 있는 전설이었다. 서강을 오가는 뱃사람들은 그가 곧 광흥창 수까지 오르리라 내다봤다. 깐깐하고 신중한 성품이었다. 반대로 농담을 곧잘 하는 이준광은 큰 키에 휘청휘청 걷는다 하여 별명이 '이갈대'였다. 올해 서른한 살로 낙천적인 성격에 실수도 곧잘 하여 남택만의 지적을 자주 받았다. 지적을 받고도 마음 상해 얼굴을 찡그리거나 눈물을 내비치거나 화를 내지 않았다. 비판을 받을 땐 자못 심각하지만 돌아서면 함박웃음을 지으며 농담을 던질 사람을 찾아 황새걸음을 옮기곤 했다.

"광흥창에서 부봉사를 지낸 조택수를 아시지요?"

이준광이 먼저 답했다.

"당연히 알지. 봉사인 내가 부봉사 조택수를 모른다면 둘 중 한 사람은 귀신일 테니까."

그러고선 혼자 웃었다. 아무도 따라 웃지 않았으므로 분위기가 싸늘해졌다. 남택만이 내 옆에 선 김진을 노리며 물었다.

"당신도 의금부에서 왔소?"

"아닙니다. 저는 규장각 서리로 검서관들을 돕고 있지요. 김진이라고 합니다."

"규장각 서리와 의금부 도사 거기에 광흥창 부봉사라! 어울리는 조합은 아닌데……. 조 부봉사와 어찌 아는 사이요?"

"동학(同學)입니다. 같은 스승 밑에서 공부하였지요."

"그 스승이 누군지 물어봐도 되겠소?"

"담헌 홍대용 선생입니다."

"담헌이라고 하면, 사행단에 속해 연경에 다녀온 후『연기(燕記)』를 끼적인 그 담헌 말이오?"

"그렇습니다."

남택만의 표정이 날카로워졌다. 그도 그 여행기를 읽은 듯했다. 그런데 끼적인다고?

"조 부봉사가 어찌 그렇듯 위아래를 몰라보는가 했더니, 다 이유가 있었군그래. 명나라와의 의리를 가벼이 여기는 이를 스승으로 모셨으니 그딴 짓을 하고도 남음이 있지."

아예 반말 투였다. 내가 참지 못하고 따졌다.

"함부로 지껄이지 마시오. 담헌 선생의 학문이 얼마나 깊고 넓은지 그대가 알기나 하오? 명나라와의 의리를 가벼이 여기는 대목이 어디 있단 말이오?"

"오랑캐가 세운 나라에 벼슬아치가 되려고 모여든 한족들과 깊이 사귀었다며 떠벌이고 자랑한 이가 담헌 아닌가? 그따위 썩은 생각으로 학문을 해선 무엇에 쓸까?"

선생은 연행에 관한 글을 정리하여 지인들에게 보인 후 비슷한 비판을 받았다. 명나라가 멸망하였으니 조선이 그 올바름을 이어받아야 하는데, 연경에서 청나라에 굴복한 절강의 선비들과 어울려 논 것을 부끄러운 줄도 모르고 적었다는 지적이었다. 아직 이 나라엔 눈 막고 귀 막은 채 살아가는 우물 안 개구리들이 많았다. 이준광이 큰 눈을 찡

그리며 말했다.

"부봉사 일은 안됐소. 서자이긴 해도 영상의 아들이니 한평생 놀고먹으며 편히 지낼 팔자를 부러워했다오. 그리 갑자기 떠날 줄 알았다면, 맡은 일에 서툴더라도 잔소리를 좀 줄일 걸 그랬소."

웃음이 많은 만큼 울음도 잘 담기는 얼굴이었다. 주부 남택만보다는 그래도 직속상관이었던 봉사 이준광에게 부봉사 조택수에 대한 정이 남아 있는 듯했다. 나는 두 가지 지점을 파고들었다.

"부봉사의 불행을 언제 누구로부터 처음 들었습니까?"

남택만이 역공을 폈다.

"지금 우릴 신문하겠단 게요? 의금부에서 조사라도 시작한 게요?"

김진이 대신 답했다.

"아닙니다. 벗의 때 이른 죽음이 안타까워 그가 일하던 곳에 와 본 겁니다. 늘 공부만 했지 벼슬이라곤 부봉사로 지낸 1년이 전부니까요."

이준광이 말했다.

"답을 못할 것도 없소. 강바람이 전해 준 셈이니까."

"강바람이라고요?"

내 시선이 자연스럽게 서강 쪽으로 향했다. 마침 강에서 언덕으로 불어온 바람이 열린 창으로 들어왔다. 시원했다.

"수많은 배들이 이곳 서강으로 나고 든다오. 배뿐만이 아니라 그 배를 탄 사람들, 또 그 사람들이 만들어 내는 각종 이야기들도 함께 닿고 떠나는 게요. 동해 남해 서해 바다나 낙동강 금강 영산강 한강 어디에서든 사고가 생기면, 그 사고가 어떻게 일어났고 다치고 죽고 사라진 이는 몇인지 이 나루에 두루 퍼진다오. 관아에서 두 다리 쭉 뻗고 뒹굴더라도 강바람을 타고 온갖 소식이 들려온다 이 말이오. 알겠소이까?"

나는 남은 질문을 마저 던졌다.

"조택수가 부봉사 일에 얼마나 서툴렀습니까?"

이준광이 남택만과 눈을 맞춘 후 경쾌함을 잃지 않고 답했다.

"망자를 험담하는 것 같아 조심스럽긴 하오. 하지만 절친한 벗들이라니 편히 말하리다. 광흥창 부봉사에 어울리는 성품이 아니었소. 부봉사 일을 처음 맡으면 누구나 서툰 부분이 있소. 내가 그걸 탓하는 좀생원은 아니라오. 한데 조 부봉사는 두 가지 큰 결함이 있었소. 첫째, 작은 부분에 집착하여 전체를 살피지 못하였소. 조운선이 줄줄이 도착하는 4월부터 두어 달은 하루하루가 전쟁이라오. 전국에서 들어오는 세곡을 창고로 운반하고 그 수를 헤아려 보

관해야 하니까. 부봉사의 업무가 많은 건 인정하지만 그땐 누구나 바쁘다오. 한데 가령 충청도에서 올라온 세곡을 운반 점검하는 동안엔 다른 지방 세곡에 대해선 아예 신경을 꺼 버리는 게요. 하나는 완벽하지만 나머지 아홉 군데에서 문제가 생기는 꼴이라오. 혼자서 도(道)를 전부 맡지 말고 휘하 관원들에게 골고루 역할을 줘 세곡을 두루 살피라고 몇 번이나 충고했지만, 알겠다고 답하곤 뒤돌아서면 며칠이 지나지 않아 또 어느 한군데만 파고 있는 게요. 나는 직속상관이니 그렇다 쳐도, 여기 남 주부 어른까지 창고를 돌아다니며 부봉사가 빠뜨린 일을 메우느라 바빴다오. 영상 대감의 서자란 후광이 없었다면 당장 잘렸을 게요."

이준광의 지적을 인정할 수밖에 없었다. 작은 일에 집착하고, 한 번 집착하면 다른 것을 보지 못하는 습성이 광흥창 부봉사에겐 치명적인 약점이었다. 김진도 선선히 인정하고 맞장구를 쳤다. 따지고 보면 김진도 꽃에 미친 선비다.

"저도 부봉사를 맡게 되었다기에 말렸습니다. 차라리 저와 함께 규장각으로 가서 책 정리나 돕자고도 했지요. 아버지인 영상 대감이 처음으로 마련한 자리인지라 물리치기가 쉽지 않았던가 봅니다. 부자(父子) 사이가 참 각별했거든요. 그러고 보니 그 친구에 대한 고과는 중상(中上)으로 그렇게 나쁘진 않았더군요."

"최대한 후하게 준 게요. 영상 대감에게 밉보일 순 없으니까."

"또 다른 결함은 무엇인가요?"

"사람들과 어울리지 않는다는 게요. 퇴근 후엔 곧 사라졌지. 몇 번 술자리로 나오라고 했지만 극구 사양하였소. 술을 못한다는 핑계를 대고 말이오. 짐작하겠지만 저녁에 밥과 술을 마시는 것이 광흥창 관원들에겐 업무의 연장이라오. 조운선을 힘겹게 몰고 온 사공과 격군들에게 위로주도 살 때는 사야 하고, 또 빈 배로 돌아가는 조운선에 장사치들의 물품이라도 싣기 위해선 둘 사이를 주선도 해야 합니다. 이래저래 술자리가 요긴한데 그 일을 전혀 하지 않으니 답답했소. 덕분에 나만 술고래 소릴 들었지만."

김진이 역시 이준광의 주장에 동의하며 변명을 대신했다.

"반 잔만 마셔도 온몸에 붉은 반점이 생기고 두드러기까지 나서 어려서부터 술상 근처엔 얼씬도 않더군요. 잘 알겠습니다. 그 친구가 일하던 창고를 둘러봐도 되겠는지요?"

남택만이 수결한 종이를 건네며 답했다.

"좋을 대로 하오. 이걸 보여 주면 광흥창에 속한 어떤 창고라도 들어갈 수 있다오. 혹시 영상 대감이나 판의금부사를 뵐 날이 있으면, 우리들 얘기 좀 잘해 주오."

"물론입니다. 감사합니다."

남택만은 방에 머무르고 이준광은 관아 대문까지 배웅을 나왔다. 김진이 갑자기 생각난 듯 물었다.

"각 도별로 창고가 정해져 있는지요?"

"확정된 건 아니지만, 해마다 올라오는 물량과 날짜가 엇비슷하니 대충 나눠 놓긴 한다오."

"그렇군요. 한데 그 소문은 사실입니까?"

"무슨 소문 말이오?"

"마포 객주 윤덕배(尹德杯)와 양화 거상 정효종(鄭孝鐘)이 남 주부와 호형호제한다면서요?"

"마포에서 셋이 함께 자란 친구 사이라오. 어렸을 때 남 주부께서 물에 빠져 익사하기 직전에 윤덕배와 정효종 둘이 힘을 합쳐 구해 줬다고도 하오."

"그랬군요. 하면 그 소문도 사실인가요? 광흥창에 세곡이 부족할 땐 두 거상의 도움을 받는다고 들었습니다만."

　이준광이 불쾌한 듯 눈을 째렸다. 적당히 작별 인사를 하고 돌아서려는 그에게 김진이 연이어 소문 두 개를 따져 물은 것이다. 김진만의 궁금증이 아니라는 듯 내가 도왔다.

"의금부에도 그와 같은 이야기가 돌고 있소."

　이준광이 진지한 표정으로 답했다.

"숨길 일도 아니오. 올해처럼 조운선이 너무 많이 침몰하거나 뱃길 사정이 좋지 않아서 도착이 늦으면, 녹봉 지급에 차질이 생길 수도 있소. 그땐 선혜청의 허락을 받아 경강상인들에게 우선 세곡을 사서 보충한다오. 공짜로 세곡을 주는 것은 아니라고 하더라도 저렴한 가격에 그것도 반년이나 1년 뒤 상환을 받기로 어음을 끊으니, 나라에선 오히려 그 상인들에게 감사해야 할 게요."

"그렇군요. 말씀만 들어도 상인들의 손해가 적지 않을 듯한데 따로 사례를 하진 않으십니까?"

"고마운 일이긴 하지만, 사례할 방법이 마땅치 않소이다. 술과 음식이야 오히려 그들이 내는 날이 더 많다오."

"두 거상의 창고들이 강화도에서 마포까지 드문드문 있다고 들었습니다. 그들이 물품을 내고 들일 때 광흥창 관원들이 편의를 봐준다고 들었지요. 부족한 세곡을 임시방편으로 메워 준다고 하니, 그 정도는 배려해도 된다는 생각이 듭니다만……."

"누가 감히 그딴 흉문을 퍼뜨리는 게요?"

내가 끼어들었다.

"저도 들었습니다만, 오해인가요?"

"오해요! 광흥창에선 경강상인에게 어떠한 특혜도 베푼 적이 없소. 다음에 그딴 소릴 지껄이려면 물증을 제시해야 할 게요. 그렇지 않으면 두 사람의 헛소리를 문제 삼겠소."

김진이 그 정도에서 마무리를 지었다.

"알겠습니다. 저도 광흥창에서 그런 짓을 하리라곤 믿지 않았습니다."

돌아서 나오는데 뒤통수가 뜨거웠다. 꺽다리 이준광이 들어가지 않고 한참 동안 우리를 노려보고 섰던 것이다.

곡식 창고로 빽빽한 와우산 언덕을 오르는 동안, 김진은 말이 없었다. 골똘히 무엇인가를 생각할 때는 귀머거리에 벙어리처럼 굴었다. 창고들은 크고 단단했다. 문 앞마다 장창을 든 군졸들이 두 명씩 지키고 서 있었다. 김진은 창고들을 흘끔흘끔 보며 지나쳤다. 그리고 가장 윗줄 구석까지 가선 수결을 내보인 후 군졸에게 물었다.

"경상도에서 올라오는 세곡들을 이 근처 창고에 쌓아 둔다 들었네만……."

"바로 찾아오셨습니다. 여깁니다."

"하면 여기도 쥐 노인이 관리하겠군."

군졸이 반색을 했다.

"쥐 노인을 아십니까? 맞습니다. 이 창고뿐만이 아니라 와우산 언덕에 세워진 창고는 모두 그 늙은이 신세를 톡톡히 지고 있지요. 마침 이 창고로 들어갔으니 만나고 싶다면 가 보십시오. 하지만 여간 괴팍한 노인네가 아니라서 조심하셔야 합니다. 잘못하면 팔목을 물릴 수도 있습니다."

내가 반걸음 나서며 따지듯 물었다.

"팔목을 물리다니? 노인네가 미치기라도 했단 말인가?"

군졸들이 서로 마주 본 후 답했다.

"쥐 노인이 미쳤는지 쥐가 미쳤는지 그건 저희도 모르 겠습니다. 둘 다 미쳤다는 얘기도 있고……."

"무슨 소리야 그게?"

김진이 내 팔을 잡아끌었다.

"참게. 쥐 노인을 만나면 금방 알게 될 게야."

군졸들이 한 걸음 물러서며 좌우로 벌려 섰다. 친절을 베푼답시고 김진에게 물었다.

"불러다 드릴까요?"

"아닐세."

김진이 앞장을 섰다. 창고로 들어서며 속삭였다.

"쥐 노인을 누가 먼저 찾는지, 내기 할까?"

김진은 내기를 좋아했다. 사건을 풀 때도 수수께끼를 즐 겼다. 하지만 사람 찾는 내기를 의금부 도사와 하는 건 명 백히 그의 실수다. 도사들은 몸을 숨긴 범인을 찾아 붙잡 기 위해 반년마다 특별 훈련까지 받는다. 눈과 귀와 코를 집중하고 주변의 지형지물을 살펴, 범인이 숨은 곳을 가장 빠르면서도 정확히 알아내는 훈련이다. 열 명의 도사 중에 서도 나는 늘 1등이었다. 김진의 눈썰미가 아무리 뛰어나도 의금부 도사를 따라오긴 어렵다.

이상하다. 오감을 집중해도 인기척이 없다. 창고엔 그득 쌓인 세곡들뿐이다. 노인이라면 잔기침을 뱉거나 발을 끌거나 손으로 뭔가를 짚으며 균형을 잡기 마련이다. 그러나 완전히 고요하다. 쥐 노인이 여기 들어온 게 사실일까? 둘러보니 밖으로 나가는 문은 군졸들이 지키는 곳 하나뿐이다. 문이 많을수록 지키기 어렵다.

"츠찍!"

드디어 소리가 들렸다. 그런데 사람 소리가 아니라 쥐 울음이다. 세곡 창고에 쥐가 돌아다니는 것은 어찌 보면 당연한 일이다.

"츠츠찍!"

다시 쥐 울음이 들렸다. 광흥창 관원들이 쥐를 잡기 위해 많은 노력을 한다는 이야기를 들은 적이 있다. 쥐들이 몰래 갉아먹는 양이 엄청났던 것이다.

"오늘은 몇 마리나 잡으셨습니까?"

김진의 목소리였다. 나는 급히 그 소리가 들려온, 문에서 가장 먼 모서리로 달려갔다. 김진과 함께 망태만 하나 달랑 옆구리에 걸친 호리호리한 늙은이가 서 있었다. 놀랍게도 노인은 쥐꼬리를 손에 쥐었다. 살찐 쥐 한 마리가 허공에서 버둥대고 있었다. 츠찍. 살아 있는 쥐였다. 노인에겐 그 쥐를 가둘 덫도 두들길 몽둥이도 없었다.

"화광이로군. 컴컴한 창고까진 웬일인가? 여긴 자네가 즐길 꽃이 단 한 송이도 없다네."

김진과는 구면인 것이다. 이 나라에서 특별한 재주를 지 닌 사람치고 김진과 만나지 않은 이가 거의 없었다. 김진 이 먼저 찾아가고 그 재주를 살피고 열심히 배웠다.

"의금부 도사 친구와 함께 왔습니다."

"이명방입니다."

"아, 화광 자네가 언젠가 들려준, 그 소설에 푹 빠져 지 내는 친구인가 보군. 그런데 두 분이 예까지 온 걸 보니, 뭔 가 소설로 만들 만한 이야기가 광흥창에 벌어지기라도 했 는가?"

김진은 재주가 탁월한 이를 존대하며 스승의 예로 대했 다. 맨손에 쥐나 들고 있는 이 늙은이는 양민이거나 천것 이리라. 그럼에도 김진은 깍듯하게 쥐 노인을 높였다. 김진 에게 적응이 되어, 그가 존대하면 나도 말투를 따라 했다.

"그 쥐는 어떻게 쫓아 잡은 겁니까?"

쥐 노인이 팔을 들어 내 콧잔등 가까이 쥐를 들어 올렸다.

"쫓지 않았우. 내가 부르니까 이놈이 온 게지."

"부르니까 쥐가 제 발로 왔단 말입니까? 그걸 나보고 믿 으란 겁니까?"

김진이 대신 답했다.

"사실일세. 자네도 방금 듣지 않았는가? 쥐 울음이 두 번 났지? 그중 첫 번째는 쥐 노인이 낸 소리고 그다음 소리는 저 쥐가 화답하는 소리야."

"첫 울음이 쥐가 아니라 사람이 낸 거라고?"

"츠찍!"

쥐 노인이 내가 보는 앞에서 다시 쥐 울음을 흘렸다. 정말 그가 만든 소리였다. 너무 놀라 입을 다물지 못하는 내게 김진이 덧보탰다.

"젊어서는 나루에서 창고까지 볏섬을 나르셨지. 나이가 들고 무릎을 다친 후엔 창고를 개축하거나 신축할 때 목수로 일하셨어. 그러다가 쥐들이랑 친해져서, 지금은 광흥창 전체 창고를 맡아서 쥐를 잡고 계셔. 이름이 따로 있지만 30년 전 쥐만 잡기 시작한 후론 그냥 '서옹(鼠翁)' 그러니까 쥐 노인이라 불리신다네. 듣자 하니, 장흥고(長興庫)에서도 일을 맡아 주십사 한다면서요?"

장흥고는 궁중에 필요한 물품과 세곡을 모아서 보관하는 관청이었다. 그곳 창고에도 쥐가 들끓기는 마찬가지였다.

"거기까지 하긴 힘들어. 매일 광흥창 창고들을 한 바퀴 도는 것만으로 족해. 그래야 해 질 무렵 서강 나루에 나가 막걸리라도 한 사발 마실 여유가 생긴다네. 밤까지 쥐를 잡겠다고 창고를 뒤지긴 싫다네."

"쥐를 불러내어 스스로 손에 들게 만들 재주를 정말 지
녔다면, 한꺼번에 다 잡아 버리면 그만 아닙니까?"

쥐 노인이 나를 한심하단 표정으로 쳐다보다가 김진에
게 시선을 옮겨 웃었다.

"자네 말대로 착한 사람이로세. 하지만 마음이 곧고 착
한 것만으론 이 풍진 세상을 어찌 사누. 광흥창 쥐들을 모
조리 잡아 버리면 그다음부터 난 뭘 먹고 살지? 쥐들이 적
당히 창고를 어지럽혀 줘야 내게도 품삯이 나오는 게요."

쥐와의 이상한 공생이었다. 김진이 본론을 꺼냈다.

"부봉사 조택수 때문에 왔습니다."

쥐 노인이 금방 울상을 지어 보였다.

"안타까운 일일세."

급한 마음에 내가 끼어들었다.

"부봉사가 업무에서 실수가 잦았다던데 사실입니까?"

"누가 그런 말을 했우?"

"주부와 봉사를 만나고 오는 길입니다."

쥐 노인이 혀를 끌끌 찼다.

"인심이 많이 박해졌어. 죽어 버렸으니, 이제 볼일 없다
고 그리 막말을 해 대는 건가. 몹쓸 사람들!"

"사소한 계산에 몰두하느라 큰일을 놓치고, 또 술을 못

해 저녁엔 관원들과 어울리지도 않았다고 했습니다."

쥐 노인이 손에 든 쥐를 망태에 넣었다. 손바닥과 손등을 허벅지에 쓱싹쓱싹 닦은 뒤 내게 내밀었다.

"열 냥은 받아야 하는데 화광의 친구인 조 부봉사에 관한 일이니 닷 냥만 받겠우."

화가 치밀어 올랐다. 돈 때문에 쥐를 아껴 가며 잡고, 또 돈을 주지 않으면 조택수에 관해 한마디도 않겠다는 것이다.

"이 노인네가 정말 보자 보자 하니까……."

의금부로 끌려가서 치도곤을 당해야 정신을 차리겠느냐고 경고하려는데, 김진이 그 손에 여섯 냥을 얹었다.

"한 냥은 막걸리 한 사발 더 사서 드시라고요."

"역시 화광이야. 고마우이."

쥐 노인이 엽전을 바지 안주머니에 쑤셔 넣곤 시커멓게 썩은 앞니를 드러내며 빙긋 웃었다.

"자, 궁금한 게 뭐요?"

나는 화를 꾹 누르고 말했다.

"주부와 봉사의 말이 사실이냐고 물었습니다."

"예전엔 막걸리를 열 사발 연거푸 마셔도 새벽까지 끄떡없었우. 요즈음은 딱 석 잔만 들어가도 졸려서 견딜 수가 없다 이 말씀이야. 와우산 기슭으로 다시 올라갔우. 아무 창고나 들어가서 한숨 푹 자기 위해서요. 창고를 지키는 군졸들이야 다 내 손자뻘이고, 또 내가 쥐를 잡지 않으면 자기들이 창고 바닥을 발정 난 고양이처럼 기어 다녀야하니, 나를 보고도 그림자 취급이라오. 그렇게 바로 이 창고에 들어섰다가 깜짝 놀랐던 밤이 있우. 조택수, 바로 그이가 퇴근도 않고 세곡을 헤아리고 있었지. 헤아릴 뿐만아니라 어떤 세곡은 뜯어 생쌀을 씹어 먹기도 하고 엄지와 검지로 부수어 보기도 하고. 밤새 그 짓을 하더라고. 그때부터 걱정했우. 아, 부봉사 자리가 곧 바뀌겠구나. 1년이나 버틴 건 대단한 일이우. 제아무리 아버지가 영의정이고삼촌이 판의금부사라고 해도, 나 같으면 달포도 못 견디고그만뒀을 거요."

김진이 파고들었다.

"세곡을 헤아리고 또 그 질을 확인했단 말입니까?"

"그래. 열흘이면 예닐곱 날은 창고에서 자면서 세고 또세었다네."

내가 따져 물었다.

"세곡을 서강 나루에서 창고로 들일 때 그 수는 헤아리지 않습니까? 또 세곡의 질 또한 미리 정하고요."

"법대로 술술 굴러간다면 이 나란 벌써 으뜸 부자 나라가 되었겠지. 아까 사소한 계산이라고 했우? 가장 중요하면서도 지켜지지 않는 것이 바로 그 사소한 계산이라오.
장부에 적힌 세곡의 수와 창고에 보관된 세곡의 수가 정확
히 일치한 적이, 광흥창을 만든 후 단 하루라도 있는 줄 아
오? 이 창고의 부족분을 저 창고에서 가져다가 메우고, 저
창고의 부족분을 또 그 창고에서 메운다오. 돌려 막는 중
간에 얼마나 많은 세곡이 사라지는지는 상상에 맡기겠우.
또 그 질 또한 와우산 창고에서 나가 버리면 그만이라우.
솔직히 녹봉을 받으러 이곳에 오는 관원들 중에서 각 섬을
모두 열고 그 안에 담긴 생쌀의 질이 상상인지 중중인지
하하인지 따지는 이가 몇이나 되겠우? 창고에서 녹봉을 받
은 벼슬아치들은 자신들 곳간으로 세곡을 옮긴다오. 며칠
뒤 그 쌀에 유난히 쭉정이가 많거나 벌레가 들끓거나 짠
내가 나거나 혹은 돌멩이들이 왕창 섞여 있어도, 광흥창으
로 다시 와서 항의하긴 어렵다우. 항의가 받아들여져서 세
곡을 다시 받아 갔다고 칩시다. 그 벼슬아치는 광흥창 관
원들에게 찍혀 그 후론 영영 좋은 세곡을 받긴 어려워지
우. 좋은 게 좋다는 식으로 넘기다 보니, 각 창고에 보관된
세곡의 질이 조운선을 띄우기 전 각 지방 창고에서 책정한
것과 동일한지는 확인하지 않는다우. 그런데 조 부봉사가
바로 그 두 가지, 대충대충 관행으로 넘기던 일을 꼼꼼히
챙기기 시작한 게요."

"그토록 심각한 문제라면 직속상관인 봉사 그리고 광흥창을 책임지고 있는 수와 주부에게 보고하고 의논해야 하지 않습니까? 그런데 조 부봉사는 그들과의 저녁 자리조차 꺼렸다고 합니다."

김진이 이번엔 쥐 노인보다 먼저 말했다.

"나라도 그랬을 거야. 한 가지만 짚고 넘어가세. 주부와 봉사가 소운에 대해 평가할 때 이상한 느낌을 받지 않았나?"

"무슨 느낌?"

"소운이 탔던 소선엔 기생이 넷이었네. 술과 안주도 그득했겠지. 소운은 술을 즐기는 쪽이었어. 도성에서 이름난 밀주 가게를 내게 일러 준 이가 바로 그라네. 한데 소운은 광흥창 관원들 앞에선 술을 못 마시는 사람처럼 굴었어. 왜 그랬겠는가? 그들과 어울리고 싶지 않아서겠지. 관원들이 흥청망청 술을 마실 때 그는 창고로 돌아와서 밤새 세곡을 세고 또 세었어. 계산이 맞지 않았을 테고, 어디서부터 어긋났는가를 부지런히 찾아다닌 게지. 내가 아는 소운은 담헌 선생만큼이나 숫자에 민감했어. 딱딱 맞아떨어지지 않으면 잠을 이루지 못할 정도였지."

"일부러 관원들과의 저녁 자리에 어울리지 않았단 거야?"

"맞네. 결단을 한 게야. 그토록 좋아하는 술을 마다할 만큼, 광흥창엔 큰 문제가 있었던 걸세."

"그 문제가 무엇이라고 보는가? 혹시 아까 광흥창이 두 거상에게 특혜를 베풀었다는 소문이 사실이라고 믿는 건가?"

"믿고 아니 믿고는 문제가 아닐세. 광흥창에서 윤덕배와 정효종을 비롯한 몇몇 경강상인들과 손을 잡고 한강 일대의 배와 물품을 제멋대로 움직인다는 건 사실이라네. 소운은 저녁 술자리에서 윤덕배나 정효종과 만나 얽히는 것을 스스로 막았어."

"광흥창만 조사하기에도 만만치 않은데, 경강상인과의 유착을 경계하여 스스로를 지키기 위해 고립을 택했다? 거대한 싸움을 홀로 벌여 왔던 거로군. 조운에 얽힌 오랜 문제를 그토록 집요하게 조사하던 사람이 왜 갑자기 사직을 하고 광흥창을 떠났을까?"

"짐작은 하네만 이유는 아직 정확히 모르겠네."

김진이 쥐 노인에게 인사했다.

"고맙습니다. 덕분에 친구의 멋진 나날을 확인했네요."

쥐 노인이 답했다.

"나도 조 부봉사가 그리워. 다른 관원은 쥐 열 마리를 잡아 가면 한두 마리를 꼭 깎으려 드는데, 조 부봉사는 정확했지. 요즘 세상엔 그처럼 딱 부러지는 젊은이가 드물어. 그리고 무척 따뜻한 사람이었으이."

내가 말꼬리를 잡아챘다.

"따뜻했다고요? 숫자에만 집착하는 냉정한 관원 아닙니까?"

쥐 노인이 어깨를 움찔 떨어 망태를 한 번 흔들곤 답했다.

"눈빛은 거짓말을 하지 않는 법이우. 뒷짐 지고 감독만 하는 관원들에겐 차갑게 대했지만, 열심히 일하는 짐꾼들은 오랫동안 쳐다보더군. 그들이 넘어져 다치기라도 하면 가장 먼저 가서 부축하여 일으켰고. 지금 처지는 다르지만, 세곡을 지고 나르는 이들의 고생을 아는 자의 눈동자였소. 언제나 젖어 있었지. 울음을 터뜨리기 직전의 흔들림을, 여러 번 보았다우. 용케 참더군."

김진이 맞장구를 쳤다.

"맞습니다. 딱 그런 친구예요."

"부디 억울함이 없도록 원혼을 달래 주길 바라네."

와우산 창고를 나와 서소문까지 걸어갔다. 김진이 멀리 성문을 바라보며 말했다.

"내일 아침 진시(7시)에 숭례문 앞에서 보세. 밀양에서 오래 머무를 수도 있으니 갈아입을 옷과 신 그리고 지도와 서책을 충분히 챙기도록 해."

조택수와 광흥창에 관해 이야기를 좀 더 나누고 싶었다.
쥐 노인의 이야기가 옳다면, 광흥창 관원들이 거짓말을 한
셈이다. 그들과 조택수 사이에 무슨 일이 있었을까.

"저녁밥이라도 같이 한술 뜨세."

"선약이 있네."

한 사람의 이름이 떠올랐다. 김진에게 조택수의 실종을
조사해 달라고 요청한 의뢰인.

"영상 대감인가?"

"무척 궁금해하고 있을 거야. 오늘까지 조사한 것을 알
려야겠지."

"하나만 묻겠네. 계속 영상 대감과 연락을 취할 것인가?"

"약속을 했네."

"그땐 독운어사를 보좌하란 어명을 받기 전이야. 이제부
터 자네가 밀양에 가서 밝혀내는 것들 중엔 비밀로 부쳐야
하는 부분도 적지 않을 걸세."

김진이 내 눈을 빤히 들여다보았다.

"날 믿지? 내가 알아서 하겠네. 차돌이를 잃고 한양까지
맨발로 걸어 올라와 신문고를 두드린 그 어미 선영에 대해
자네도 큰 감명을 받았을 테지. 영상 대감도 마찬가지일세.
차돌이가 빠진 그 바다에 영상 대감도 아들인 소운을 잃었

204

어. 선영의 마음과 영상 대감의 마음은 다르지 않네. 자식을 잃은 어머니와 아버지의 애끓는 마음을, 단지 나랏일을 맡게 되었다고 외면하고 싶지 않아. 알려 줄 건 알려 주고 감출 건 감추겠네. 걱정 말게."

거기까진 살피지 못했다. 나는 새도 떨어뜨린다는 영의정이지만, 그 역시 아들이 물에 빠져 사라지는 것을 막지 못한 아버지였다.

"알겠네. 그 약속이 자넬 위험에 빠뜨리지 않길 바랄 뿐일세."

김진과 헤어져 운종가를 향해 북쪽 골목으로 걸음을 옮겼다. 연화방(蓮花坊)에 도착하니 저물 무렵이었다. 의금부 참상도사 이순구의 집이었다. 싸리 대문 앞에 소녀 하나가 쭈그리고 앉아 나무 막대로 땅바닥에 그림을 그리는 중이었다. 이순구의 외동딸 은심이었다. 나는 옆에 앉아서 나무 막대가 만든 그림들을 내려다보았다. 둥근 원이 마음에 들지 않는지 손바닥으로 지운 뒤 그리고 또 지웠다 그리기를 반복했다.

"무얼 그리는 게냐?"

"아빠 얼굴."

"자주 그렸니?"

"이번이…… 처음이에요."

"아빠 보고 싶지?"

끄덕끄덕.

"왜 자꾸 지우니?"

"못 그리겠어요. 아빠 웃는 얼굴 그리고 싶은데, 잘 떠오르질 않아요."

울먹이기 시작했다. 은심의 어깨를 감싸며 맹세했다.

"아저씨가 꼭 잡을게."

은심이 다시 원을 그리며 물었다.

"잡을 수 있어요? 약속해요?"

내 눈도 어느새 젖어들었다.

"약속하마. 꼭."

7장

그리하여 다시 남쪽 바다로 내려가게 되었다.

동행자가 이순구에서 김진으로 바뀌었다. 막연히 민심을 살피는 차원이 아니라 조운선과 소선 침몰 사건을 조사하기 위함이다. 김진의 지위도 바뀌었다. 봄엔 영의정의 사사로운 요청을 받고 영암과 밀양 등지를 둘러보았다면, 이번엔 엄연히 독운어사 홍대용을 보좌하는 관원인 것이다. 그 차이는 상당했다. 당당하게 관아로 들어가서 밀양부사든 영암군수든 불러 독대할 수도 있다.

숭례문에서 만났을 때, 김진은 내게 영암을 거쳐 밀양으로 가자고 했다. 나는 곧장 밀양으로 내려가서 후조창을 책임진 관원들을 조사할 마음이 급했다.

"밀양이 아니고? 왜 영암부터 가자는 건가?"

"만나려고 했는데 못 만난 이가 있다네."

"영암에도 갔었는가? 하기야 소운이 빠진 바다를 보지 않았을 리 없겠지. 한데 만날 사람이 누구이기에 그곳부터 가자는 겐가?"

"가 보면 안다네."

"담헌 선생이 기다리실 건데……."

"어젯밤 인편에 서찰을 띄워 두었다네. 우릴 기다리지 말고 풍금부터 만들기 시작하시라고……."

철두철미했다. 그리고 조금은 섭섭했다. 첫 걸음부터 뗀 후 뒤늦게 알리는 버릇은 여전했던 것이다. 악의가 있어서 그렇게 행동하는 것은 아니다. 좋은 생각이 떠오르면 서둘러 실행에 옮기는 것뿐이다. 처음에는 투덜댔지만 시간이 흐른 뒤 이해하고 동의한 적이 대부분이었다. 영암부터 가자는 제안도 과연 그러할까.

정확한 종착지를 꼽는다면 영암이 아니었다. 영암까지 내려갔지만 읍성 안 관아에는 들르지도 않았고, 더 남하하여 해남에 닿기 전 우수영(右水營)으로 방향을 틀었으며, 또 우수영에 닿기 전 해안을 따라 북상하여 등산진에 이르렀다. 바다 위 많은 섬들이 낮은 산등성이처럼 이어졌다. 섬과 섬 사이로 어선들이 쉴 새 없이 나타났다가 사라지고 다시 나타나기를 반복했다. 섬으로 둘러싸인 이 잔잔한 바다에서 조운선 두 척과 소선 한 척이 침몰한 것이다. 지도를 살필 때는 수로가 좁거나 암초가 있지나 않을까 의심했지만 그럴 위험은 전혀 없었다. 조운선끼리 충돌하여 침몰했다는 설명에 더 믿음이 갔다.

여기까진 김진의 행보가 납득되었다. 사건 현장을 면밀히 보는 것은 조사의 기본이다. 한 차례 방문하고 미진한 부분이 남았다면 다시 올 수도 있었다. 그런데 김진은 만날 사람이 있다고 했다. 4월 5일 배 세 척이 빠졌지만, 두 달이 지난 지금은 너무나도 평온했다. 시치미를 뚝 떼는 이 바다에서 과연 누굴 만나겠다는 걸까.

김진은 포구에서 소선 한 척을 빌려 먼저 올랐다. 육지에서 침몰 지점을 대충 가늠하지 않고 바닷길로 직접 가는 것 역시 김진다웠다. 바람은 잔잔했지만 파도는 제법 높았다. 김진이 병풍처럼 드리운 섬들을 훑으며 말했다.

"인간은 물 없인 못 사는 짐승이라네. 그래서일까. 오랫동안 인간은 다양한 모습을 띠는 물들을 관찰하고 익혀 왔다네. 봄 이슬이랄까 여름 장대비랄까 가을 서리랄까 겨울 눈이랄까. 가르쳐 주지 않더라도 인간은 이들에게서 각기 다른 느낌을 얻는다네. 샘의 기쁨, 개천의 유쾌함, 강의 은근함 그리고 바다의 넉넉함까지."

김진은 서서 버텼지만 나는 점점 어지럼증이 더해서 선

미에 앉았다. 속이 메슥거리기 시작했다.

"고개를 숙이지 말게. 하늘을 봐. 턱을 들어."

김진을 따라 하늘을 우러렀다. 새털구름이 서쪽에서 몰려오고 있었다. 숨을 조금씩 깊게 들이마셨다가 내뱉었다. 울렁거림이 한결 덜했다. 문득 물었다.

"소운은 배를 즐겼는가?"

"우리랑 비슷했을 걸세. 한강에 뱃놀이는 더러 나갔겠지만, 강에서 배를 노는 것과 바다에서 배를 타는 건 완전히 달라. 모르긴 해도 꽤 고생을 했을 것 같군. 판옥선이나 조운선 같은 큰 배는 흔들림이 덜하지만 소선은 조금만 파도가 쳐도 몸을 가누기 어려워."

강이 뜰이라면 바다는 광야다. 강에서라면 폭과 흐름을 살펴 대처하겠지만 바다는 폭을 가늠하기 어렵고 흐름도 시시때때로 바뀐다. 강만 오가는 배와 바다를 누비는 배 역시 차이가 날 수밖에 없다. 강에서라면 위기를 맞더라도 언제든 강가로 배를 몰 수 있지만 바다에선 뭍에 닫기 어려울 때도 많았다. 그러므로 바다를 오가는 배는 그 자체로 부서지거나 뒤집히지 않고 오래 버티는 것이 관건이었다. 배에 승선한 사람 역시 주위를 두리번거리며 상륙할 곳을 찾는 것보단 배에 적응하도록 노력할 일이다.

우리를 태운 소선은 등산진을 떠나 맞은편 안창도(安昌

島)를 돌았다. 배들이 침몰한 곳은 섬에 가려 보이지도 않았다. 섬을 지나면 섬이 나오고 또 그 섬을 지나면 섬이 나오는 바다가 바로 전라우도의 바다였다. 이윽고 소선이 그 많은 섬 중 하나에 도착했다. 배에서 내리며 물었다.

"이 섬엔 왜 온 건가? 영암으로 가서 누굴 만난다기에 군수라도 보려는가 했네. 배에 오르기에 침몰한 바다를 한 바퀴 돌아보는가 했고."

김진이 태연하게 답했다.

"장병도(長柄島)라네. 봄에도 이 섬에서 열흘을 머물렀지. 가세."

김진은 섬에 사는 어부처럼 앞장을 섰다. 갈래길이 나왔지만 주저하지 않고 해안 쪽으로 걸음을 옮겼다. 갈매기들이 시끄럽게 울며 따라왔다. 드문드문 집들이 숨바꼭질을 하듯 숨어 있었다. 무거운 돌들을 혹처럼 얹은 지붕이 대부분이었다. 해마다 여름이면 몰아치는 태풍의 무시무시한 바람을 견디기 위해서였다. 야트막한 언덕에 올라서니 맹렬하게 흔들리는 하얀 깃발이 멀리 보였다. 김진이 걸음을 멈추곤 이마에 주름을 잔뜩 잡았다. 일이 뜻대로 풀리지 않을 때 자책하는 표정이었다.

"안타깝군. 한 발 늦은 것 같네."

"늦다니?"

"아무리 서둘러도 결국 늦을 일이었던가!"

김진이 양 손바닥으로 얼굴을 쓸어내린 뒤 서둘러 큰 걸음을 내디뎠다. 깃발이 휘날리는 그 집이 우리의 목적지였다. 늙은 여인의 끊길 듯 끊길 듯 구슬프게 이어지는 곡소리가 마당을 지나 바닷가에 선 우리의 발등에 내려앉았다. 상중(喪中)임을 알리는 깃발인 것이다.

상갓집엔 문상객이 아무도 없었다. 다닥다닥 나란한 초가가 네 채였다. 굴뚝에서 연기를 피워 올리는 이들은 이웃의 곡진한 슬픔을 위로하지 않았다. 인심이 고약한 섬인가. 아니면 초상 난 저 집에서 마을 사람들에게 패악이라도 부렸던가. 마당으로 들어선 김진이 젖은 목소리로 말했다.

"계십니까?"

문이 조금 열리고, 쭈글쭈글한 손등으로 눈물을 훔치는 백발 노파의 얼굴이 반만 보였다. 눈동자엔 슬픔과 함께 두려움이 가득했다.

"아드님 뵈러 왔습니다."

문이 조금 더 열렸다. 소복 저고리가 보였다.

"상치(相治)를 어찌 아시오?"

김진이 거짓말로 둘러댔다.

"재작년 이곳에 낚시를 왔습니다. 그때 아드님 배를 빌려 탔지요. 아드님이 물길도 밝고 또 배도 잘 몰아서 편히 고기를 많이 낚았습니다. 올해 또 마음이 움직여 장병도로 건너왔는데 슬픈 소식을 접했습니다."

노파가 의심을 거두지 않고 행색을 살피며 물었다.

"우수영에서 우리 아이 잡아가겠다고 온 거 아니오?"

"아닙니다. 저희는 한양에서 왔습니다. 평생 서책만 읽었지 칼이나 활은 들어 본 적도 없습니다."

그제야 노파가 곡(哭)을 이으면서 문을 끝까지 열었다. 김진은 내게 눈짓한 후 먼저 신발을 벗고 들어섰다. 두 사람이 겨우 나란히 누울 만큼 방이 좁았다. 엉거주춤 서도 정수리가 닿을 만큼 천장이 낮았다. 문을 닫아걸고 울기만 한 탓인지 코로 밀려드는 공기가 눅진눅진했다. 우리는 나란히 서서 향을 꽂고 두 번 절했다. 김진은 방바닥을 두드리며 눈물을 쏟는 노파에게 다가가 손을 쥐었다. 노파가 기대어 울 수 있게 가슴을 내주었다. 김진이 한양에서 힘주어 했던 말이 떠올랐다. 선영도 영상 대감도 자식을 잃고 애끓는 마음은 마찬가지라네.

통곡이 그칠 때까지 기다렸다. 파도 소리에 갈매기 울음만 간간히 섞였다. 노파는 죽은 아들을 '상치'라고 불렀다. 상치라면, 소선에서 악공 고후를 구한 어부 정상치? 정상치가 맞다면, 소선 침몰 사건의 중요한 증인이 세상을 떠난 것이다.

갑자기 짝! 하고 박수 소리가 들렸다. 우리의 시선이 소리가 들려온 쪽으로 동시에 향했다. 건넌방이었다. 노파가 울다 말고 표정을 날카롭게 바꾸더니 짜증을 부렸다.

"저 망할 봉사가 기어이 내 아들을 잡아먹었어. 상치가 살고 저 눈먼 괴물이 죽어야지, 왜 저 봉사 놈이 살고 내 귀한 아들이 죽느냐고. 안 될 일이지. 안 될 일이고말고."

급히 문을 열고 노루처럼 건넌방으로 뛰었다. 문 옆 벽에 붙어 인기척을 살폈다. 방으로 들어서기 전엔 늘 이렇게 경계를 했다. 뒤따라온 김진이 문을 열었다.

"이, 이봐……."

말릴 틈도 없었다. 어두컴컴한 방에서 들소처럼 튀어나온 사내가 김진에게 달려들었다. 김진은 미처 피하지 못하고 함께 나뒹굴었다. 이번만은 김진이 경솔했다. 놈이 단검이라도 품었다면 목숨이 위험했으리라. 사내를 끌어안은 채 엉덩방아를 찧은 김진이 반격하지 않고 차분하게 말했다.

"형! 접니다. 화광."

형?

사내는 손을 뻗어 김진의 얼굴을 더듬더듬 만졌다. 맹인이었다. 김진을 와락 끌어안았다. 굵은 눈물이 흘러내렸다. 손등에는 피딱지가 가득 앉았고 흐르다가 말라 버린 흔적도 여러 갈래였다.

"소운의 배에서 맹인 악공이 구조되었단 이야길 듣고 고후 형이란 생각이 들었습니다. 소운이 형의 피리 소릴 특히 좋아했으니까요. 소운이 부봉사를 그만두고 형과 함께 팔도 유람을 떠났다는 풍문도 들었습니다. 그런데……."

김진은 고후가 내는 소리에 말을 멈추고 포옹을 풀었다. 꺼어어억! 인간이 만들 수 있는 소리가 아니었다. 목청을 울린 소리가 입안에서 정돈되지 않고 곧장 튀어나왔다. 고후는 김진의 어깨와 뺨을 양손으로 마구 때렸다. 내가 막지 않았다면 코뼈가 부러지든가 눈두덩이 터졌을 것이다. 나는 고후의 등 뒤로 돌아가서 깍지를 꼈다. 그는 심하게 몸부림을 쳤지만 내 힘을 당해 내지 못하고 차츰 누그러졌다.

"풀어 드리게."

"자넬 공격할지도 몰라."

"난 맞아도 싸. 봄에 어떻게 하든 고후 형과 정상치를 만났어야 했어. 데려가서 숨겼어야 했어. 내 잘못이 커. 어서 풀어."

깍지를 서서히 풀었다. 고후가 멍한 얼굴로 움직이지 않았다. 굵은 눈물이 뺨을 타고 뚝뚝 흘러내렸다. 너무 많이 운 탓일까. 뺨과 턱의 살갗이 짓물렀다. 고후가 양손을 들어 제 입을 가리켰다. 꺼억! 정말 내 귀를 막고 싶었다. 고개를 돌려 김진에게 물었다.

"못 듣겠어. 왜 저러는 거야? 왜 사람이 말을 않고……"

김진이 고후를 향해 두 걸음 나아간 뒤 오른팔을 들었다. 엄지와 검지로 단숨에 볼을 집어 눌렀다. 벌어진 입술 사이로 눈을 가까이 대곤 입안을 살핀 뒤 다시 고후를 끌어안았다. 김진의 목소리가 유난히 떨렸다. 다른 사람이라면 그러려니 하고 넘어가겠지만, 언제나 침착하고 당당한 김진이기에 그 떨림이 더 크게 느껴졌다.

"형! 걱정 마요. 이제 제가 왔으니까. 진정하세요. 아무도 형을 해치지 못하게 할게요. 약속합니다."

어린아이 달래듯 손바닥으로 등을 쓸어내렸다.

'금(琴)은 억, 적(笛)은 후'라고 했던가. 조선에서 현을 제일 잘 다루는 이는 김억이고, 피리를 가장 잘 부는 이는 고후라는 뜻이다. 바로 그 맹인 악사 고후가 김진의 품에 안겨 울고 있었다. 눈은 멀었지만 우스갯소리로 곧잘 악회 분위기를 띄우기로 유명했다. 그런데 그가 괴성만 질러 대고 있는 것이다. 믿지 못할 광경이었다.

김진은, 노파에게 그랬듯이, 울다 지친 고후가 잠들 때까지 끌어안고 있었다. 잠든 것을 확인하고 바닥에 뉘려다가, 고후가 깜짝 놀라며 소매를 끌어당기는 바람에 다시 세 번이나 더 안았다. 악사에다가 맹인인 만큼 작은 소리에도 민감했다.

"잠시 쉬어요. 등산진 앞바다에서 형을 구한 어부 정상치의 어머니와 못다 한 이야기가 남았습니다. 마당에 있을게요. 멀리 안 가요. 형이 귀 기울이면 들릴 만큼 가까워요. 괜찮죠?"

고후가 고개를 끄덕였다.

우리는 문을 닫고 마당으로 나왔다. 나는 재빨리 속삭였다.

"정말 고후가 맞아? 괴성은 뭐야?"

김진이 짧게 답했다.

"혀를 잘렸어."

"뭐라고? 혀를?"

"평생 말을 못하게 만들었어. 쳐 죽일 놈들! 더 심각한 문제는 정교함을 자랑하던 피리 연주도 어려워졌단 거야."

"누가 산 사람의 혀를 잘랐단 말인가?"

"정상치가 고후 형을 구한 뒤 우수영까지 간 건 확인했어. 우수영에선 사흘 동안 조사를 마치고 두 사람을 풀어 줬다는데, 그 후로 행방이 묘연해. 혹시나 싶어 장병도 이곳 정상치의 집으로 와선 근처에 묵으며 열흘을 살폈는데도, 정상치는 나타나지 않더군. 이웃에 물어봐도 별다른 이야긴 없었어. 다만 옆집에 열두 살 먹은 계집아이가 그러더라고. 상치 아저씨는 바람과 친구라서 낡은 배를 타고 맘대로 돌아다닌다고. 상치의 할아버지나 아버진 장병도에서 첫손 꼽히는 부지런한 어부였대. 자주 만선을 해서 집안 살림도 넉넉했는데, 상치에게 이르러 가세가 기울었다는군. 착실함이라곤 눈을 씻고 봐도 없었으니까. 어떤 때는 열흘, 어떤 때는 한 달 만에 빈 배로 돌아오기도 한다고. 물고기를 잡아서 사고파는 걸 본 적이 없다고. 그러니 한 열흘 상치가 돌아오지 않아도, 노모는 물론 마을 사람 그 누구도 상치를 찾지 않는다더군. 그래서 나도 장병도에서 물러났던 걸세. 언제 올지 모르는 사람을 무작정 기다릴 순 없는 노릇이니까."

노파가 우리를 보곤 마당으로 따라 나왔다. 주름진 눈에는 슬픔과 증오가 함께 타올랐다. 대나무 지팡이를 들어 건넌방을 가리켰다.

"눈 멀고 말 못하는 괴물이 내 아들을 죽인 게야. 저놈을 죽여야 해. 관아에 알려도 사람이 오질 않아. 저놈 잡아가라 고함을 질러도 대답이 없어."

김진이 노파의 양손을 모아 꼭 쥐었다. 손에 힘이 실리자 노파는 넋두리를 멈추고 김진을 쳐다보았다.

"언제 두 사람이 섬으로 온 겁니까?"

"닷새 전 새벽에…… 흘러왔어."

내가 말꼬리를 잡았다.

"흘러왔다고요?"

노파의 시선이 마당 앞으로 펼쳐진 바다를 향했다.

"그래, 우리 배가 흘러와서 섬에 닿았어. 상치는 이미 이 세상 사람이 아니었고. 내 아들 죽인 저 봉사 놈만 괴성을 질러 댔지. 봉사가 배를 몰았을 리도 없고 상치는 죽었으니, 배가 그냥 흘러왔을 밖에! 제 섬 제 집으로 돌아가려는 상치의 마음을 배가 알고 따른 게지. 틀림없어."

살인 사건의 냄새가 났다. 의금부 도사답게 따지기 시작했다.

"시신은 어디 있습니까? 무덤을 어디에 만들었냐고요?"

노파가 고개를 돌렸다. 나를 보는 것도 같고 내 등 뒤를 살피는 것도 같았다. 갑자기 노파가 신발을 벗어 던졌다. 신발이 내 이마를 때리곤 떨어졌다. 아프기보단 얼떨떨했다. 무덤 위치를 확인하는 것이 신발로 맞을 짓인가.

"썩 나가! 괘씸한 놈. 내가 매일 너희들 굶을까 봐 밥알이라도 챙겨 줬건만, 내 아들 눈을 파 먹어? 살점을 뜯어 먹어? 이놈들! 이 흉측한 놈들!"

때마침 날아오른 갈매기들에게 던진 욕설이었다. 털썩 땅에 주저앉아 곡하며 울었다.

"아이고! 늙은 내가 죽어야지 젊은 네가 먼저 가다니.

아이고! 이왕 죽어 돌아올 몸이라면 얼굴이며 손발이라도 멀쩡해야지 갈기갈기 찢겨 이게 정말 내 아들인지 알아보기도 힘들다니. 아이고, 아이고!"

낡은 배에서 발견된 정상치의 시신이 온전하지 않았던 것이다. 배가 바다를 떠돌았다면 굶주린 새들이 시신을 먹 잇감으로 삼았으리라. 그것이 자연의 비정함이다. 살점이 뜯겨 나가고 손발이 흩어졌다고 해도, 시신만 있다면 사망 원인과 시간을 추정할 수 있다. 검관을 부르긴 너무 멀지만, 의금부 도사도 간단한 검시는 가능했다. 김진 역시 『증수무원록(增修無寃錄)』을 비롯하여 검관들의 필독서를 두루 읽었다. 나는 왼 무릎을 꿇고 앉아 다시 물었다.

"시신은 어디 있습니까?"

노파가 양손을 모아 합장했다.

"태웠지. 고통 없이 극락에 가려면 화장해야 한다고, 스님이 그러셨어. 새벽에 바다에 나가 몽땅 뿌리고 오는 길이야."

"뭐라고요? 화장했다 이 말입니까?"

"자식이라곤 딸랑 그놈 하나였어. 나도 이제 곧 저세상으로 갈 텐데, 무덤 같은 걸 만들어서 뭐하누? 스님께 부탁드렸어. 나 죽으면 상치를 뿌린 그 바다에 뿌려 달라고."

기가 막혔다. 정상치의 사인(死因)은 영원히 바다에 흩어

222

진 꼴이다. 김진이 내게 눈짓한 후 노파를 위로했다.

"잘하셨어요. 그런데 어머니! 아드님이 행여 자살했다곤 생각지 않으시지요?"

노파가 펄쩍 뛰었다.

"어느 놈이 그딴 헛소릴 지껄여? 상치는 절대로 그럴 애가 아니야. 내가 알아. 상치 소원이 뭔 줄 알아? 이 나라 섬이란 섬을 모두 디뎌 보는 거였어. 남들은 상치가 물고기도 안 잡고 훌쩍 사라진다고 손가락질하지만 나는 알지. 나 때문에 멀리까진 못 가지만 그래도 전라도의 섬들을 무인도까지 구석구석 돌아다니다가 오는 거라고."

김진이 노파의 손등을 어루만지며 설득했다.

"제가 아드님 죽인 살인범 꼭 잡아 드릴게요. 어머니도 저 눈멀고 말 못하는 이가 아드님을 죽였다고 진짜 믿는 건 아니지요? 앞 못 보는 사람이 평생 바다에서 산 어부를 배에서 죽인다는 게 말이 안 되잖아요?"

"그래도……."

노파는 김진의 따뜻하면서도 논리적인 설명에 반박하지 못했다.

"어머니 마음을 제가 왜 모르겠습니까? 저 맹인 벙어리마저 없으면 아드님이 어떻게 왜 죽었는가를 알 길이 없어질까 두려워, 저이를 건넌방에 둔 채 잠도 잘 재우고 밥도

꼬박꼬박 먹인 것 아닌가요? 하지만 기다려도 관원은 오지 않습니다. 시간이 많이 지난 후 우연히 관원이 들른다고 해도, 아드님이 배에서 굶어 죽었노라고 할 겁니다. 뼈까지 이미 바다에 뿌렸으니 더더욱 어려워졌습니다."

노파는 그제야 서둘러 화장한 것을 뉘우쳤다.

"편히 저승으로 가야 한다기에……."

"제가 아드님의 억울함을 풀어 드리도록 노력하겠습니다."

"어떻게? 우리 배를 타고 낚시를 나가려고 왔다 하지 않았어?"

"맞습니다. 재작년에 와서 그 배를 타고 월척을 많이 낚았습니다. 그리고 상치와는 친구가 되었습니다. 저보다 열 살이나 많지만 나이와 상관없이 그냥 친구로 지내자고 하더군요. 친구의 억울함은 곧 저의 억울함입니다. 믿어 주십시오."

"정말, 상치의 억울함을 풀어 줄 수 있어?"

"억울함을 어찌 풀었는지, 반드시 다시 와서 말씀드릴게요. 약속드립니다. 그 대신 저 맹인은 제가 데리고 가겠습니다. 어차피 이곳에 둬 봐야 사람 구실도 못하고 어머니만 힘드십니다. 제가 데려가서, 아드님의 억울한 죽음을 파헤치도록 노력할게요. 그리고 어서 기운 차리셔서 제가 다시 올 때까지 기다려 주실 거죠?"

노파가 대답 대신 김진의 손을 꺼칠꺼칠한 손바닥으로 쓸고 또 쓸었다. 염불하듯 같은 소리만 반복했다.

"고마워. 고마워. 정말 고맙네."

김진의 손등으로 노파의 눈물이 떨어져 내렸다. 먼저 죽은 아들을 평생 그리워할 어머니의 사무친 눈물이었다.

우리는 고후를 데리고 장병도를 떠나 등산진으로 돌아왔다. 짐꾼들이 목포(木浦)에서 건너온 배에 올라 포목을 내리느라 바빴다. 갈매기들이 사내들의 머리 위를 오르락내리락 분주히 돌며 시끄럽게 울어 댔다. 김진과 나는 고후를 데리고 조용히 나루를 벗어났다.

역참에서 말 두 필과, 수소문하여 가마 하나를 빌렸다. 김진이 비싼 품삯을 주고 채용한 가마꾼들은 가마를 멘 채 1000보쯤은 단숨에 내달릴 만큼 강건했다. 그 가마에 고후를 태웠다.

해남에서 하루를 묵고 고후와 헤어졌다. 김진이 믿을 만한 부상(負商)에게 맡긴 것이다. 고후는 우리와 떨어지지 않으려는 듯 손을 잡고 놓아 주질 않았다. 김진이 좋은 말로 달랬다.

"형! 제 말 잘 들어요. 지금은 형을 보살피는 것보다 형을 이렇게 만든 놈들 잡는 게 더 급해요. 형도 소선에 같이 탔다가 실종된 열세 사람이 왜 구조되지 못했는지 궁금하죠? 형을 겨우 구한 어부 정상치를 누가 죽였는지도 모르시죠? 무서운 놈들이에요. 정상치를 죽일 정도라면 언제 형을 노릴지 몰라요. 그러니 저와 함께 움직이는 것보다 부상들 틈에 끼어 잠시 숨는 게 안전합니다. 제게 조선 팔도 지름길을 가르쳐 주신 분이에요. 입이 무겁고 약속을 철석같이 지키는 어른이니 안심하고 가세요."

고후가 김진을 끌어안은 뒤 한참을 흐느꼈지만 결정은 바뀌지 않았다. 내가 김진이라고 해도 똑같은 선택을 했을 것이다. 맹인을 혹처럼 데리고 다니며 사건을 조사할 순 없다.

부상들이 고후를 데리고 새벽길을 나섰다. 인기척이 없는 집들보다 구불구불 좁다란 길이 더 푸르스름하게 밝았다. 밤사이 내린 촉촉한 기운이 걸음걸음마다 묻어났다. 김진은 부상들의 모습이 사라진 뒤에도 오랫동안 길을 보며 서 있었다. 더운 여름인데도 손바닥으로 어깨를 쓸었다. 나는 졸음을 쫓으며 물었다.

"고후의 피리를 듣지 못한 게 두고두고 한이로군. 실력이 출중하다던데 어느 정돈가?"

김진이 답했다.

"인왕산에 단둘이 더위를 식히러 간 적이 있어. 그때 형이 바위 밑 그늘에서 피리를 불었지. 소리가 퍼져 나가자 산새들은 물론이고 토끼며 사슴이며 노루가 모여들었어. 연주가 끝날 때까지 떠날 줄을 모르더군. 그때 난 피리 배우는 걸 포기했다네. 자고로 선비라면 가야금이나 거문고와 같은 금(琴)을 타야 한다며 피리를 업신여기는 이들이 적지 않지. 하나만 알고 둘은 모르는 말이라네. 밤하늘의 별들에게 차별이 없듯 악기들도 저마다의 소리를 지닌 채 동등한 법일세."

"담헌 선생이 만들기 시작했을 풍금도 그중 하나겠군."

"물론이지."

"이제 밀양행인가?"

"한 군데만 더 들렀다가 가세."

"어딜 또 가겠다는 건가?"

김진이 지도를 펴 검지를 짚었다. 나는 더 이상 불만을 이야기하지 않았다. 꼭 가서 만나고 싶던 사람이 그곳에 있었다.

우리는 남하하여 김진이 지목한 어란진으로 갔다. 어란진 만호 백보숭과 이진진 만호 강부철을 만나기 위해서였다. 어란진은 옛날부터 군선의 잠복과 급습에 유리한 곳으로 손꼽혔다. 포구 앞 3리도 채 떨어지지 않은 바다에 우뚝

솟은 섬 때문에, 바닷길에 익숙하지 않은 이들은 어란진을 지나쳐 진도로 나아가기 십상이었다. 바람도 적고 해무도 드물었다.

활터에서 시위를 당기던 백보승이 연락을 받고 돌아왔다. 바다가 내려다보이는 정자에서 첫인사를 나눴다. 마흔여섯 살 백보승은 큰 키에 반백인 턱수염이 근사했다. 내 이름을 듣더니 지난봄 행적을 기억해 냈다.

"이 도사는 늦봄에 영암 관아를 다녀갔죠?"

"맞습니다. 군수를 뵈었습니다."

"군수께서 충분히 설명을 드린 걸로 아는데, 왜 또 내려온 게요?"

"그때도 백 만호와 강 만호를 만나고 싶었습니다. 두 만호가 이진진부터 어란진을 거쳐 등산진까지 조운선을 호위하였으니까요. 영암에서 어란진까지 150리나 떨어져 있다기에 다음 기회로 미뤘지요. 이진진 만호를 불러 주십시오. 그가 오면 함께 논의를 잇는 것으로 하겠습니다."

"그리하겠소."

우리는 백보승이 지휘하는 판옥선에서 기다리기로 했다. 선소(船所)는 진(鎭)의 초입에 따로 물길을 내고 널찍하게 자리를 잡았다. 둥근 굴강(掘江)에는 백보승의 판옥선 한 척뿐이었다. 바닥까지 살피기 위해 썰물에 맞춰 바닷물

을 완전히 뺐다. 목수들이 선수부터 선미까지 붙어서 부지
런히 손을 놀리고 있었다. 김진이 허리를 숙이고 배 바닥
을 살피며 알은체를 했다.

"배에서 가장 약한 부분이 수면 아래로 잠기는 바닥이
라네. 갑판이나 옆판은 문제가 생겨도 눈으로 확인하여 적
절히 대처할 수 있지. 하지만 바닥은 보이지가 않아. 아무
리 경험 많고 눈 밝은 뱃사람이라도 수면 아래 지형을 훤
히 알긴 어렵지. 배의 바닥은 그 지형에서 가장 가까워. 즉
다른 부분에 비해 파손될 위험이 크단 뜻이지. 바닥을 살
필 기회가 있을 때 꼼꼼히 점검해야 하는 이유가 바로 이
것이라네."

수선 중인 군선이기에 격군은 배에 없었다. 선장 방 맞
은편의 부장 방으로 들어갔다. 벽엔 전라우도 뱃길과 경계
할 암초의 위치를 기록한 해도가 붙어 있었다. 새벽에 길
을 나섰기 때문에 졸음이 쏟아졌다. 등을 나무 벽에 대고
잠시 눈을 감고 쉬었다. 김진은 방으로 들어오지 않고 노
와 총통 그리고 화살 꾸러미를 차례차례 살폈다. 그리고
다시 갑판으로 올라가 버렸다.

깜빡 잠이 들었던가 보다. 눈을 뜨니 주위가 어둑어둑했
다. 틈틈이 비집고 들어왔던 햇살도 사라졌다. 방을 나서려
는데 김진이 때마침 내려왔다.

"내가 얼마나 잔 겐가?"

"일경(一更, 저녁 7시)이 넘었네. 이진진 만호가 도착했다네."

"귀찮더라도 따로따로 찾아가서 질문을 던지는 게 낫지 않을까?"

김진이 답했다.

"아까 어란진 만호 백보숭의 표정을 보지 않았는가? 전혀 당황하는 기색이 없었어. 우리가 올 줄 알았던 게지. 벌써 입을 맞췄을 테니, 우리도 두 번 발품을 팔 필요가 없어."

"화살 하나에 새 두 마리를 꿰겠다? 모처럼 신궁의 솜씨를 보여 줄 건가?"

김진이 웃으며 먼저 갑판으로 올라갔다. 횃불이 눈을 어지럽혔다. 그 아래 푸짐하게 차린 상이 놓였다. 상 옆에 선 기녀가 둘, 그미들 뒤에 선 악공이 넷이었다. 막 도착한 이진진 만호가 코를 벌렁대며 인사부터 했다. 갑옷 차림으로 곧장 달려온 것이다.

"고금도(古今島) 앞바다에서 연락을 받고 오느라 늦었소이다. 강부철이외다."

"이명방이라 합니다."

"김진입니다. 이 도사와 함께 홍 어사를 돕고 있습니다."

서른다섯 살 강부철은 납작코에 자주 눈을 찡그리는 추

남이었다. 만호는 종사품이고 의금부 참외도사는 종구품이니 차이가 컸다. 그러나 만호는 의금부 도사를 함부로 대할 수 없었다. 만호는 변방을 지키지만 의금부 도사는 나라님이 관심을 두는 중요 사건을 다루기 때문이다. 두루마리 차림의 백보숭이 끼어들었다. 갑옷 입은 강부철 옆에 앉으니 더욱 서생에 가까웠다.

"자, 인사는 이쯤 하고 다 같이 앉읍시다. 싱싱한 해산물로 안주를 마련했습니다. 목부터 축이시지요. 마침 청나라에서 들여온 청주가 한 병 있기에 가져와 봤습니다. 애들아! 뭣들 하는 게냐? 어서 두 분께 술을 올리도록 하여라. 남도의 노랫가락도 들려드리고."

기녀들이 김진과 내 옆에 앉으려고 다가왔다. 내가 먼저 거절의 뜻을 밝혔다.

"호의는 고마우나 사양하겠습니다. 기녀와 악공을 하선시키세요. 술은 먹은 걸로 치겠습니다."

강부철이 대충 뭉개려고 했다.

"그래도, 준비한 사람의 성의도 있으니……."

나는 목청을 높일 수밖에 없었다.

"당장!"

기녀와 악공들이 판옥선에서 내렸다. 찬 기운이 맴돌았다. 갑판에는 김진과 나 그리고 백보숭과 강부철만 남았다.

"바닷바람에 목이 텁텁하니 한잔 마셔야 하겠소. 괜찮지요?"

강부철이 자기 잔에 맑은 술을 따라 단숨에 들이켰다.

"좋도록 하십시오. 취중(醉中)에 실언(失言)했단 변명만 하지 않으면 됩니다."

백보숭이 강부철과 눈을 맞춘 뒤 웃었다.

"취중이라 하였소? 이건 그냥 두 분을 위해 혀만 적시려고 준비한 것이라오. 취하도록 마실 참이었으면 술통으로 상을 삥 둘렀을 게요."

나는 이상하게 속이 울렁거렸다. 뭍으로 올라선 판옥선 갑판에 앉았는데도 파도가 심한 큰 바다로 나간 것처럼 어지러웠다. 더 나빠지기 전에 준비한 질문을 꺼냈다.

"4월 5일, 조운선 두 척이 침몰할 때 사공과 격군을 구하신 경위를 적은 글은 두 분 중 누가 썼습니까?"

백보숭이 수염을 쓸며 답했다.

"내가 대표로 썼소. 글을 쓰기 전에 강 만호와 충분히 의논했고, 쓸 때도 곁에 있었고, 초고를 쓴 뒤에도 함께 읽고 고쳐 두 번이나 정서하였다오. 그 글에 문제라도 있소?"

김진이 칭찬부터 했다.

"아닙니다. 문장이 간명하면서도 물 흐르듯 좋았습니다. 글만 읽어도 조운선이 침몰한 뒤 호위선 두 척의 움직임을 자세히 그려 볼 정도였지요. 그런데…….”

말끝을 흐렸다. 두 만호의 시선이 쏠렸다. 나는 고개를 돌려 밤하늘을 비껴 보는 척했지만 두 귀는 다음 이야기를 기다렸다. 주목을 끈 뒤 아름다울 정도로 예리한 질문을 시작하는 것이 김진의 습관 아닌 습관이다.

“조운선에서 불과 100보밖에 떨어지지 않은 곳에서 침몰한 소선에 관한 언급은 단 한 문장도 없더군요.”

백보숭이 기다렸다는 듯이 답했다.

“강 만호와 나는 전라우도에서 조운선 호위를 맡아 출항한 것이외다. 따라서 공문 역시 조운선 침몰에만 국한하여 작성하였소.”

판의금부사 조광준의 예상과 일치했다.

“공문은 조운선에 관해서만 적었다고 해도, 소선이 침몰하는 것은 보셨습니까? 100보도 채 떨어지지 않은 가까운 거리 아닙니까?”

강부철이 답답한 듯 오른 주먹으로 왼 가슴을 두드렸다.

“육지의 100보와 바다의 100보는 다르오. 평원에서라면 100보 아니라 1000보가 떨어져도 보일 게요. 하지만 4월 5일 새벽엔 해무가 자욱했소. 100보 아니라 10보 앞도 분간하기 힘들 정도였소. 그 상황에서 조운선 두 척이 잇달아 침몰한 게요. 형님과 나는…… 사석에선 백 만호를 형님이라 부른다오. 나이도 나보다 열한 살이나 위고 오랫동안 전라도 바다를 함께 지키고 있으니 정도 들고. 하여튼 백 만호와 나는 각각 침몰하는 조운선에 바짝 붙어서 사공과 격군을 구하느라 바빴다오. 100보 떨어진 곳에서 소선이 침몰하였다는데, 솔직히 처음엔 몰랐소."

"단 한 명도 놓치지 않고 각 배에서 열여섯 명, 두 배 합쳐 서른두 명을 무사히 구출한 건 큰 상을 받을 일입니다. 처음엔 몰랐다고 하셨는데, 그럼 두 분 중 누가 먼저 침몰하는 소선을 발견하신 겁니까?"

강부철이 답했다.

"내가 봤소. 아침이 되면서 해무가 흩어지기 시작했고 덕분에 시야가 확보된 게요. 선미의 군졸이 다급히 보고하더군. 아무래도 배가 한 척 더 침몰한 것 같다고. 후조창에서 모두 열다섯 척의 조운선이 떠났다는 보고를 받았소. 열세 척은 무사히 북상하고 침몰한 두 척은 마지막 배였소. 조운선이 남아 있을 리 없는데 배가 더 침몰하고 있다니, 처음엔 믿기 힘들었다오. 그래도 혹시나 싶어 판옥선을 돌려 나아갔소."

"어선도 있던가요? 소선을 구하러 갔던 정상치의 배 말입니다."

"배가 한 척 있긴 했소. 여기저기 부서진 나무 조각들도.

이미 침몰한 소선의 흔적이라오."

"다른 배들은?"

"보이지 않았소. 그렇게 해무가 잔뜩 낀 날엔 고기잡이를 나오지 않소."

김진이 날렵하게 말꼬리를 잡아채곤 찔렀다.

"해무가 없다 해도 조운선이 통과할 땐 어선 출입을 통제하는 것 아닌가요?"

강부철이 머뭇대자 백보숭이 답했다.

"맞소. 어선들은 등산진 나루에 머물거나 안창도까지 물러나서 대기해야 하오."

"정상치가 배를 몰고 나온 건 법을 어긴 거겠군요."

"그렇소."

"어떤 경우에도 배를 몰고 나오면 안 되는 겁니까? 가령 조운선이 침몰한다면?"

"조운선에 문제가 생기면 호위선이 조군을 구하고 적절히 대처하면 되오. 어선은 방해만 될 뿐이라오."

"이번처럼 침몰하는 소선을 발견해도 접근하면 안 된다는 겁니까?"

"원칙적으론 불법이오. 소선이 조운선을 불과 100보 뒤에서 쫓은 것도, 그 소선이 침몰한다고 어부가 제멋대로 판단하여 등산진 앞바다로 어선을 끌고 나온 것도 엄히 다스려야 할 범죄라오."

"그래서 우수영으로 일단 데려간 것이로군요. 그 소선이 어디서 왔고 그 배에 탄 사람들이 누구며 왜 침몰했는가와 함께 정상치가 갑자기 배를 몰고 소선으로 뛰어든 까닭도 조사하기 위해서 말이지요."

"그렇소."

김진이 이야기의 방향을 되돌렸다.

"잘 알겠습니다. 너무 앞서 나갔군요. 정상치의 배를 발견한 순간으로 돌아가 볼까요? 군선을 이끌고 소선이 있던 곳으로 가셨습니까?"

"물론이오. 하지만 배는 이미 가라앉았고 수면에도 사람은 보이지 않았소. 너무 늦었던 게요. 그래서 나는 어선만 끌고 우수영으로……."

"잠깐만. 거기까지 가기 전에 하나만 더 확인하겠습니다. 조군들은 배가 침몰하는 상황에서 어찌 움직였기에 전부 무사히 구조되었을까요? 군선 두 척의 신속한 구조 작업을 제외하고 말씀해 주시죠."

"뱃사람들이라 조운선의 특성을 잘 알았던 게 목숨을 건지는 데 중요한 역할을 했소. 갑판으로 전부 올라왔고, 배가 침몰하기 시작한 선수에서 선미로 함께 움직였소. 그 와중에 물에 뜨는 물건들을 바다로 던졌소. 나무통이나 나무판 같은 것 말이오. 몇몇은 바로 갑판에서 구조되었고, 몇몇은 바다에 빠졌다가 부유물을 붙들고 버틴 끝에 구조된 게요."

김진이 조운선에서 소선으로 배를 바꾸어 물었다.

"소선에는 바다에 무지한 기녀 네 명과 조택수라는 양반, 고후라는 맹인 악사, 조택수와 고후를 도와 허드렛일을 하던 아홉 살 소년 차돌이가 타고 있었습니다. 배가 침몰할 때 이 일곱 사람은 안절부절못했겠지요. 한데 소선에도 또한 뱃사람이 일곱 명이나 타고 있었습니다. 그들 역시 전라도 바다에서 평생을 보낸 이들인데, 수영 실력도 출중하고 말입니다. 그런데 단 한 사람도 구조되지 못했습니다. 그들 역시 살아남기 위해 현명하게 움직였으리라 추측합니다만……."

강부철이 이번에도 우물쭈물하자 백보숭이 답했다.

"나도 그 점이 의아하긴 했소. 배의 크기가 결정적 이유가 아닐까 하오. 조운선은 그래도 배가 크니 가라앉는 데까지 시간이 걸리지만 소선은 금방 침몰하였을 게요. 노련한 뱃사람들도 대처하기 어려울 만큼."

김진이 부채를 폈다가 흔들지 않고 다시 접으며 답했다.

"그랬을 수도 있겠군요. 물론 1000석의 세곡을 실은 조운선이 소선에 비해 훨씬 무겁기 때문에, 조운선과 소선 중 어느 쪽이 더 빨리 가라앉았는가는 따져 볼 문제이긴 합니다. 백 만호님 추측처럼 금방 침몰했다고 쳐도, 소선에 탔던 열네 사람 중에서 맹인 악사 고후만 왜 구조되었을까요? 앞이 안 보이는 사람이니 그 상황에선 대처하기가 가장 힘들었을 텐데요."

강부철이 답했다.

"맹인 악사를 구조한 어부에 따르자면, 고후는 길쭉한 평상(平床)에 엎드려 있었다고 하오. 재수가 좋았던 거요. 궁금하면 정상치를 불러 만나게 해 드리리다. 방랑벽이 심해 집에 붙어 있질 않는다고 하지만, 하여튼 장병도에 사는 어부라오."

그 집에서 나부끼던 흰 깃발과 통곡하는 노파의 주름진 눈매가 떠올랐다. 나는 따지고 싶었다.

"정상치는……."

김진이 재빨리 눈짓을 보냈다. 장병도를 거쳐 오는 길임을 숨겨 달란 것이다. 나는 말을 바꿨다.

"필요하면 청하도록 하겠습니다. 그런데 정상치에겐 벌을 줬습니까, 상을 줬습니까?"

"무슨 소리요 그게?"

"바다로 나오지 말란 법을 어겼지만 익사 직전의 사람을 구했으니, 벌을 줘야 하는지 상을 줘야 하는지 헷갈리는군요."

"그건 백 만호나 내가 결정할 일이 아니오. 사흘 동안 두 사람을 조사했다오. 정상치에 따르자면, 다른 어선들은 대기하고 있었지만, 자신은 가라앉는 소선을 보곤 사람을 구해야겠단 마음에 배를 몰고 나왔다더군. 신문한 것을 빠짐없이 적어 전라우수사께 올리곤 이진진으로 돌아왔다오. 상벌은 우수사께서 결정하실 일이외다."

김진이 받았다.

"상벌 문젠 우수영에 문의하겠습니다. 혹시 그 질문은 해 보셨나요?"

강부철이 눈으로 되물었다. 무슨 질문 말이오?

"4월 5일과 같은 경우를 다시 당한다면, 다른 배들처럼 기다리며 법을 지킬 것인지, 아니면 사람을 구하기 위해 뛰쳐나가 법을 어길 것인지."

"하지 않았소."

"강 만호님이 정상치와 같은 처지라면 어찌하셨을 것 같습니까?"

"뭘 묻고 싶은 게요?"

"모두 대기하고 있다고 하더라도, 어부 하나가 뛰쳐나가면 나머지 어부도 뒤따라 나서지 않겠습니까? 물에 빠진 사람을 보면 구하고자 하는 마음이 남의 불행을 외면하지 못하는 측은지심(惻隱之心)입니다. 한데 등산진 앞바다에선 오직 정상치의 어선만 소선을 구하러 갔더라고요. 이건 어부들에게 절대로 나가선 안 된다는 생각이 강하게 자리 잡았단 뜻 아니겠는지요?"

"실종자들에 대한 안타까움은 나 역시 무척 크오. 하지만 더 큰 사고를 방지하기 위해선 법을 반드시 지켜야 하오. 바다에 빠진 몇 사람 구하겠다고 나섰다가 다른 배들까지 침몰한 적도 있소이다. 특히 조운선과 관련된 일이니, 평소에 우수사께서 각별히 어부들에게 법을 준수하도록 지시하셨을 게요."

"잘 알겠습니다. 그랬겠군요. 이제 이해가 되었습니다."

강부철이 벗어 뒀던 투구를 집어 들며 물었다.

"더 따져 물을 게 남았소? 술이라도 시원하게 마실 것이 아니라면 나는 내 판옥선과 함께 이진진으로 돌아가겠소이다."

"마지막으로 하나만 더 질문하겠습니다. 여러분의 설명을 들으니, 그 새벽의 구조 활동이 얼마나 긴박했는지 납득이 됩니다. 그런데 구조한 이들을 두 분이 각각 다른 곳으로 데려가셨더군요. 백 만호님은 사공 두 명에 격군 서른 명, 도합 서른두 명을 영암 관아로 데려갔지요?"

"맞소. 등산진에 배를 내린 뒤 걸어서 이동하였소. 사공과 격군이 놀라긴 했으나 중상자가 없어서 걷는 덴 문제가 없었소. 짬짬이 쉴 때 조운선이 침몰하기 전후의 상황을 물어 간단히 적어 두었다가 공문에 포함시켰소이다."

김진이 고개를 갸웃거렸다.

"등산진에서 걸어 이동한다면 해안을 따라 남쪽으로 향할 수밖에 없겠지요. 그 길로는 우수영이 가장 가깝고 그다음으론 해남이 가깝습니다. 구태여 다시 북상하여 영암까지 간 이유가 무엇입니까? 꽤 먼 거리입니다만."

백보숭이 답했다.

"사건을 쉽고 빠르게 처결하기 위함이라오. 어란진과 이진진은 알다시피 영암에 속하오. 어차피 조군들을 잠시 쉬게 한 후 밀양으로 돌려보낼 테니, 내가 잘 아는 곳이 낫겠다고 판단했다오. 침몰한 조운선의 조군들은 처음 배가 떠난 곳에서 조사를 받는다는 건 알고 있지요? 한데 조군들을 어디로 데려가느냐가 그리 중요한 문제요?"

"중요하진 않지만 확인이 필요한 부분이긴 합니다. 조군들이 먼 길을 걷다가 탈진할 수도 있으니까요."

"충분히 휴식하며 이동시켰소. 탈진한 이는 없었소."

"다행이군요."

김진의 시선이 강부철에게 향했다.

"강 만호님은 고후와 정상치를 전라우수영으로 데려갔

241

고요?"

"맞소. 소선이 침몰한 곳에서 정상치의 어선을 발견한 후, 곧장 밧줄을 던져 이은 뒤 우수영으로 함께 갔소."

"구조에 참여한 판옥선이 이 밴가요?"

"맞소."

김진이 미간을 좁혀 콧잔등에 주름을 잡았다.

"이상하군요."

백보숭이 말꼬리를 쥐고 물었다.

"무엇이 또 이상하단 말이오?"

"공문에도 그렇고 두 분이 오늘 설명할 때도, 두 척의 조운선에서 각각 열여섯 명씩을 구했다고 하지 않으셨습니까? 어란진 만호의 배에 열여섯 명, 이진진 만호의 배에 열여섯 명. 맞지요?"

두 사람은 김진의 질문이 무엇을 노리는지도 모른 채 고개를 끄덕였다.

"그런데 등산진에 내릴 때 조군 서른두 명은 모두 백 만호님 판옥선에 타고 있었군요. 강 만호님 판옥선은 정상치의 어선을 밧줄로 묶어 곧장 우수영으로 향했고요. 강 만호님이 구한 조운선의 사공 한 명과 격군 열다섯 명이 언제 백 만호님 배로 옮겨 탄 겁니까? 그럴 여유도 없고 이유도 없지 않습니까?"

만호들의 설명에서 허점을 찾은 것이다. 강부철은 시선을 내린 채 두 주먹만 쥐었다 폈다 했다. 짜증이 밀려오는 듯했다. 백보숭 역시 시선을 피했다가 겨우 변명할 답을 찾은 듯 입을 열었다.

"사공과 격군들이 원한 일이오."

"그들이 원했다고요?"

"겁을 잔뜩 집어먹은 상황이었소. 두 배엔 공교롭게도 형과 아우, 아버지와 아들이 따로 타고 있었다오. 조군을 전부 구했다고 알렸지만 믿으려 들지 않았소. 생사 확인을 당장 시켜 달라고 고래고래 고함을 질러 댔지. 그래서 배를 붙여 어란진 만호의 판옥선으로 조군을 다 넘긴 게요. 해무도 그치기 시작했고 파도도 잔잔하여 그리 힘든 일도 아니었소."

"조군들을 어란진의 군선에 옮긴 뒤 소선이 침몰한 걸 아셨단 거군요?"

강부철이 도망갈 구멍을 발견한 생쥐처럼 바삐 답했다.

"그렇소. 바로 그때 알았소."

8장

밀양이 코앞이었다.

서창(西倉)을 지나 우령산(牛嶺山) 자락을 타고 넘어서다가 예림서원(禮林書院) 앞에서 잠시 쉬며 늦은 점심을 먹었다. 밀양이 고향인 점필재(佔畢齋, 김종직)의 학문과 덕행을 기리고 계승하기 위해 만든 서원이었다. 정문엔 독서루(讀書樓)가 서원의 품격을 높였고, 구영당(求盈堂)에선 유생들이 모여 서책을 읽고 토론하였으며, 사당인 육덕사(育德祠)는 가장 깊숙이 자리를 잡아 고요했다. 낭랑하게 글 읽는 소리가 담을 넘어 들렸다. 나는 혼자였다.

우리는 두 만호와 만난 후 어란진에서 하루를 묵었다. 다음 날 새벽 김진은 전라우도에 며칠 더 머물렀다가 뒤따라가겠노라고 했다.

"하면 나도……."

"아니야. 둘 중 한 명이라도 빨리 밀양에 가는 것이 좋겠네. 독운어사를 도와드려야지."

솔직히 막막했다. 지금까지 김진에게 기댄 부분이 많았던 것이다. 밀양에 닿으면 김진이 어찌 움직이는가를 보며 조사의 방향도 정하려고 했다. 그런데 장병도와 어란진으로 여정을 바꾼 것도 모자라서 나만 먼저 가라며 등을 떠미는 꼴이다. 서운한 마음을 담아 물었다.

"어찌해야 하는가?"

"어찌하다니?"

"어젯밤 곰곰이 생각해 보았다네. 어란진 만호와 이진진 만호의 태도에 근거한다면, 밀양부사 박차홍을 비롯한 관원들은 우리가 조운선과 소선 침몰 사건을 조사하러 내려온다는 걸 알고 벌써 입을 맞췄을 거야. 자신들에게 불리한 부분은 철저히 숨기겠지. 침몰에 관한 여러 물증들을 어찌하면 찾아낼 수 있을까?"

김진이 쉽게 지침을 줬다.

"찾지 말고 우선 듣게."

"듣는다?"

"이야기판의 예의라는 게 있지 않나? 아무리 재미없는 소설이라도 끝까지 읽는 것이 작가에 대한 예의라고 강조한 사람은 이 도사 자네일세."

"화광 자넨 그냥 소설책을 덮고 한숨 늘어지게 자는 편이 낫다고 했지."

"그랬었지. 내가 너무 매몰찼음을 이제야 깨닫는다네. 자네 말이 맞아. 무턱대고 숨긴 걸 찾긴 어려우니, 저들이 만든 이야기를 음미하는 시간을 갖도록 하세. 그러면 산봉우리처럼 드러내 보이려는 것과 계곡처럼 숨기려는 것을 가늠할 수 있지 않겠는가?"

"자네도 만나 봐서 알겠지만, 밀양부사 박차홍은 만만한 인물이 아니라네. 교묘하게 이야기를 짜낼 걸세."

"더욱 흥미롭겠군. 빈 곳이 많은 서툰 이야기를 채우는 건 시시해. 완벽해 보이는데도 틈을 발견하고 이야기를 뒤집는다면 이보다 더 상쾌한 놀음이 어디 있겠는가. 박 부사가 아무리 박식한 위인이라 해도, 수백 권의 소설을 읽고 감동하고 필사하며 새로운 이야기를 넣거나 빼 온 자네만 하겠는가. 당대의 매설가 청운몽과 마주 앉아도 이야기에서만큼은 전혀 밀리지 않는 소설 중독자 아닌가. 난 자네만 믿으이."

결론이 이상하게 돌아갔다. 소설을 즐기기로 따지면 김진이 나보다 열 배는 더 시간을 쏟았다. 그런데 나만 앞세우고 슬슬 빠지려 든다. 그가 물러나지 못하도록 붙들고 싶었다.

"요즈음은 연행록들을 보느라 소설을 읽을 겨를이 없었다네. 그러지 말고 귀 기울여 들을 부분을 한두 군데만 짚어 주게."

김진이 부채를 부치며 답했다.

"소설에선 새로운 인물이 등장할 때마다 이야기가 팽팽해지지 않는가? 박 부사가 지난번에 자네에게 들려준 이야기에선 등장하지 않았던 인물을 이번에 새로 끼워 넣어야 할 처지면, 이음새를 말끔하게 하고자 꽤 노력들을 했을게야. 그 부분에서 실력이 드러나겠지. 서툴다면 기운 흔적이 많을 테고, 능숙하다면 능선을 넘어오는 바람처럼 부드럽게 지나가겠지."

"그건 이미 어란진 만호 백보숭과 이진진 만호 강부철에게 써먹었지 않은가? 두 만호는 어리석고 이야기에도 서툴러 곧 약점을 드러냈지만 박 부사는 만만치 않을 걸세. 다른 방법을 알려 주게."

"나도 지금으로선 다른 대안이 없으이."

"정말 혼자만 남겠단 건가?"

"미안하이."

김진은 고집을 꺾지 않았다. 서운함을 감추지 않은 내게 위로와 격려의 말을 건넸다.

"사건에 대한 기초 조사는 나보다도 이 도사 자네가 훨씬 뛰어나다네. 나야 자네가 만들어 놓은 정원에서 꽃이나 나무의 위치만 한두 군데 바꾸는 정돌세. 백탑파의 짓궂은 선배들은 자네의 꾸준함과 꼼꼼함에 주목하지 않고, 그 위에서 노니는 나의 사소한 재주만 칭찬하곤 했네. 하지만 그들도 알아. 의금부 도사 이명방 없인 화광 김진도 없음을. 그러니 늘 하던 대로 최선을 다해 주게. 차돌이가 왜 바다에 빠져 사라졌는지, 조택수가 왜 광흥창 부봉사를 그만두고 후조창이 있는 밀양으로 내려갔는지, 고후의 혀가 왜 잘려야만 했는지, 꼭 밝혀내도록 하세. 부탁하이."

김진의 칭찬을 들으니 마음이 한결 편안해졌다. 기초 조사 정도는 나 혼자서도 충분히 할 것 같았다.

"걱정 말게. 하나도 놓치지 않고 살펴보고 있겠네."

우리는 말을 타고 강진까지 함께 갔다가 거기서 헤어졌다. 백보숭이 붙었을지도 모를 미행을 따돌리기 위함이었다.

담헌 선생은 읍성 안 객사에 없었다. 성 남쪽, 김해와 강 하나를 두고 경계를 짓는 오우정(五友亭) 근처에 따로 집을 얻어 머무른다는 것이다. 삼랑진 후조창엔 크게 윗마을(上部), 아랫마을(下部), 안마을(內部)이 있었다. 북에서 남으로 내려오는 웅천강과 서에서 동으로 흐르는 낙동강이 만나는 첫 지점에 자리 잡은 마을이 윗마을이고, 조운선과 어선들이 나고 드는 삼랑진 나루 쪽이 아랫마을이며, 세곡들을 저장하는 창고들을 비롯하여 관원들의 집무실인 차소(差所) 등이 들어선 곳이 안마을이었다. 안마을은 땅이 넓고 평평하여 창고를 세우고 세곡을 나르기에 적당했다.

남문을 나서서 말을 달렸다. 후득 후드득 여름비가 어깨와 등을 두들겨 댔다. 노파의 늘어진 젖가슴처럼 먹구름이 시커멓게 모여들었다. 잠시 지나가는 비가 아니었다. 말에서 내려 비를 피할까 하다가 내처 달렸다. 밤이 깊으면 길을 찾기가 더더욱 어려웠다. 인굴이 나루와 석제진 나루를 지나 응천강이 낙동강과 만나기 직전 마지막 나루인 뒷기미(後浦山) 나루에 닿았다. 아랫마을 후조창 나루에 비해선 작은 나루지만 응천강을 오가는 어부들에겐 꼭 필요한 곳이다.

오우정은 윗마을 언덕에 자리를 잡았다. 응천강이 낙동강으로 합쳐 드는 장관을 내내 볼 수 있다고 했지만, 내가 오우정에 도착했을 때는 주위가 어둠에 잠겨 풍광을 살피기 어려웠다.

선생의 처소를 찾기는 의외로 쉬웠다. 빗소리를 뚫고 환한 빛이 정자까지 비췄던 것이다. 그 빛을 따라가니 말을 매어 두는 마방(馬坊) 옆에 낡은 창고가 나왔다. 현판에는

'知音堂(지음당)'이라고 적혀 있었다. 부드럽고 날렵한 필체가 담헌 선생의 것이다. 문을 열기 전에 귀를 대 보았다. 쓱싹쓱싹 나무를 자르는 소리도 나고 퍽퍽 쪼개는 소리도 들렸다.

"뉘신지요?"

나도 모르게 급히 돌며 째렸다. 한 여인은 굵기가 다른 대나무 조각을 가득 품었고, 또 한 여인은 양손에 손도끼를 들었다. 창고에 딸린 초가에서 처마 밑으로 난 박석을 디뎌 여기에 이른 것이다. 나는 곧 눈빛을 고쳤다.

"의금부 도사 이명방이라 하오."

대나무를 품은 여인이 알은체를 했다. 눈이 크고 이마가 넓으며 볼에 살이 통통하게 오른, 호기심 가득한 표정이었다. 시선을 피하지 않고 나와 눈을 맞추었다. 당당했다.

"이 도사이시군요. 저는 주혜라고 합니다."

쌍도끼를 든 여인이 장난스럽게 이어받았다. 볼에 주근깨가 많고 눈이 초승달처럼 작고 끝이 올라갔다. 입술을 여니 덧니까지 보였다.

"저는 옥화(玉花)구요."

주혜와 옥화! 비 내리는 밤에 대나무 묶음과 쌍도끼는 왜 들었을까.

"저런! 몽땅 젖었네요. 옷부터 갈아입으시겠어요?"

253

처음 보는 남자에게 옷부터 갈아입으라고 청하는 여인이 조선에 몇이나 될까. 주혜가 아무렇지도 않게 권하니 오히려 내 시선이 내려갔다.

"괜찮소. 독운어사께서 오우정 근처에 계신다 하여 왔소만."

"선생님이 며칠 전부터 기다리셨습니다. 따르세요."

주혜가 먼저 지음당 문을 열고 들어섰고 옥화가 뒤따랐다. 그미들의 움직임이 너무 자연스럽고 경쾌해서, 나도 저절로 걸음을 맞췄다. 높은 천장부터 눈에 들어왔다. 세 길이 넘는 나무를 세워도 대들보에 닿지 않았다. 네 모서리에 피운 횃불이 이마를 뜨겁게 달궜다. 지음당에는 일곱 명의 사내가 더 있었다. 각자 빠른 손놀림으로 나무와 씨름하느라 문 쪽으론 고개도 돌리지 않았다. 횃불 아래에 담헌 선생이 보였다. 둥근 탁자에 종이를 펼쳐 놓고 왼손엔 돋보기 오른손엔 삼각자를 든 채 허리를 잔뜩 숙여 들여다보고 있었다. 주혜가 선생 곁으로 가서 나의 도착을 알렸다.

"이 도사께서 오셨습니다."

선생이 그제야 허리를 펴곤 일어섰다. 손에 들린 삼각자가 역삼각형으로 흔들렸다. 읍을 하여 예의를 갖췄다.

"어서 오게. 비를 흠뻑 맞았군."

"별일 아닙니다."

"별일 아니긴. 여름 감기에 잘못 걸리면 첫눈 내릴 때까지 앓는다네. 옷부터 갈아입어야겠군. 따르게."

지음당 옆 초가로 갔다. 가구라곤 책을 올려 두는 서안(書案)과 옷장 하나가 전부였다. 선생이 옷장에서 갈아입을 옷을 내주었다.

"자네에겐 작겠지만 오늘밤은 이 옷으로 견디게나. 날이 밝으면 자네에게 어울리는 옷을 구해다 줌세. 저녁은 먹었는가?"

"아직입니다. 하지만 배는 고프지 않습니다."

"기다리게."

문을 열고 나가선, 밖에서 기다리던 주혜와 옥화에게 말했다.

"너희들이 수고해 줘야겠다. 저녁상은 물렸지만 이 도사를 위해 솜씨를 발휘해 다오. 부탁한다."

"알겠어요."

"곧 차려 올릴게요."

내가 옷을 갈아입을 때까지 기다렸다가, 선생이 다시 들어왔다. 마주 앉자마자 김진의 행방부터 물었다.

"화광은 어디에 두고 왔는가?"

"어란진에서 할 일이 남았다고 하였습니다."

"어란진이라! 자네들이 늦게 온단 연락을 받고 전라도 쪽으로 돌아서 오려나 싶었네. 내 예측이 옳았군."

어란진에서 두 만호와 나눈 대화를 상세히 밝히고, 또 그 전에 장병도 어부 정상치의 집을 찾아간 일도 설명했다. 정상치는 죽고 악공 고후는 혀가 잘린 채 발견되었다는 대목에서, 선생은 깜짝 놀랐다.

"고후가 혀를 잘렸다고? 저런! 다리 하나쯤은 없어도 그만이겠지만 혀는 목숨과도 같다네."

"고후를 잘 아십니까?"

"알다마다. 유춘오에서 악회를 열 때 여러 번 와서 연주를 들려줬다네. 고후가 피리를 부는 날엔 남산의 새들도 지저귐을 멈출 정도였지. 한데 참 기이한 일이군."

"무엇이 기이하단 말씀이십니까?"

"고후는 평생 사대문 안에만 머물렀다네. 태어날 때부터 눈이 멀었기 때문에 낯선 곳으로의 여행을 극히 꺼렸지. 거금을 주겠다고, 편안히 가마로 모시겠다며 지방에 돈 많은 이들이 초청했으나 번번이 거절했어. 그런데 고후가 뱃놀이를, 그것도 강이 아니라 등산진 앞바다까지 나가서 놀았다니 믿기질 않는군. 소운과의 우정이 각별하다고 해도 거기까지 갈 줄은 몰랐으이."

"두 사람이 그토록 친했습니까?"

"죽고 못 사는 사이였네. 소운이 건곤일초당에 자주 와서 배움을 청하던 때였지. 그날도 악회가 있었는데 고후가 일찍 왔다네. 마침 내 생일이었던 거야. 고후가 나를 위해 자신이 전날 밤 만든 곡을 연주해 주었다네. 그런데 문밖에서 꺼이꺼이 울음소리가 들렸지. 문을 열고 보니 소운이었네. 마당에서 고후의 피리 소리를 듣곤 너무 감동해서 울음을 쏟은 거라네. 그날부터 둘은 형제처럼 붙어 다녔지. 소운의 부탁이 아니었다면 고후가 그 먼 바다까지 나갔을 리 없어."

"한데 객사가 아니라 왜 이런 초가에 머무시는 것인지요? 혹시 박 부사와 무슨 문제라도……."

"아닐세. 박 부사는 객사에 있어야 한다고 붙들었지만 내가 고집을 부렸어. 풍금을 만들려면 아무래도 읍성 안에선 어렵지. 보는 눈도 많고 또 낮밤 없이 시끄러울 테니까. 그래서 주변을 둘러보다가 여기로 정했네. 지음당 앞으로 낙동강이 흐르니 완성된 풍금을 배에 실어 나르기도 편할 게고. 후조창도 가깝고."

얼굴엔 즐거움이 가득했다. 책을 읽거나 거문고를 연주하거나 연행에 관한 이야기를 나눌 때도 선생의 두 눈은 빛났지만, 손에 자를 들고 악기나 천문 기기를 만들 때는 세상에서 가장 행복한 표정을 지어 보였다. 아직 만들지 않은 악기와 기기들을 설명할 땐 두툼한 역사서를 쓰기 직전이거나 아주 먼 여행을 떠나기 직전의 떨림이 전해졌다. 그 자체로 완벽한 즐거움이었다. 그러나 우리는 조운선 두 척과 소선 한 척의 침몰 사건을 조사하기 위해 밀양에 왔다. 열세 명이 실종되었고 세곡 2000석이 고스란히 바다 밑으로 가라앉았다. 어처구니없는 사건과 황망한 슬픔 앞에서 선생의 표정은 무척 낯설었다.

문밖에서 두 여인의 목소리가 겹쳐 들렸다.

"저녁상 들여갈까요?"

"그러거라."

상을 맞잡고 들어왔다. 밥과 조갯국에 조기와 나물을 곁들인 반찬이 여덟 가지였다. 상을 놓기가 무섭게 군침이 돌았다. 당장 숟가락을 들고 밥부터 뜨고 싶은데, 선생이 나가려는 두 여인을 앉히고 정식으로 소개했다. 주혜는 두 눈을 더 크게 뜨고 내 얼굴을 찬찬히 살폈다. 내가 시선을 피할 만큼 눈길이 뜨거웠다.

"인사들 하지. 이 도사와 화광에 대해선 이미 자세히 설명해 뒀네. 주혜와 옥화는 내가 영천군수로 온 후 문하로 받았다네."

"제자란 말씀이십니까?"

"뭘 그리 놀라는가. 일찍이 서화담도 황진이를 문하로

두었다네. 남과 여, 양반과 천인의 구별 따윈 중요하지 않아. 배우겠다는 열망만 가득하다면, 제자로 받을 이가 두 여인뿐이겠는가."

기껏해야 밀양의 관기이겠거니 여겼다.

"황진이와 같은 신분이란 뜻입니까?"

"아닐세. 저이들은 기녀가 아니야."

평소에도 빈부귀천을 따지지 않고 널리 사람을 만나는 분이란 걸 알았지만, 여인들까지 문하에 둘 줄은 몰랐다. 옥화가 눈웃음을 지으며 물었다.

"하면 저희들은 이 도사님과 동학(同學)인가요?"

선생이 껄껄 웃었다.

"맞다. 이 도사뿐만 아니라 곧 올 화광 김진과도 동학이지. 공부하다가 궁금한 게 있으면 언제든지 선배들에게 묻도록 하거라."

주혜가 내게 고개 숙여 인사했다.

"잘 부탁드립니다."

옥화도 이어 고개를 숙였다.

"잘 부탁드려요. 선배님!"

졸지에 여자 후배를 둘이나 두게 된 나는 엉거주춤 그들의 인사를 받았다.

"반갑소이다."

그미들이 일어섰다.

"저희는 소리통들을 좀 더 살펴보고 있겠습니다. 맛있게 드세요."

비로소 나는 숟가락을 들고 저녁 식사를 시작했다. 선생은 내가 밥과 국과 반찬을 깨끗이 비울 때까지 서책을 꺼내 읽으며 기다렸다. 숭늉까지 마신 뒤에야 겨우 그 서책에 눈이 갔다.

"무슨 서책입니까, 그것이?"

선생이 제목을 일러 주는 대신 서책을 내밀었다.

『종북소선(鐘北小選)』!

처음 보는 책이었다. 겉장을 넘기니 지은이가 나왔다.

좌소산인 저(左蘇山人 著) 인수옥 비(因樹屋 批) 매탕 평열(槑宕 評閱).

좌소산인이란 사람이 짓고, 인수옥이란 사람이 방비(旁批), 즉 글의 구절 옆에 평어를 쓰고, 매탕이란 사람이 후평(後評)과 미평(眉評), 즉 작품의 뒤나 혹은 상단에 평을 붙였다는 뜻이다. 세 명 중 한 명을 금방 알아보았다. 좌소산인은 이덕무가 사용하는 호 중 하나였다.

"형암 형님이 쓰신 책인가요?"

선생이 웃기만 했다. 나는 손에 잡히는 대로 책장을 넘겼다. 낯익은 글들이 이어졌다.

"「선귤당기(蟬橘堂記)」, 「관물헌기(觀物軒記)」······. 이것은 모두 연암 선생이 쓰신 글 아닙니까? 한데 어찌하여 형암 형님이 지었다고 적혀 있는지요? 인수옥과 매탕은 또 누구입니까?"

선생이 답하였다.

"애초에 그 글들을 연암이 지은 것이 맞네. 그럼에도 좌소산인 저(著)로 적은 것은 형암이 연암의 글을 비평하였기 때문일세."

"하지만 비는 인수옥, 평은 매탕이 하지 않았습니까?"

"인수옥도 매탕도 형암의 여러 호 중 하나일세."

"좌소산인, 인수옥, 매탕이 결국 형암 형님 한 사람을 가리킨단 말씀이십니까? 사람 헷갈리게 왜 이리 적었습니까?"

선생이 「선귤당기」 상단에 적힌 미평(眉評)을 가리키며 말했다.

"그 셋뿐만이 아니지. 거기 적혀 있지 않은가. '형암이라 하고, 청음관이라 하고, 탑좌인이라 하고, 재래도인이라 하고, 무일산인이라 하고, 무문이라 하고, 요매산사라 하고, 영처라 하고, 선귤당이라 한 것이 결국 무관(懋官, 이덕무의 자(字))이다.' 물론 호 하나만 적어도 되겠지. 그러나 이렇게 셋으로 나눠 적고 보니 맛이 다르지 않나. 연암의 글만 해도 멋진데 거기에 형암의 아름다운 비평까지 곁들였으니 일석이조일세. 소운도 화광도 이 책을 아껴, 빌려 가서 필사한 적이 있다네. 자네도 여유가 생기면 꼭 한 번 꼼꼼히 보도록 하게. 내 빌려 줌세."

"감사합니다. 꼭 읽겠습니다."

백탑의 벗들이 그리울 때마다 이 책을 가까이 두고 읽어 온 것이다. 특히 연암 선생이 연행길에 올랐으니 더더욱 마음이 쓰이리라.

저녁상을 물린 뒤 나는 조심스럽게 마음속 불편한 구석을 드러냈다. 풍금을 만들라는 어명이 내렸긴 하지만, 먼저 풍금을 만들기 시작하시라고 연락을 넣기도 했지만, 우리가 오기도 전에 밀양부사에게 창고를 얻어 지음당이라 이름 붙이고 목수들을 불러들여 판을 벌일 줄은 몰랐다.

"밀양부사 박차홍을 비롯한 조운선 침몰 사건에 관련된 이들을 만나셨는지요?"

"박 부사야 매일 본다네. 조운을 오랫동안 담당해 온 호방 김선과 후조창 관리를 맡은 봉상감관(捧上監官) 최고직(崔高直)과도 두어 번 차를 마셨네. 어젠 후조창으로 세곡을 모으는 밀양, 영산, 창녕, 현풍, 양산의 수령들과 만나 저녁을 먹었다네. 읍성 밖 동율림에 있는, 주혜의 어미이기도 한 퇴기 진향(眞香)의 기방이 경상도에서 으뜸이란 얘길 했던가. 시기(詩妓)로선 이매창을 뛰어넘을 정도라네. 특히 성당(盛唐)의 시에 밝지. 주혜와 옥화가 시문에 뛰어난 것도 진향의 가르침 덕분이라네. 혹자는 동율림의 기방에선 춤이 없어 심심하다지만, 시 한 수만으로도 쌍검무 몇 곡과 맞먹을 정도이니 욕심이 과한 게지. 밀양의 검무가 정녕 보고 싶다면 다른 기녀를 찾아가면 될 일이고."

기녀 따위가 내 관심사일 까닭이 없다.

"사공과 격군들은 신문하셨는지요?"

"아직이라네. 신문이야 이 도사 자네가 맡아야지."

조사다운 조사는 시작도 하지 않은 것이다.

"한 말씀 드리고자 합니다. 조운선 침몰과 소선 침몰을 조사하는 일이 우선이고, 풍금을 만드는 일은 나중이라 생각됩니다만……."

선생이 내 불편한 마음을 알아차렸다.

"박 부사의 도움을 받아 창고에서 풍금을 만드는 것이 과하다고 생각하는 게로군. 자, 그럼 내가 어찌하면 좋겠나? 당장 밀양부사 박차홍과 제포 만호 노치국을 잡아들일까? 죄명은 무엇이고?"

"잡아들이자는 것이 아니라 조사를 하자는 말씀을 드리는 겁니다."

"나는 내 방식대로 조사를 하는 중이라네."

"저들과 밥을 먹고 차를 마시면서 말입니까?"

선생이 잠시 나를 쳐다보았다. 짧은 침묵이 흘렀다. 어색한 분위기는 피하고 싶었지만 이번 경우는 어쩔 수 없었다. 처음부터 확실하게 우리가 밀양에 온 목적과 조사 방향을 정하지 않으면, 계속 선생과 마찰이 생길지도 모른다. 나는 1년 열두 달 범인을 추적하여 잡는 일에 몰두하였지만, 선생은 서리꾼 하나도 붙든 적이 없다. 이윽고 선생의 질문이 시작되었다.

"풍금을 어찌 만드는 줄 아는가?"

"아직 그 악기를 본 적도 없습니다."

"본다면 만들 수 있겠는가?"

"악기 만드는 사람이 아닙니다."

"단정하지 말게. 자네도 악기를 만들 수 있어. 다만 악기를 보고 그 소리를 들으면서, 이 악기에서 어떻게 소리가 날까 궁리하는 데 꽤 많은 시간이 든다네. 자넨 조운에 직접 참여한 적이 있는가?"

"없습니다."

"조운선의 길이나 넓이는? 몇 년마다 조운선을 수리하며 그 비용을 어찌 마련하는지는? 사공이나 격군 그러니까 조군으로 선발된 자의 가족을 위해 국가가 어떤 배려를 하는지 아는가?"

"대충 알고는 있으나 세세한 숫자까진 모릅니다."

"나도 마찬가질세. 조운선이니 조창이니 조군이니 말은 들었으나 그것들이 어떻게 운영되는지는 지금부터 알아 나가야 한다네. 법전에 제도를 설명해 두고 있지만 그것만 으론 턱없이 부족해. 나도 당장 조사를 해서 침몰 과정을 낱낱이 밝히고 싶어. 하지만 간단치가 않다네. 밀양부사나 제포 만호야 임기가 끝나면 새 관원이 오지만, 그 밑에 아전이나 또 배를 직접 모는 조군들은 수년에서 수십 년간 조운과 관련된 일을 했어. 나나 자네를 속이기로 마음만 먹는다면, 우린 속아 넘어가는 것도 모르고 속을 걸세. 그러니 조사에 앞서서 후조창의 조운을 누가 어떤 식으로 해왔는지 살필 필요가 있어. 그래야 악기도 만들고 침몰 사건의 문제점도 짚을 수 있다네."

"그래서 알아낸 것이 있으신가요?"

"아직은 스며드는 중이라네. 자네 눈엔 내가 노는 것처럼 보이겠지만 곧 여러 가지를 의논함세. 자네도 서두르지 말고 며칠 쉬면서 화광이 올 때까지 기다리도록 하게. 자, 그럼 먼 길 오느라 피곤할 테니 눈이라도 붙이게나. 나는 마무리할 게 있어서 나가야겠네."

선생이 일어섰다. 따라 나가려 했지만 한사코 쉬라며 말렸다.

잠이 오지 않았다. 빗소리가 계속 죽비처럼 등을 쳤다. 선생을 함부로 몰아세운 것은 내 잘못이다. 선생도 나름대로 조사의 시기와 방법을 정하는 중이었다. 그러나 그 입장을 전적으로 지지하는 것은 아니다. 선생은 신중하게 움직이자고 권했지만 나는 기다릴 수 없었다. 김진이 오기 전에 적어도 한두 가지는 새로운 사실을 밝혀내고 싶었다. 나무를 두드리고 다듬는 소리가 빗소리에 섞였다. 선생이 풍금을 만드느라 지음당을 떠나지 않는다면, 나라도 혼자 조사를 시작할 결심을 굳혔다.

9장

지음당에서 아침을 먹고 밀양 관아로 올라가려는데, 호방 김선이 찾아왔다. 밀양부사 박차홍과 제포 만호 노치국이 오우정에서 기다리고 있다는 것이다. 담헌 선생은 밤을 새워 악기를 만들다가 새벽에야 겨우 잠들었다. 선생을 깨우지 않고 혼자 오우정으로 갔다.

　점필재의 제자인 민구령을 비롯한 다섯 형제가 우애 있게 학문을 닦았다 하여 오우정이란 이름이 붙었다. 어젯밤엔 어둠에 가려 풍광을 살피지 못했는데, 응천강과 낙동강이 부딪치고 뒤섞여 마침내 하나를 이루는 물길이 과연 멋있었다. 바람이 불지 않더라도 늘 물결이 일었는데, 윗마을에 가까울수록 끼고 도는 물살이 빠르고 거칠었다. 물길에 익숙한 어부들은 멀리 크게 원을 그리듯 어선을 몰아 낙동강으로 내려갔다. 오늘은 나뭇잎 하나 흔들리지 않았다. 비 갠 푸른 하늘을 흐르는 뭉게구름이 유난히 가벼워 보였다.

"강과 강이 만날 때는 물론이고 물과 물이 만날 땐 묘한 분위기를 자아낸다오. 비가 강에 닿을 때, 눈이 바다에 내릴 때, 이슬이 웅덩이에 떨어질 때, 여인의 눈물이 사내의 혀를 적실 때! 다시 만나니 반갑소. 담헌에게서 이 도사가 올 거란 얘길 듣고 다행이라 여겼다오."

박차홍의 환대가 마음에 들지 않았다.

"무엇이 다행이란 말씀인지요?"

"밀양이 초행인 사람보다야 훨씬 낫지 않겠소? 독운어사의 중책을 맡은 담헌은 '허허실실회'에 참석차 밀양에 종종 왔으니 후조창 사정을 잘 알고, 또 어사를 보좌하는 이 도사까지 구면이니, 하늘이 나를 도우려나 보오."

"늦봄에는 민심을 살피러 온 것이고, 지금은 조운선과 소선 침몰 사건을 본격적으로 재조사하러 온 겁니다. 즉 조운선 도차사원과 차사원인 두 분이 조사하여 올린 공문에서 부족한 부분을 처음부터 다시 짚어 보라는 어명이 내렸습니다. 두 분에게는 불쾌할 수도 있으나 협조해 주시기 바랍니다."

"협조하다마다. 담헌에게도 이미 밝혔지만 차라리 잘되었다 싶소. 한양에서 밀양까진 까마득히 머니, 도차사원을 비롯한 관원들이 책임을 면하기 위해 사건을 감추거나 왜곡한 부분이 있지나 않은가 의심을 살 만도 하오. 조사해 보면 후조창에서 출발한 조운선에는 전혀 문제가 없었음이 드러날 게요. 공명정대한 담헌이 독운어사가 되었으니 이번에 결론이 나면 누구도 시비를 걸지 못할 것이오."

제포 만호 노치국이 물었다.

"한데 어사를 보좌하는 또 한 사람은 언제 도착하오? 동행하여 내려오는 게 아니었소? 서쾌라 들었소만."

"함께 오다가 잠시 일이 생겼습니다. 며칠 후면 밀양에 닿을 겁니다. 박 부사께선 화광을 아시지요?"

박차홍이 수염을 쓸며 답했다.

"바람 같은 젊은이지. 대국에서도 구하기 힘든 서책을 뚝딱 가져오는 솜씨가 조선 제일이라네."

"맞습니다. 담헌 선생 문하에서 오랫동안 공부하였지요. 제가 선생께 배움을 얻게 된 것도 화광의 추천 덕분입니다. 화광이 오기 전까진 저 혼자 후조창과 조운선 등을 둘러보도록 하겠습니다. 사공과 격군들은 여전히 옥에 있지요?"

박차홍이 답했다.

"사공 두 사람만 책임을 물어 옥에 계속 가두고 나머지는 무죄방면하려다가, 담헌이 어사가 되어 내려온단 소식을 듣고 옥문을 열지 않았소. 그동안 신문을 받으며 토설

한 것은 모두 적어 두었으니 언제든 드리겠소."

글만 읽고 대충 넘어가자는 뜻이다.

"조군을 신문한 기록도 물론 모두 검토하겠습니다. 객사로 보내 주십시오. 또한 조군들을 항상 대기시켜 주세요. 질문과 그 질문을 던지는 사람에 따라서 답변이 제법 달라지니까요."

글도 검토하고 직접 만나겠다는 의지를 드러낸 것이다.

"알겠소."

재회에 따른 소감은 이쯤에서 접고, 나는 곧장 조사를 시작했다.

"소운 조택수를 아십니까?"

"영상 대감이 아끼는 아드님 아니시오?"

박차홍은 '서자'란 언급을 일부러 뺀 듯했다. 충분히 고민하여 준비한 답이다.

"봄에 밀양에 왔었지요? 얼마나 머물렀습니까?"

"2월 중순쯤에 와선 한 달 남짓 있었소. 영상의 아드님이니 특별히 객사를 내드렸다오."

"자주 어울렸습니까?"

"처음 왔을 때 환영의 뜻으로 한 번, 작별을 아쉬워하며 또 한 번, 도합 두 번 술자리를 가졌소. 환영연은 영남루에서 환송연은 이곳 오우정에서 열었소. 소운이 맹인 악공과 함께 돌아다닌 건 알지요?"

"고후입니다. 등산진 앞바다 침몰한 소선에서 유일하게 구조된 사람."

"나도 그렇게 보고받긴 했소. 정말 황홀한 소리를 냈다오. 작은 피리로 세상의 모든 소리를 다 만들고 부수었지. 동율림 기녀들이 고후의 품에 안기겠다며 다툴 정도였다오. 눈이 보이지 않는 건 흠도 아니었소이다."

"소운이 밀양에 머무는 동안 조운과 관련된 질문을 하였습니까?"

박차홍이 선선히 답했다.

"물론이오. 광흥창 부봉사를 지냈고, 밀양엔 후조창이 있으니 관심을 갖는 게 당연하지 않겠소? 후조창을 두루 돌아보도록 배려했다오. 소운은 붙임성이 좋은 사람이었소. 선소의 목수든 후조창의 짐꾼이든, 노소와 귀천을 가리지 않고 먼저 말을 붙이고 담배를 권하더군. 그리고 꽤 오랜 시간 그들과 탁주 사발을 기울였다오. 나와도 좌조창인 창원 마산창이나 우조창인 진주 가산창에 비해 밀양 후조창의 장단점을 함께 논의한 적도 있소. 유익한 토론이었소."

"조운선이 침몰한 지점과 불과 100보도 떨어지지 않은 곳에서 소선이 침몰하였습니다. 혹시 소선이 조운선을 줄곧 따라다닌 건 아닐까 합니다만……."

"조운선이 출발하기 7일 전에 소운은 말을 타고 고후는 가마에 의지하여 밀양을 떠났다오. 오우정에서 환송연을 베풀 때, 난 소운만 좋다면 여름까지 밀양에서 지내도 된다고 권하였으나, 소운은 몇몇 고을을 둘러보고 싶다며 정중히 사양하였소."

"어느 고을을 둘러본다 하였는지 기억하십니까?"

"안동과 대구로 가겠다고 하였소. 내륙으로 가겠다던 사람이 등산진 앞바다에서 실종되었다니 내게도 큰 충격이었소. 그때 그냥 붙들었어야 하는데, 후회도 되고."

질문의 방향을 옮겼다.

"한데 소운과 함께 실종된 이들 중 넷은 흥양의 기녀이고, 일곱은 흥양의 격군들입니다. 그리고 차돌이란 아홉 살아이가 있었는데, 그 아이는 밀양에 사는 선영의 아들로 밝혀졌습니다. 혹시 그 아이를 아십니까?"

박차홍이 답했다.

"모르겠소. 차돌이란 아이가 내 고을의 아이인 게 확실하오?"

"선영의 남편 돌쇠는 조운선을 비롯한 배를 만들고 고치는 목수였다 합니다. 남편이 병들어 죽은 뒤, 선영이 차돌이를 어렵게 키웠다는군요. 길쌈도 하고 기방에서 부엌일도 하고."

박차홍이 그제야 기억난 듯 미간을 찡그렸다.

"퇴기 진향의 기방에서 잡일을 하던 아이가 하나 있었소. 아마도 그 녀석인가 보오. 소운과 고후도 자주 동율림에 들러 시와 음율로 어우러졌다고 들었소. 소운이 밀양을 떠날 때 차돌이란 아이를 데리고 갔나 보오. 어찌 이야기가 되었는지는 모르지만, 가난한 집에서 입 하나 더는 셈치고 남의집살이하는 경우도 많지 않소? 그렇게 소운을 따라나섰다가 변을 당한 것 같소. 아홉 살이라, 참 아깝군. 명이 그리 짧을 줄이야. 한데 차돌이란 아이가 밀양에서 나고 자란 것이 문제가 되오?"

"아닙니다. 다만 그 어미인 선영이 억울함을 풀어 달라며 한양까지 와서 신문고를 두드린 것이 문제라면 문제겠지요."

박차홍과 노치국이 동시에 놀란 표정을 지었다.

"그런 일이 있었소? 신문고를 두드렸다면, 선영의 억울함은 대체 무엇이오? 아홉 살 아들이 바다에 빠져 죽은 슬픔이 깊은 줄은 미루어 짐작하겠으나 밀양에서 한양까진 함부로 갈 거리가 아니오. 그것도 여자 혼자서! 그런데 이상하구려. 밀양 백성이 신문고를 두드렸다면 당장 그 고을 수령인 내게 연락이 왔어야 하오. 아무런 연락도 받지 못하였소."

"저도 선영이 풀고 싶었던 억울함이 무엇인지 알고 싶습니다. 하지만 모르겠습니다."

"알고 싶은데, 모른다?"

박차홍이 계속 모르쇠로 일관하였으므로 나는 그 고통스러운 밤을 꺼내지 않을 수 없었다.

"봄에 저와 같이 밀양에 왔던 의금부 도사를 기억하십니까?"

"기억하다마다. 의금부 참상도사 이순구였지요?"

"맞습니다."

"잘 지내오? 워낙 두 도사가 친해 보여 이번에도 함께 내려오지 않을까 생각했었다오. 나중에라도 꼭 한 번 같이 오도록 하오."

"이 참상이 여기 올 일은 없을 겁니다."

"어디 먼 곳으로라도 갔소?"

먼 곳! 박차홍에겐 이순구와 내가 연행에 나설 예정이란 걸 밝히지 않았다. 그 밤만 없었다면, 나와 이순구는 지금쯤 요동을 누비고 있을 것이다.

"선영이 신문고를 찾아왔을 때 담당 관원이 이 참상이었습니다. 두 사람은 그 밤 모처에서 살해당했습니다."

노치국이 확인하듯 물었다.

"살해? 죽었단 게요?"

"그렇습니다."

"범인은?"

"아직입니다. 하지만 제 손으로 꼭 잡을 겁니다. 그러니 선영과 차돌이 모자가 밀양에서 어찌 살았는지, 원한 살 일은 혹시 없었는지, 부사께서 꼼꼼히 살펴 주셨으면 합니다."

"알겠소. 그리하리다. 나도 이 도사에게 부탁이 하나 있소."

"뭡니까?"

"조사는 적극적으로 돕겠소. 한데 여기 제포 만호를 비롯하여 호방 김선과 봉상감관 최고직 등은 우선 문답한 후 직무에 전념토록 해 주오. 조운선 두 척이 등산진 앞바다에서 침몰하였을 뿐만 아니라 나머지 네 곳에서도 조운선들이 침몰한 탓에, 광흥창의 세곡이 매우 부족한 형편이라오. 7월 말일까지 다시 세곡 2000석을 구해 배를 띄우란 어명이 내려왔소. 2000석을 모으는 것도 어렵고, 그 2000석을 무사히 남해와 서해를 거쳐 광흥창까지 옮기는 것도 어렵소. 이 도사가 그들을 불러 밤을 새운다거나 심하게 문책하여 곤장을 친다거나 옥에 가두기라도 하면, 세곡을 모을 수도 조운선을 띄울 수도 없으니, 나 역시 큰 벌을 면하기 어렵소. 도와주었으면 싶소."

발등에 불이 떨어진 것이다. 등산진 앞바다에서 건진 증

열미도 전혀 없으니, 고스란히 2000석을 밀양 후조창에서
마련해야 할 형편이었다.

"알겠습니다. 걱정 마십시오. 맡은 일은 열심히 해야지
요. 제 도움이 필요하면 언제든 말씀하십시오."

"고맙소이다."

오우정에서 내려온 나는 계단 옆에서 기다리던 호방 김
선에게 말했다.

"후조창으로 안내하게."

"알겠습니다. 따르시지요."

김선이 시원시원하게 답한 후 앞장을 섰다. 강을 끼고
윗마을에서 아랫마을로 걸었다. 어젯밤 내린 비 때문인지
강물이 많이 불었다. 나뭇가지들이 둥둥 떠서 흘러갔다. 이
대로 가면 김해를 끼고 남해에 닿을 것이다. 낙동강에서
남해와 서해를 거쳐 한강을 거슬러 올라가는 조운의 길은
상상만으로도 아득했다.

"세곡을 다시 모아야 하니 힘든 점이 많겠소."

김선이 답했다.

"밀양에 속한 조운선 두 척이 침몰하였으니 원칙은 밀
양에서 그 곡물을 다시 거둬야 옳습니다. 하지만 2000석을
갑자기 마련하기 어려워, 해마다 후조창으로 세곡을 모으
는 양산, 영산, 창녕, 현풍 수령들에게 도움을 청한 겁니다.

다섯 고을에서 세곡을 부지런히 모아 내고, 내년에 밀양에서 도움을 준 네 고을에 세곡을 돌려주는 것으로 의견을 모았습니다."

"조창(漕倉)별로 고을 수령들의 회합이 잦겠소?"

"아무래도 그렇지요. 좌조창인 창원의 마산창으로 세곡을 모으는 창원, 김해, 함안, 칠원, 웅천, 진해, 의령, 거제, 고성의 수령들은 그들끼리 정기적인 모임을 갖고, 우조창인 진주의 가산창에 속한 진주, 곤양, 단성, 사천, 남해, 하동, 고성 또한 형편이 비슷합니다. 고성은 그 땅이 넓어 둘로 쪼개 좌조창과 우조창에 각각 세곡을 넣지요. 후조창의 고을들은 정기적인 모임은 없으나 지금처럼 조운선 침몰로 세곡을 다시 모아야 한다거나 조운선 수리를 위한 제류미(除留米)가 부족할 때는 도차사원인 밀양부사가 회의를 소집합니다."

술술 막힘이 없었다.

"아랫마을로 내려가서 나루를 보시겠습니까? 아니면 안마을로 가서 창고를 보시겠습니까?"

나는 고개를 돌려 나루 쪽을 먼저 살폈다. 소달구지가 길을 따라 올라오고 있었다. 창고로 세곡을 나르는 중인 것이다.

"창고부터 보겠네."

김선을 따라 강을 등지고 걸음을 옮겼다. 초가보다 족히 두 배는 더 큰 창고들이 방풍림처럼 서 있었다. 내 눈에 띈 것만도 열 개가 넘었고 그만큼이 뒷줄에 더 자리를 잡았다. 조운선 열다섯 척에 실어 나를 세곡들을 모아 보관하는 후조창다웠다. 각 배에 1000석씩만 싣는다고 해도, 세곡 1만 5000석을 한꺼번에 보관할 만큼의 창고가 필요한 것이다. 창고 입구 차소 앞에서 봉상감관 최고직이 기다리고 있었다. 세곡을 모아 보관하는 실무 책임자였다.

"제가 창고를 돌며 설명을 해 드려야 하는데 선약이 있어서 송구스럽습니다. 여기 최 감관이 후조창 사정은 저보다 훨씬 밝으니 무엇이든 물어보십시오."

"세곡 쌓아 두는 창고가 거기가 거깁지요."

최고직의 목소리는 동굴 속 울림처럼 굵직했다.『삼국지연의』의 장비처럼 턱은 물론 뺨까지 까칠까칠한 수염으로 가득했다. 그의 손에는 긴 대나무 자가 들렸다.

김선은 최고직에게 나를 넘긴 후 창녕으로 떠났다. 지난번 회의 결과에 따라 네 고을을 차례로 돌며 세곡을 챙겨 와야 했던 것이다.

아침인데도 창고 주위는 땀 냄새 풀풀 풍기는 건장한 짐꾼들로 활기찼다. 양산에서 배로 도착한 세곡들을 창고로 옮기느라 바빴던 것이다. 세곡을 가져온 양산의 짐꾼들과 창고 관리를 맡은 봉상감관 최고직 휘하 창고지기들이 뒤섞여 세곡을 날랐다.

"잠시만 둘러보고 계십시오. 어제 저녁 도착하기로 한 세곡이 아침에야 겨우 닿았습니다. 200석을 기다렸는데 150석밖에 안 보냈군요. 그나마 질이 떨어지거나 크기가 부족한 것은 없는지 확인해야 합니다."

"알겠소. 할 일 하시오. 나는 구경이나 좀 하리다."

최고직이 창고 문 앞으로 성큼 걸어가선 탁자 옆에 섰다. 짐꾼들이 세곡을 한 석씩 탁자 위에 올려놓았다. 최고직이 익숙한 손놀림으로 가로와 세로 그리고 높이를 쟀다. 1석은 가로 1척(尺), 세로 2척, 높이 1.47척이다. 크기를 재던 최고직이 동굴 무너지는 듯한 소리를 질렀다.

"야! 안 돼. 높이가 겨우 1척에 불과하잖아. 이리이리 빼."

"요것도 작네. 딱 봐도 가로와 세로 길이가 비슷해. 넣지 마."

그리고 의심스러운 쌀은 직접 손바닥 위에 올려놓고 살피며 냄새를 맡거나 조금 씹어 보기도 했다.

"튓! 이건 또 왜 이래? 쌀 반에 돌멩이 반이잖아?"

"벌레들이 오물오물 기어 다닌다. 이걸 한양 당상관들이 보면 우리 부사 어른 당장 쫓겨나지."

최고직이 소리를 지를 때마다 세곡을 지고 온 짐꾼은

자신의 잘못인 것처럼 울상을 지으며 몸 둘 바를 몰라 했다. 어떤 이는 그 자리에 털썩 주저앉아 눈물바람을 했다. 나는 최고직이 세곡을 판정하는 광경을 흥미롭게 지켜보았다. 15석이 넘는 세곡이 창고 문을 통과하지 못하자 양산 호방이 허겁지겁 달려왔다. 150석을 실어 왔는데 15석을 창고에 넣지 못하면, 열에 하나를 되물어야 하는 꼴이다. 15석을 되가져갔다가는 양산부사의 꾸지람을 당할 것은 불을 보듯 뻔했다. 쥐 수염이 나다가 만 호방이 하소연을 시작했다.

"왜 이리 빡빡하게 구는 겁니까? 도와달래서 도와주러 온 사람을 이리 야박하게 대하면 쓰겠습니까?"

"야박하게 군 적 없소이다. 조운선에 실을 세곡을 정해진 법대로 평가했을 따름이오."

"일단 창고에 들여놓으시지요. 부족한 부분은 따로 넣어 드리리다. 이렇게 창고 밖에 팽개치면 어찌합니까?"

"아니 되오. 한 번 창고에 넣으면 그 세곡 관리는 다 내 책임이오. 이렇게 크기도 작고 썩은 쌀을 맡았다간 나야말로 밀양부사로부터 질책을 당하오. 가져가서 정량을 채워 오시오. 돌 없고 벌레 없는 쌀이어야 하오."

최고직의 기세에 양산 호방도 설득을 포기했다. 양산에서 함께 온 짐꾼들에게 힘없이 명령했다.

"다시들 져. 돌아간다."

짐꾼들이 쌀을 지고 왔던 길을 거슬러 강으로 내려갔다. 나는 양산 호방의 곁을 스쳐 최고직이 선 창고 문까지 걸어갔다.

"이런 일이 자주 있소?"

"아닙니다. 제가 늘 이 자로 재기 때문에 크기를 속이진 않습니다. 양산에서도 밀양에 지원할 세곡이 모자랐나 봅니다. 사정은 이해하지만 법은 엄격히 지켜야지요."

"7월 말까지 2000석이 마련되겠소?"

"무슨 수를 써서라도 모아야지요. 어명을 받들어야 하지 않겠습니까."

최고직은 계속 법과 원칙을 강조했다. 나는 창고 안으로 걸음을 옮겼다. 창고지기 군졸들이 둘씩 짝을 지어 방금 들어온 세곡들을 다시 점검하고 있었다. 그 세곡을 조운선에 싣고 한양으로 떠날 격군들이 최고직의 명을 받아 세곡을 이리저리 옮겨 정리했다. 격군에겐 조운선의 노를 젓는 임무만이 주어졌다. 그러나 갑자기 세곡을 모으기 위해 창고를 다시 여는 바람에, 격군은 물론이고 조운선 관리를 맡은 선직(船直)까지 총동원된 것이다. 이렇게 중복하여 확인한다면 세곡의 양과 질을 속이긴 힘들 것이다. 군졸들은 내게 가볍게 목례를 하곤 하던 일을 계속했다. 갑자기 왼쪽 귀가 뜨거웠다. 누군가 어둠 속에서 나를 노려보았다. 고개를 돌려 그 시선의 주인공을 찾았다. 키 큰 격군이 넓은 어깨에 세곡 두 섬을 걸친 채 성큼성큼 걸음을 옮겼다. 햇볕이 사내의 다리와 가슴을 지나 우뚝한 코와 짙은 눈썹까지 차올라 왔다. 나는 너무 놀라 하마터면 신음을 뱉을 뻔했다.

백동수!

그 사내는 조선 마상 무예의 일인자이자 백탑파의 일원이며 나와 의형제까지 맺은 야뇌 백동수가 분명했다. 속인의 발길이 닿지 않는 깊은 숲에서 잠시 머리를 식히고 오겠다며 떠난 것이 지난겨울이었다. 연암 선생이 연경으로 떠날 때도 나타나지 않았던 그가 어느새 후조창의 격군으로 잠입한 것이다. 눈으로 물었다.

형님! 언제 오셨습니까? 그 꼴은 또 뭡니까?

백동수는 눈을 찡긋한 후 다시 어둠으로 숨었다. 아직은 반갑게 해후할 때가 아니라는 듯이.

10장

후조창에서 말을 타고 읍성 안 객사까지 올라왔다. 저녁도 거르고, 조군들을 문초한 기록을 영선감관(領船監官) 윤정필(尹正弼)과 호방 김선으로부터 넘겨받아 읽었다. 조운과 관련된 감관은 두 부류였는데, 봉상감관은 세곡을 모으고 관리하는 업무를 맡았고 영선감관은 조운선을 타고 서강 광흥창까지 갔다. 조운선에는 영선감관 외에 색리(色吏)도 각 고을별로 한두 명씩 차출되어 승선했다. 다른 고을에선 육방을 제외한 색리가 왔지만, 밀양에선 호방 김선이 자원하여 조운선을 탔다. 배를 타고 몇 달씩 항해하는 것이 힘든 일이었으므로, 밀양의 다른 색리들은 기꺼이 김선에게 양보했다.

　"등산진 앞바다에서 조운석 두 척이 침몰했을 때, 그대들은 어느 배에 타고 있었소?"

윤정필이 답했다.

"저희들은 조운차사원 겸 제포 만호 노치국과 함께 천
(天)에 머물렀습니다. 조운선 두 척이 침몰했다는 연락을
받자마자 배에서 내려 곧장 영암 관아로 향했고, 김 호방
은 차사원을 보필하여 계속 북쪽으로 예정된 뱃길을 갔습
니다. 침몰 사고가 생긴다면 역할을 그리 나누기로 이미
협의를 했거든요. 두 척이 침몰했다는 비보가 돌자, 남은
열세 척의 색리, 사공, 격군의 동요가 무척 컸지요. 그들에
게 상황을 설명하고 격려하는 일을 김 호방이 도맡아 애를
썼다고 들었습니다."

김선이 이어 답했다.

"단 한 척도 침몰하지 않고 무사히 광흥창에 닿는 것이
목표입니다만, 가끔 불행이 닥치기도 하니까요. 함께 후조
창을 출발한 동료들이 갑자기 사라지면, 그들이 무사히 구
조되었다고 해도, 다른 배에 탄 조군들은 믿지 않으려 합
니다. 또 자신들도 그런 사고를 당하지나 않을까 불안해하
지요. 그래도 이번 조운에 참여한 사람 중에선 제가 여덟
번이나 광흥창을 다녀왔기 때문에, 그동안 겪은 어려움들
을 어떻게 극복하였는지 편하게 들려준 겁니다."

"여덟 번 중 몇 번이나 조운선이 침몰하였소?"

"올봄까지 쳐서 네 번입니다."

"네 번이면 절반이지 않소? 너무 잦군. 후조창만 그렇소 아니면……?"

"다른 조창도 마찬가집니다."

"나머지 침몰 장소는 어디였소?"

"모두 태안 근처였습니다. 안흥량에서 두 번, 쌀썩은여에서 한 번."

"쌀썩은여는 무엇이오?"

"원산도와 안흥량 사이의 협로입니다. 조운선들이 암초에 부딪히는 바람에 쌀이 바다에 빠져 썩는 곳이라고 하여 이름이 그렇게 붙었다는군요."

"몇 척씩 침몰한 게요."

"각각 한 척입니다."

"그럼 이번처럼 두 척이 한꺼번에, 그것도 암초나 급물살도 없는 바다에서 침몰한 적은 없다 이건가?"

"그렇습니다."

윤정필에게 시선을 돌렸다.

"윤 감관이 영암 관아에서 조군 서른두 명을 밀양까지 인솔했겠군."

"맞습니다. 조운선이 침몰하면, 구조된 조군은 그 배가 출발한 곳으로 가서 조사를 받도록 정해 놓았지요. 전라우수영에서 판옥선을 내줘 안전하고 신속하게 밀양으로 돌아왔습니다. 그리고 조군들을 모두 옥에 가두었고요."

"두려워하지 않던가?"

"무얼 말입니까?"

"서른두 명의 조군은 침몰하는 조운선에서 겨우 목숨을 구했네. 그런데 다시 판옥선에 태워 밀양으로 돌아왔다니 하는 얘길세. 배를 타지 않고 육로로 가겠다고 고집을 부리는 조군은 없었나?"

윤정필이 답했다.

"바다에 익숙한 자들입니다. 한두 명은 가벼운 뱃멀미를 했지만 배를 타지 않겠다고 한 이는 없었습니다. 뱃사람에게 승선을 포기하는 것보다 더한 치욕은 없으니까요."

"하옥도 순순히 감수했고?"

"조운선이 침몰하면, 조군들이 하옥되어 신문을 받는다는 사실을 그들도 알고 있습니다. 빨리 조사를 받고 집으로 돌아갈 마음뿐이겠지요. 그렇지 않아도 언제 출옥하느냐며 불만을 토로하는 이들이 하나둘 늘고 있습니다. 위법 행위가 없었음이 도차사원의 신문을 거쳐 선혜청으로 올라갔음에도 방면하란 소식이 없으니, 그들도 답답한 노릇이지요. 더군다나 요즈음은 그늘에 머물러도 땀이 비 오듯 흐르는데, 감옥에선 얼마나 무덥겠습니까? 짜증을 내는 것도 이상한 일이 아니지요."

옥에 가둔 사공과 격군들을 모두 객사 앞마당으로 불러냈다. 횃불이 마당 좌우와 대청마루 섬돌 아래에서, 결전을 앞둔 장졸들의 눈동자처럼 이글이글 타올랐다. 손발을 묶인 사내들이 열여섯 명씩 나눠 섰다. 조운선 현(玄)의 사공 윤대해와 황(黃)의 사공 박효온이 격군들보다 두 걸음 앞에서 무릎을 꿇었다. 나는 대청마루 중앙에 놓인 의자에 앉았고, 호방 김선은 섬돌 옆에 서서 명령을 기다렸다.

"나는 의금부 도사 이명방이다. 후조창을 출발한 조운선 두 척을 재조사하기 위해 이곳에 왔다. 침몰과 관련된 윤대해와 박효온, 너희 두 사공의 주장은 신문 기록을 살펴 알고 있다. 상대방 조운선이 와서 부딪혔다는 것이지. 맞느냐?"

"맞습니다."

두 사공이 동시에 답했다.

"조운선은 몇 번이나 탔느냐?"

또 두 사공이 함께 답했다.

"일곱 번입니다."

윤대해가 이어 답했다.

"격군으로 여섯 번 탔습니다."

박효온도 뒤질세라 답했다.

"마찬가집니다."

조운선을 책임진 사공으론 둘 다 첫 항해인 것이다.

"둘이 같은 조운선에 탄 적도 있느냐?"

"있습니다. 천(天)을 같이 여섯 번 탔습니다."

밀양 소속 조운선 중 가장 오래된 배가 바로 천(天)이 었다.

"여섯 번이나! 나이는 누가 위냐?"

윤대해가 답했다.

"동갑입니다. 쉰한 살입죠."

박효온이 답했다.

"생일은 제가 보름 빠릅니다."

"너희 둘은 친구냐?"

윤대해와 박효온이 서로 쳐다보았다. 두 달 가까운 옥살 이에 살이 쏙 빠졌다. 시커먼 때가 얼굴과 목에 덕지덕지 붙었다. 광흥창에 무사히 닿았다면 서강 나루에 앉아서, 난 폭한 바다와 그 바다에서 지금까지 살아남은 무용담을 늘 어놓으며 대취하였을 것이다. 격군은 죽어라 노만 젓지만, 사공은 조운선이 후조창에서 광흥창까지 오가는 동안 쏠 쏠한 이득을 따로 챙겼다. 1000석의 세곡을 싣는 배에 한 두 석 정도 무게가 나가는 물건을 더 싣는다고 하여 배가 흔들리거나 가라앉진 않는 것이다. 차사원은 물론 영선도

292

감과 색리가 눈을 크게 뜨고 조운선에 나고 드는 물품들을 살폈지만, 열 명의 포졸이 도둑 하나를 붙잡지 못하듯이, 사공이 마음만 먹으면 쥐도 새도 모르게 물품을 배에 싣거나 내릴 수 있었다. 얼마나 이득이 쏠쏠하면, 사공으로 한 차례 조운선을 몰다 오면 기와집 한 채가 생긴다는 풍문까지 돌았다. 윤대해와 박효온은 그와 같은 기회를 놓친 것이다. 무사히 광흥창에 닿은 열세 척 조운선의 사공들이 누린 이득을 두 사공은 전혀 맛보지 못했다. 게다가 옥에 갇혀 한 차례도 아니고 두 차례나 신문을 받고 있다. 억울할 만도 하다. 박효온부터 답하고 윤대해가 이어 답했다.

"무척 친합지요."

"형제나 마찬가집니다. 여섯 번이나 밀양에서 한양까지 같은 배를 타고 다녀온 인연이 어디 흔합니까요?"

"그리 친한데 상대방을 탓해? 그러고도 너희가 친구냐? 친구의 잘못도 내 잘못인 듯 감싸 줘야 하는 것 아니야?"

윤대해와 박효온이 서로를 다시 잠시 쳐다보았다. 조금이라도 다른 대답을 하려는가. 그러나 거의 동시에 앵무새처럼 답했다.

"저놈 짓입니다요!"

친한 것은 친한 것이고 친구 때문에 덤터기를 쓸 수 없단 표정이었다. 두 사공에게 다시 물었다.

"멍청한 고집불통들이군. 오늘부터 너희 둘은 친구가 아니라 원수다. 알겠어? 질문을 바꿔 보겠다. 등산진 앞바다에서 두 배가 부딪칠 때 치목(鴟木)을 누가 잡았느냐?"

치목은 배를 조종하는 키(舵)였다. 어선과 같은 작은 배는 치목이 선수에 있고, 조운선은 치목이 선미에 있었다. 이번에도 두 사람이 동시에 답했다.

"저는 아닙니다."

"그럼 누구란 말이냐?"

윤대해가 지목했다.

"장수동(張秀東)이 했습니다."

박효온이 지목했다.

"감물치(甘物致)가 했습니다."

격군들을 향해 물었다.

"장수동과 감물치가 누구냐?"

양쪽 끝에 선 사내 둘이 한 걸음씩 옆으로 나와 섰다. 횃불에 비춰 봐도 앳된 얼굴이다. 호방 김선에게 명령했다.

"장수동과 감물치만 남기고 나머진 다시 옥에 가두시오."

김선이 무엇인가 질문을 하려다가 복명했다.

"옥에 가두어라!"

대기하던 포졸들이 사공과 격군을 옥으로 인솔하여 갔다. 마당에는 장수동과 감물치만 남았다.

"풀어 주오."

김선이 확인하듯 물었다.

"괜찮겠습니까? 바닷바람을 맞으며 자란 사내들은 매우 거칩니다. 돌발 상황이⋯⋯."

말허리를 단칼에 잘랐다.

"의금부 도사를 우습게 보는 게요?"

"죄송합니다. 포승줄을 풀어라!"

김선의 명령을 받은 포졸들이 장수동과 감물치의 손목과 팔을 꽁꽁 묶은 줄을 풀었다.

"그만 가 보시오. 내가 부를 때까지 객사로는 출입하는 이가 없었으면 하오."

"알겠습니다."

김선이 포졸들을 데리고 앞마당을 떠났다. 나는 어리둥절한 표정을 지으며 손목을 번갈아 문지르는 장수동과 감물치에게 말했다.

"따라 들어오너라."

등잔을 밝히고 서안 앞에 앉았다. 장수동과 감물치는 윗목에 엎드려 방바닥에 양손을 대고 기다렸다.

"가까이 오너라."

벌렁코가 답했다.

"나리! 악취가 심할 것입니다요."

295

"네가 장수동이냐?"

"그렇습니다."

"올해 몇 살이냐?"

"열일곱 살입니다."

그 옆에 앉은 사각턱에게 물었다.

"그럼 네가 감물치겠구나?"

"그렇습니다."

"너는 올해 몇 살이냐?"

"열여섯 살입니다."

"가까이 오너라. 너희가 거기 있으면 내가 목청을 높여야 하느니라. 조용히 의논할 것이 있으니, 이리이리 다가와 앉거라."

장수동과 감물치가 조심조심 나아왔다. 찐득한 땀과 썩은 짚이 뒤섞인 독한 냄새가 코를 찔렀지만 나는 고개 돌리지 않았다.

"너희는 조운선을 처음 탔느냐?"

동시에 답했다.

"예!"

"격군으로 선발되기 전엔 서로 아는 사이였느냐?"

장수동이 답했다.

"그 전엔 몰랐습니다. 저는 서창 근처에 살고 물치는 동창 근처에 살았습죠."

"현(玄)의 격군 중엔 수동이 네가 막내지?"

"네."

"황(黃)의 격군 중엔 물치 네가 막내고?"

"맞습니다요."

격군 중 막내가 치목을 잡는 경우는 없었다. 아무리 파
도가 잔잔하고 암초가 없는 바다라고 해도 치목은 사공이
나 경험 많은 최고참 격군이 맡았다.

"다른 배는 뭘 타 봤느냐?"

감물치가 답했다.

"웅천강에서 어선을 탔습죠."

장수동도 이어 답했다.

"저도 마찬가집니다요."

"어선에서도 치목을 잡아 봤느냐?"

"여러 번 잡아 봤습죠."

"맞습니다. 열 번도 넘습니다."

나는 잠시 질문을 멈추고 두 녀석을 노려보았다. 내 눈
길을 받아치지 못하고 둘 다 피했다.

"등산진 앞바다에서 너희 둘이 치목을 잡은 게 정녕 맞
느냐?"

"예!"

"등산진에 닿기 전에도 치목을 잡았더냐?"

"아닙니다!"

약속한 것처럼 똑같이 답했다.

"등을 맞대고 앉거라."

"예?"

내 목소리가 커졌다.

"등을 맞대고 앉으라고."

장수동과 감물치가 무릎걸음으로 몸을 돌려 등을 댔다.

"눈 감아."

둘은 명령대로 눈을 감았다.

"자, 내 말 잘 듣거라. 배가 충돌할 때 치목을 어느 쪽으로 돌렸는지 지금부터 답하는 거다. 오른쪽으로 꺾었다면 오른손을 들고 왼쪽으로 꺾었다면 왼손을 들면 된다. 자, 들거라!"

장수동이 오른손을 들었고 감물치가 왼손을 들었다.

"눈을 뜨고 상대가 든 손을 확인하거라."

장수동과 감물치가 고개를 돌려 상대가 들어 올린 손을 봤다.

"그리고 이걸 봐."

고구마처럼 길쭉한 원 두 개가 그려진 종이 한 장을 방바닥에 펼쳤다. 윤대해와 박효온의 신문 기록에 담긴 그림이었다. 작성자는 제포 만호 노치국이다. 사고가 나던 당시 각자가 탄 조운선의 위치를 두 사공이 직접 그린 것이다.

"자, 이제 사실대로 모두 털어놓거라."

장수동이 물었다.

"무얼 말입니까?"

나는 당장이라도 잡아먹을 듯 호랑이 눈을 떴다.

"이 그림을 보고도 모르겠느냐? 너희들이 방금 든 손처럼 치목을 움직이면, 두 배는 부딪치는 것이 아니라 서로 멀어진다. 너희는 치목을 잡지 않은 거다. 배가 침몰할 때 상대방 배가 어디 있는지조차 몰랐어. 내 말이 틀렸느냐?"

장수동과 감물치가 답을 못하고 동시에 벌벌 떨었다. 나는 잔머리를 굴릴 틈을 주지 않고 몰아붙였다.

"누가 시켰느냐?"

장수동이 순순히 답했다.

"사공 어른이 부탁하였습죠."

"너도 사공이 시켰느냐?"

"나이가 제일 어리니 가벼운 벌을 받을 거라면서……."

감물치가 울음을 터뜨리며 말끝을 흐렸다.

"그럼 침몰 당시 치목을 잡은 자는 사공 윤대해와 박효온이냐?"

장수동이 답했다.

"그건 못 봤습니다. 사공 어른이 소지품을 챙기라 하셨습니다요. 격군들이 모두 선미 갑판 아래로 내려갔는데, 갑자기 쿵 소리와 함께 배가 가라앉기 시작했습죠."

감물치가 손등으로 눈물을 훔치곤 이어 답했다.

"저도 마찬가집니다요. 선미 갑판 아래에 머무르다가 빨리 나오란 사공 어른의 이야길 듣고 격군들이 갑판으로 올라갔을 땐 이미 배가 기울고 있었습니다요."

이마저 거짓일까. 격군들이 침몰 순간에 각각 선미 갑판 아래에 있었다는 것도 이상한 우연이었다.

"하나만 더 묻겠다. 갑판으로 올라오고 또 군선이 너희를 구했을 때, 혹시 근처에 다른 배는 보지 못했느냐? 선미쪽 갑판으로 올라왔다니, 지나온 바다 쪽이 어떠했는지 잘 떠올려 보거라."

이번에도 장수동과 감물치는 똑같은 답을 했다.

"해무 때문에 아무것도 보이지 않았습니다."

"맞습니다. 안개가 짙었습죠."

이경(二更, 밤 9시)에 객사를 나섰다. 옥화가 담헌 선생의 심부름을 온 것이다. 그렇지 않아도 내일 새벽에 선생을 찾아가려 했다. 창고에서 마주친 백동수에 관한 이야기를 나누고 싶어서였다. 선생과 미리 의논도 하지 않고 후조창으로 들어갔을 리 없다. 다시 말해, 선생은 이 사실을 내게 숨긴 것이다. 옥화는 남문이 아니라 영남루에서 읍성을 따라 동문 쪽으로 방향을 잡았다. 돌로 쌓은 읍성은 높고 튼튼했다. 성을 따라 난 길은 깔린 돌만 밟고도 서너 명이 편히 오갈 만큼 넓었다. 군데군데 군졸들이 장창을 들고 경계를 섰지만, 옥화는 그들을 무서워하지 않았다. 완만한 오르막길 끝에 자리 잡은 무봉대(舞鳳臺)에서 잠시 숨을 고를 만큼 이 길에 익숙한 것이다. 강바람이 제법 매서웠다. 응천강을 타고 내려온 이야기가 읍성 돌벽을 타 넘어 깃발로 나부끼는 것이다. 그미 옆에 서서 은은한 달빛이 내린 강을 내려다보았다. 반짝이는 강은 미세한 떨림조차 없이 고요했다.

"오늘은 풍금을 만들지 않는 게요? 목적지가 어딥니까?"

옥화가 고개를 돌려 나를 쳐다보았다. 주근깨 깔린 볼에 살짝 올라간 눈귀가 귀여웠다.

"왜 그런 눈으로 보오?"

"잡아먹을까 봐 그래요?"

"말이 지나치오. 무작정 야밤에 길을 나설 수는 없지 않소?"

"그건 여자인 제가 걱정해야지 남자에다가 천하무적 무예 솜씨를 자랑하는 의금부 도사가 할 걱정은 아니지요."

한마디도 지지 않았다. 내가 거듭 따지려 하자 옥화가 덧붙여 설명했다.

"동율림에 진향 스승님 댁이 있습니다. 그곳으로 도사님을 뫼시고 오라 하셨어요."

진향. 주혜의 어미라는 퇴기의 이름이다. 담헌 선생이 오늘 밤은 풍금을 만들지 않고 진향의 거처에 머물며 나를 불러낸 것이다.

"기방에 계신 게요?"

"아직 밀양 지리를 모르시는가 보네요. 스승님 댁은 기방에서 밤나무 숲으로 70보는 더 들어가야 나온답니다."

"70보든 100보든 퇴기 진향과 함께 계신 것 아니오?"

"경상도에서 글깨나 하는 선비들은 스승님과 시 한 수 나누기를 소원하신답니다. 두 분이 함께 계신 게 이상한 듯 말씀하시니, 그런 도사님이 제겐 더 이상하게 보이네요."

나는 온종일 단서를 찾아 바삐 돌아다녔건만, 담헌 선생은 조사는 전혀 않고 동율림으로 간 것이다. 걸음을 바삐 하여 옥화와 나란히 걸었다. 시를 제법 짓는다고 하지만 그래 봤자 은퇴한 기생 아닌가. 슬그머니 약이 올랐다.

"담헌 선생과 진향이 얼마나 친한 게요? 혹시 한 이불을 이미 덮었소?"

옥화가 작은 눈을 흘기며 답했다.

"도사님은 아무 여자랑 한 이불을 덮습니까? 잘 들으세요. 두 분은 벗이십니다. 너무 늦게 만난 것을 아쉬워하세요. 담헌 선생이 얼마나 우정을 귀히 여기는지 아시지요?"

선생의 우정에 퇴기까지 들어가는 줄은 몰랐다.

"한 가지만 확인하고 싶소."

옥화가 나와 눈을 맞췄다.

"그대들은 기녀도 아니면서 진향이란 퇴기에게서 왜 악기와 시를 배우는 것이오? 뭣에 쓰려고?"

옥화가 당돌하게 받아쳤다.

"도사님은 왜 담헌 선생으로부터 천문과 역법을 배우십니까? 그게 범인을 잡는 데 도움이 되나요?"

"만물의 이치를 깨닫기 위한 공부라오."

그미가 살짝 입술만 뗀 채 웃었다. 덧니가 숨은 듯 보였다.

"시를 짓고 악기를 다루는 것 역시 바로 공부 중 하나라고 담헌 선생님이 말씀하셨어요."

말로는 도저히 당해 낼 수 없을 것 같았다.

"한데 오늘은 왜 혼자요? 늘 둘이 붙어 다니는 것 아니오?"

"따로따로 심부름을 시키셨습니다. 이러다간 늦겠습니다. 서두르지요."

무봉대를 내려가는 옥화의 걸음이 빨라졌다. 누군가를 뒤쫓는 일이라면 이골이 났지만, 그미에게 뒤처지지 않으려면 바짝 정신을 차려야 했다. 겨루듯 잰걸음을 놀리니 어느덧 동문이었다. 문지기는 옥화를 보자 순순히 대문을 열어 주었다. 전에도 종종 야밤에 읍성을 빠져나가거나 들어오곤 하는 듯했다. 옥화가 손을 휘휘 크게 저어 흔들자 문지기도 화답으로 손을 흔들었다. 붙임성이 아주 좋은 여인이었다. 누구보다도 먼저 말을 걸고 또 상대의 대답에 맞장구를 칠 자세를 갖췄다. 말 없는 곰도 싫지만 말 많은 여우도 부담스러웠다.

기다리던 나룻배를 타고 강을 건넜다. 기방을 지나 밤나무 숲으로 난 오솔길을 걸었다. 담이 높은 기와집이 초병(哨兵)처럼 자리를 잡았다. 거문고 가락이 담을 넘었다.

"어머, 벌써 시작하셨네."

옥화가 대문 대신 담을 끼고 돌아 반쯤 열린 뒷문으로 들어섰다. 후원 향나무 옆 별당이 훤했다. 그림자 하나가 너울너울 창에 비쳤다. 나는 재빨리 섬돌 위에 놓인 신발부터 살폈다. 짚신, 나무신에 이어 꽃신 두 켤레가 나란히 놓였다. 옥화는 눈짓으로 옆자리를 가리켰다. 옥화 곁에 나란히 서서 그림자 춤을 구경했다.

"특별한 날이군요."

"무엇이 특별하단 게요?"

"우린 진향 스승님 외엔 그 누구 앞에서도 춤을 춘 적이 없거든요. 지금까지 딱 한 사람 예외가 있었는데, 그분이 바로 담헌 선생이십니다."

"다른 이들 앞에선 춤을 전혀 추지 않았다?"

"춤을 배운 적도 없다 하였어요."

옥화가 그림자를 잠시 살핀 뒤 다시 입을 열었다.

"참 좋지요?"

"탁월하오."

"아무리 노력해도 주혜처럼 저렇게, 때로는 사뿐사뿐, 때로는 훨훨, 때로는 뜨겁고, 때로는 시원하게 춤사위를 이어 가기란 참 힘들어요. 타고났나 봐요. 부럽다!"

슬쩍 농담을 걸었다.

"나는 담헌 선생의 거문고 가락이 탁월하다 칭찬한 게요."

"놀리시는 건가요, 지금?"

"전혀!"

옥화는 화를 낼수록 뺨에 주근깨가 더 짙어지고 많아지는 듯했다. 주근깨가 퍼져 가는 모습을 안 보는 척 살피는 재미가 쏠쏠했다. 그미가 고개를 갸웃거렸다.

"이상하네."

"뭐가 말이오?"

"오늘따라 더 팔이 길어 보여요. 평소에 뻗는 것보다 한 뼘은 더 휘돌고 쳐올리네요."

"그림자에 비쳐서 그런 것 아니겠소?"

"주혜와 제가 춤을 출 때 진향 스승님은 항상 이렇게 창문 밖에서 그림자를 보십니다."

"그림자를 본다?"

"그래야 색을 비롯한 거추장스런 간섭 없이 춤사위 그 자체만 살필 수 있다고 하셨지요. 우리끼리 연습할 때도 그림자를 서로 봐줬어요. 확실히 오늘은 달라요. 저리 움직임이 크면 무릎이나 발목이 아플 텐데. 대체 누굴 모셔 왔기에 저렇듯 재주를 뽐내는 건지 모르겠네요."

옥화도 짚신의 주인을 몰랐던 것이다.

"아이 참, 궁금해서 미치겠네."

얕은 숨을 내쉬더니 손바닥으로 명치를 쓸어내렸다. 그리고 방문으로 가는 대신 창으로 도둑고양이처럼 살금살금 다가섰다. 창틀에 양손을 얹곤 아주 천천히 창문을 잡아당겼다. 나는 그미 뒤로 바짝 붙어 창틈으로 들여다보았다. 양팔을 나비처럼 흔들며 춤추는 주혜가 눈에 들어왔다.

"어쩜!"

옥화의 감탄이 창틀로 떨어졌다. 주혜가 두 손을 모은 채 제자리에서 날아올랐기 때문이다. 그 높이도 놀라웠지만 올라갔다가 내려오는 시간이 보통 사람보다 두 배는 느려 보였다. 주혜가 사뿐사뿐 창을 향해 다가왔다.

거대하고 투명한 한 방울의 눈물이라고나 할까. 어깨만 살짝 들었다가 내려도 슬픔이 출렁거렸다. 터질 듯 위태로웠으나, 빙글 돌며 상처를 보듬고 또 빙글 돌며 쓰라림을 감쌌다.

잠깐 멈춰 선 채 고개를 들었다. 어둑새벽 먼 길 떠난 님을 그리듯 그리움이 두 눈에 차올랐다. 허리를 숙이곤 밧줄을 당기듯 양손을 번갈아 끌었다. 님이 새벽에 밟은 흙과 님이 밤에 건넌 물을 끌어당겨, 님과의 거리를 좁히려는 걸까.

황홀하다는 단어는 이때 쓰는 것이리라. 주혜는 과거와 현재와 미래, 이곳과 저곳과 그곳을 모두 합쳐 춤사위로 만들었다. 그미는 어느 곳에도 있고 아무 곳에도 없었다. 내게 손을 내민다면? 눈짓만 해도, 기꺼이 거대한 눈물방울로 걸어 들어가리라.

연주와 춤이 동시에 끝났다.

"에고, 아쉬워라!"

옥화가 급히 방문 앞으로 와선 목소리를 가다듬어 아뢰었다.

"다녀왔습니다."

"들어오너라."

단정한 담헌 선생 목소리다. 옥화가 먼저 신을 벗고 마루로 올라섰으며 나도 뒤따랐다. 창고에서 재회한 백동수이려니, 그래서 이 밤에 담헌 선생이 나를 찾은 것이겠거니 여기고 방으로 들어섰다. 그러나 덩치 큰 무사 대신 호리호리한 쾌남이 우리를 맞았다.

"어, 화광! 자네였어?"

백동수가 아니라 김진이 환하게 웃으며 맞아 주었다. 그러고 보니 왕발인 백동수가 신기에는 짚신이 너무 작았다.

"내일까지 기다리려다가 담헌 선생께서 환영 연주를 들려주겠다고 하셔서 급히 자넬 부른 것이라네. 보어사(甫魚寺) 입구까지 마중을 나온 주혜 낭자가 또한 이처럼 황홀한 춤을 선보일 줄은 몰랐으이."

"과찬이세요."

주혜가 부끄러운 듯 옥화 뒤로 얼굴을 반쯤 가렸다. 당당하던 그미가 다소곳이 어둠에 머물렀다. 어깨선이 곱고 손가락이 길었다.

선생의 옆자리로 자꾸 눈이 갔다. 베개를 팔꿈치 아래 넣고 기댄 채 앉은 중년 여인은 병색이 완연했다. 눈은 맑고 코는 오똑하며 입술은 가지런했으나, 눈 밑에 검은 기미가 끼고 볼살이 빠지는 바람에 광대뼈가 지나치게 튀어

나왔다. 수건으로 입술을 누른 채 기침을 쏟았다. 선생이 걱정스레 물었다.

"괜찮소? 올 사람 다 왔으니 이제 방으로 가서 쉬도록 하오."

"급히 청하였는데도…… 와 주시고 또…… 거문고까지 손수 잡아 주셨는데, 제가 시 한 수라도…… 화답 못해 송구합니다."

말을 잇기에도 숨이 찼다. 선생이 주혜를 칭찬했다.

"훌륭한 제자를 두었소. 물론 진향 그대보단 못하오만. 어서 쾌차하시오. 그땐 내 이 거문고 줄이 끊어질 때까지 시를 짓고 노래를 불러야 할 게요."

진향이 희미한 웃음과 함께 답했다.

"참 좋겠습니다. 그런 날이 오면…… 잠시 자리를 옮겨 제 말씀을 들어주시겠습니까?"

선생이 김진과 나를 보며 눈으로 동의를 구했다. 김진이 답했다.

"다녀오십시오. 저희는 담소나 나누고 있겠습니다."

"알겠네. 그럼 이 도사가 화광에게 밀양에서 그동안 조사한 것들을 설명하도록 해."

주혜와 옥화가 좌우에서 진향을 부축해 일으켰다. 선생이 거문고를 품에 안은 채 앞서 나갔다. 진향은 문턱을 넘으면서도 한 차례 허리를 숙이곤 기침을 쏟았다. 김진과 둘만 남았을 때 물었다.

"이런 말을 해서 어떨지 모르겠네만, 퇴기 진향은 유언을 하려고 담헌 선생을 청한 것처럼 보이는군."

"나도 그리 생각하네. 길어야 사나흘이겠어. 가슴 병이 손쓸 수 없을 만큼 깊었네. 그건 그렇고 자네 활약이 대단했다고 칭찬하셨다네."

"활약은 무슨! 한데 참 이상하군."

"뭐가 말인가?"

"동율림 기방에선 춤을 선보이지 않는다고 했다네. 그런데 방금 진향의 딸 주혜가 독무를 췄어."

"자세한 건 나도 모르네. 다만 진향이 선생께 '보여 드릴까요?'라고 물었고, 선생이 좋다고 하니 주혜가 춤을 추기 시작했다네."

"그 말은 담헌 선생이 주혜가 춤을 춰 왔다는 걸 벌써 아셨단 건가?"

"그렇다네. 진향과의 사이의 무슨 얘기가 이미 오간 듯하네."

"독무는 어떻던가? 끝날 무렵 도착하여 그림자만 잠시 보았으이."

김진이 눈을 감았다. 어둠 속에서 주혜의 춤을 되새기는 듯했다. 눈을 감은 채 답했다.

"슬픔을 머금은 거대한 눈물방울 같더군. 최고였네."

나는 가슴이 뜨끔했다. 거대한 눈물방울! 그도 나와 똑같은 느낌을 받은 것이다. 목소리를 낮춰 말했다.

"야뇌 형님을 뵈었다네. 후조창 격군으로 창고에서 세곡을 정돈하고 계셨어."

김진이 전혀 놀라지 않고 짧게 답했다.

"다행이군."

다행?

"자네…… 알고 있었는가? 알면서도 내게 말하지 않은 게야?"

화를 내지 않을 수 없었다.

"미안하이. 세곡이 창고로 모이는 과정과 창고에서 조운선까지 옮겨 싣는 과정, 또 조운선이 후조창에서 출발하여 한양에 닿는 과정을 자세히 조사하려면 누군가 후조창 격군으로 들어가야만 했네. 담헌 선생이 야뇌 형님을 추천했고 나도 동의했지. 금강산을 거쳐 지리산을 유람 중인 형님께 겨우 인편으로 서찰을 전했어. 나는 물론 곧바로 자네와 의논하려 했네만, 담헌 선생이 당분간은 둘만 아는 비밀로 두자고, 야뇌 형님이 후조창에 잠입한 후에 설명해도 늦지 않다고 하셔서 그대로 따랐다네. 만에 하나 야뇌 형님이 후조창 격군으로 들어가지 못한다면 자넨 그런 시도가 있었다는 것조차 모르는 편이 나을 테니까."

담헌 선생도 김진도 무서운 사람들이다. 같은 편이면 든든하지만 적이라면 맞서기 두려운.

"또 내겐 숨기고 둘만 아는 비밀이 더 있는가?"

"이젠 없네. 믿어 주게."

순순히 물러서지 않고 조건을 달았다.

"밀양으로 나를 먼저 보낸 뒤 자네가 전라도에서 무얼 했는지 소상히 밝힌다면 믿어 주지."

"알겠네. 바로 그걸 설명하려고 이 밤에 자넬 부른 걸세. 그런데 자네가 내 전라도 행적을 궁금해하는 것만큼이나 나 역시 자네가 밀양에서 어떤 조사를 했는지 궁금하다네. 내가 먼저 몇 가지만 물어도 될까?"

각자 조사한 것을 숨김없이 꺼내 놓는다면 이야기의 선후는 상관이 없었다. 고개를 끄덕였다.

"도차사원과 차사원은 만나 보았는가?"

"한자리에서 같이 보았지."

"소운에 대해서는 어찌 말하던가?"

"고후와 둘이서 유람하던 길에 들렀다 하더군. 영상 대감의 아들이기에 극진히 대접하였고……."

"조운선에 관한 대화는 나누지 않았다던가?"

"진지하게 나눴다고 인정했네. 광흥창 부봉사를 지냈으니 후조창에 관심을 갖는 게 당연하지 않겠냐는 반문까지 했어."

"후조창에 대해 소운이 무엇을 지적했다던가?"

"딱히 지적한 건 없다고 했네. 안흥량을 비롯한, 물살이 세고 해로가 좁은 곳들을 피해 조운의 경로를 바꿔야 한다는 의견을 내었다더군."

"어찌 생각하는가?"

"무얼 말인가?"

"도차사원인 밀양부사 박차홍의 설명이 사실이라고 보는가?"

"사실인지 아닌지 판단할 근거가 아직 내겐 없네."

신중한 입장을 취하자 김진이 자기 의견을 내놓았다.

"그러한가? 나는 박차홍이 소설을 썼다고 믿네."

"소설? 완전한 거짓말이다 이 말인가? 그리 보는 까닭은?"

"가장 큰 전제부터 어긋나기 때문일세. 소운은 유람을 떠난 게 아니라 조선의 여러 조창 중에서 후조창을 택해 조사하러 간 것일세. 자네도 기억하지. 소운이 부봉사로 있을 때 유독 경상도에서 올라온 세곡을 받아 둔 창고에서 밤을 지새운 적이 많았음을."

"기억하고 있네."

"소운은 부봉사를 자진해서 관둔 게 아닐세. 나는 그가 광흥창을 더 이상 나가지 않는단 소식을 들었을 때 다른 관직으로 승차하려는가 보다 여겼다네. 비록 서자지만 영상이 아끼는 아들이니 더 좋은 자리로 가는 건 당연한 일이지. 한데 소운은 부봉사를 그만둔 뒤 다른 관직을 맡지 못했어. 그리고 1년 가까이 불철주야 챙겨 살폈던 밀양 후조창으로 곧장 떠난 걸세. 그러니까 영의정의 서자란 후광으로도 어찌할 수 없는 일이 광흥창에서 벌어졌던 걸세. 주부나 봉사는 소운이 게으르고 관원들과 어울리지 못하였다고 비판했지만, 소운은 태어나서 처음으로 부지런을 떨었다네. 밤 술자리에 나가지 않았을 뿐만 아니라, 남산 자락으로 나를 찾아오는 횟수도 눈에 띄게 줄었거든. 개천에서 광대나 거지들과 어울리지도 않았고. 그러니 그냥 놀러 왔더라는 박차홍의 이야기는 시작부터 엉터리인 셈이야."

"조사를 하러 왔다고 치세. 후조창에 별다른 문제가 없었기에 조운선 출항 이레 전에 떠난 거 아니겠나?"

"이레나 앞서 떠난 사람이 흥양에서 가장 빠른 배 그러니까 비선(飛船)을 비싼 값에 빌려 두고 후조창 조운선들이 오기만을 기다린 까닭이 뭘까?"

"소운이 흥양에서 조운선을 기다렸다고? 확실한가?"

김진이 등 뒤에 놓아뒀던 꾸러미를 꺼내 풀었다. 서책이었다. 내 무릎 앞으로 당겨 제목을 읽었다.

"『종북소선』 아닌가?"

"그렇다네. 홍양에서 찾았어."

"이 서책이 소운의 유품이란 말인가? 담헌 선생도 이걸 밀양까지 가져와서 읽고 계셨다네."

"소운과 내가 그 서책을 일찍이 필사하였지. 나는 건곤일초정에 두었는데, 소운은 먼 여행에 재독하고 싶어 가져왔던가 봐."

"혹시?"

유언이나 밀양에서의 일을 적어 두지나 않았을까 싶어 책장을 재빨리 넘겼다. 김진이 답했다.

"오면서 한 글자 한 글자 훑었네만 더 넣거나 뺀 것은 없네. 담헌 선생이 지닌 『종북소선』과 동일본일세. 문제는 왜 이 서책을 비선까지 가져가지 않고 잠시 맡아 두라며 홍양에 사는 비선 주인의 아내에게 맡겼느냐 하는 거라네. 소운의 책탐(冊貪)은 나보다 더 지독했으이. 더군다나 『종북소선』은 자네도 봐서 알겠지만 참으로 귀한 서책이지 않은가. 그 안에 담긴 연암 선생과 형암 형님 그리고 백탑파의 우정이 너무나도 아름답다네. 한데 왜 서책을 끝까지 지니지 않았을까? 비선에 오르는 것이 그만큼 위험하단 생각을 했던 건 아닐까?"

나는 책장을 덮으며 김진의 추측을 받아들일 수밖에 없었다.

"소운은 줄곧 조운에만 관심을 뒀던 게로군. 그래서 후조창이 있는 밀양에도 가고, 또 그곳을 출발한 조운선을 기다렸다가 뒤쫓은 게야. 한데 대체 무얼 알고 싶어 그랬을까?"

"아직 거기까진 모르겠으이. 자네도 『종북소선』을 읽어 보도록 하게. 마음이 따뜻해지는 책이라네. 이야기를 계속해 볼까? 조군들은 만나 봤는가?"

"오늘 모두 객사 마당으로 불러냈지."

사공들이 치목을 잡은 이로 막내 격군을 각각 지목했으며, 그 격군들을 신문하여 그들이 치목을 잡지 않았음을 밝혀냈다는 이야기를 조금은 신이 나서 장황하게 설명했다. 김진은 귀를 기울인 채 조용히 듣기만 했다. 소설을 순식간에 읽어 치운 사람처럼 내게 물었다.

"그게 끝인가?"

"그렇다네."

한두 마디 칭찬을 해 주리라 여기고 기다렸다. 그러나 김진은 여운을 즐기는 것인지 아쉬운 구석이 남는 것인지 금방 평을 내진 않았다. 답답한 내가 먼저 물었다.

"부족한 거라도 있나? 알려 주면 내일 가서 계속 신문하겠네."

"부족하다기보단, 자네가 응당 확인할 줄 알았는데 건너뛴 부분이 있어서 그렇다네. 그런데 그걸 조군들에게 따져 물을 필욘 없을 것 같기도 하고."

"무슨 소린가 그게?"

"막내 격군들은 치목을 잡지 않아. 상식일세. 벌을 가장 적게 받는 이를 고르다 보니 사공들이 그 어린 격군들에게 책임을 떠넘긴 거겠지. 그럼 자넨 사공을 포함하여 조운선 한 척에 승선한 열여섯 명의 조군 중에서, 배가 침몰할 때 누가 치목을 잡았다고 보는가?"

"내일 당장 그것부터 밝혀낼 생각이었네."

"하지 말게."

"뭐라고?"

"침몰할 때 치목을 움직인 이는 없었으니까. 조운선은 서로 충돌하지 않았으니까."

놀라지 않을 수 없었다. 치목을 쥔 이도 없고, 충돌한 적도 없다?

"어찌 그리 단언하는가? 물증이라도 있나?"

"이 경우는 물증이 없는 것이 물증이겠지."

점점 알아듣기 힘든 말만 골라 했다.

"놀리는 건가?"

"아니야. 자네도 이미 알고 있겠거니 여기고 설명하지 않았을 뿐이라네. 조군들 주장대로 배와 배가 갑자기 충돌하여 침몰하였다면 어찌 되었을까? 배끼리 부딪쳐 침몰한 경우를 선혜청 공문에서 찾아보았다네. 쉰 번이 넘더군. 그 경우 한 군데도 빠짐없이 드러나는 물증이 뭔지 아는가? 증열미라네. 배에 실렸던 세곡들이 쏟아져 바다에 잠기게 돼. 물살에 따라 어떤 세곡은 수심이 깊은 곳에 가라앉지만 어떤 세곡은 암초에 걸리거나 수심이 얕은 곳으로 흩어지지. 해안에서 긴 갈퀴로 건져 올리는 경우도 많았다네. 하지만 올봄 등산진 앞바다에서 침몰한 조운선 두 척에선 건져 낸 증열미가 있었던가?"

"없었네."

"등산진 인근 어부들에게 수소문하여 물었다네. 혹시 조운선에서 나온 세곡을 건진 어부가 있는지 말이야. 단 한 사람도 없었다네. 이건 무엇을 뜻할까?"

김진은 말을 끊고 내게 답을 양보했다. 그의 추측을 따른다면 답은 하나뿐이다.

"일부러 폭파했단 뜻인가?"

"그렇네. 쌀이 전혀 흩어지지 않도록 배의 일부만 폭파하여 가라앉힌 걸세. 선미에서 막내 격군들이 마지막으로 나왔으니 아마도 선수 쪽을 폭파한 듯해."

"그걸 지금 말이라고 하는가? 조군들이 무엇 때문에 배를 폭파한단 말인가? 침몰 후 벌써 두 달이나 감옥에 갇혀 신문을 받고 있네."

"더 큰 보상이 따른다면 불가능한 일도 아니지. 담헌 선생을 독운어사로 임명하고 우리가 함께 내려오지 않았다면 이 사건이 어찌 처리되었을 것 같은가? 한두 달 더 옥에 가둬 뒀다가 슬그머니 조군들을 풀어 줬겠지. 죄가 밝혀지지 않은 이들을 마냥 옥에 가둘 순 없으니까. 그리고 또 조운선을 띄울 봄이 오면 경험이 풍부한 조군이 필요하고 말이야. 그들 중 사공을 제외한 격군들은 대부분 다시 조운선을 탔을 걸세. 사공은 사공대로 두둑하게 한몫 챙겼겠지. 몇 년은 뱃일을 하지 않고도 편히 지낼 만큼."

갑자기 통곡 소리가 내당에서 들려왔다.

김진과 나는 대화를 멈추고 황급히 별당을 나와 달렸다. 이 밤에 곡을 할 이유는 단 하나뿐이다. 저승사자가 진향을 데리러 온 것이다. 김진은 사나흘 정도를 예상했지만 하루를 넘기지 못한 듯했다.

주혜와 옥화가 나란히 마룻바닥에 꿇어 엎드려 안방을 향해 울고 있었다. 김진과 나는 그 뒤에 양손을 모으고 섰다. 열린 방문으로 담헌 선생의 단아한 등이 보였다. 선생은 고개를 약간 숙인 채 미동도 하지 않았다. 그 앞에 방금 숨이 넘어간 진향의 시신이 있으리라. 통곡 소리를 듣고 모인 하인들까지 분주하게 움직이는데, 오직 선생만은 고요 속에 머물렀다. 이승이 아닌 곳, 삶 이전 혹은 죽음 이후를 불러들이는 듯했다. 들끓는 침묵의 시간이었다. 마침내 선생의 두 팔이 거문고 위로 올라갔다. 오른손에 쥔 술대가 가볍게 허공으로 떠올랐다가 내려갔다.

두둥.

거문고 연주가 시작되었다. 영영 떠난 벗, 진향에게 바치는 이별곡이었다.

11장

담헌 선생은 진향의 장례가 끝날 때까지 풍금 제작을 중단했다. 보어사 주지 승암(乘嚴)이 와서 장례를 맡았고, 주혜와 옥화는 사흘 동안 한숨도 자지 않고 문상객을 맞았다. 동율림엔 슬픔에 젖은 그미들의 마음처럼 내내 안개가 깔렸다. 박차홍을 비롯한 '허허실실회' 회원들도 동율림을 찾았다. 박차홍이 주혜에게 위로의 말을 건넸다.

"시가 무엇인지를 아는 탁월한 사람이었네. 망인의 문집을 준비하게. 이대로 지워 버리긴 너무 아까우이. 나를 비롯한 '허허실실회' 일곱 사람이 적극 돕겠네."

주혜가 차분히 답했다.

"감사합니다. 어머니께서도 이 모임을 동율림에서 열게 되어 무척 기쁘다고 여러 번 말씀하셨지요. 문집을 내는 문제는 장례를 마치고 따로 의논드리겠어요."

진향은 화장 후 웅천강에 뼛가루를 뿌려 달라고 승암에게 이미 부탁했었다. 땅속은 답답하다는 농담 아닌 농담과 함께. 주혜는 어머니의 소원대로 이승의 인연을 정리하겠노라고 했다.

아무리 슬픈 일이 닥쳐도 조사를 중단하거나 연기할 수는 없었다. 동율림에서 밤을 새운 김진과 나는 동이 트기 전에 웅천강으로 가서 소선에 올랐다. 후조창이 있는 삼랑진까지 배를 타고 이동하기 위함이었다.

"홍양에 가서 소운의 흔적을 찾으려고 뒤처진 건 아니지 않나? 어란진에서 확인할 일이 남았다고 했는데⋯⋯."

김진은 즉답을 미루고 어둠에서 깨어나기 시작한 강줄기를 쳐다보았다. 강을 따라 드문드문 소나무들이 뭉쳐 있었다. 까마귀와 까치들이 둥지에서 일제히 날아올랐다. 어둠을 털어 내기라도 하듯 상하좌우로 빠르게 오가는 점들이 장관이었다. 그 사이로 하얀 점 하나가 천천히 움직였다. 검은 점들의 경박한 움직임을 무시한 채 묵직하게 곧장 날아오는 새는 백로였다. 엉뚱한 생각이 시 구절처럼 떠올랐다. 이승에 남아 하루를 시작하는 이들이 까마귀와 까치라면, 지난밤 저승으로 훌훌 떠난 진향은 한 마리 백로 같아라! 지나가는 백로를 보기 위해 김진도 나도 목을 길게 뽑고 고개를 치켜들었다.

"맞네. 지난밤 그걸 설명하려는데 망극한 일이 닥치는 바람에 놓쳤군."

김진이 부채의 끝을 왼손으로 움켜잡곤 설명을 시작했다. 손가락이 희고 길었다.

"우리가 두 만호를 만났던 판옥선을 기억하는가?"

"어란진 만호 백보숭의 군선이었지."

"그 배는 포구에 정박한 것이 아니라, 배를 만들기도 하고 고치기도 하는 선소에 올라와 있었다네."

"그게 왜? 군선을 수선하려면, 선소의 굴강에 바닷물을 채워 옮긴 다음, 물을 모두 빼고 배를 밑바닥부터 샅샅이 훑어 고치는 거야 당연한 일이지 않은가?"

"이진진 만호와 어란진 만호는 분명 자신들의 군선으로 조운선을 호위했고 또 조군들을 구했다고 했어. 이진진 만호 강부철은 침몰한 소선 곁으로 다가갔고, 고후를 구한 정상치의 어선을 데리고 전라우수영으로 이동했지. 어란진 만호 백보숭은 조군 서른두 명을 등산진 나루로 옮긴 다음 영암 관아까지 걸어갔고."

"맞아. 두 만호가 그렇게 설명했지."

"어란진 만호의 군선을 수선할 이유가 뭘까 궁금하지 않나? 4월 5일 조운선의 조군들을 구한 뒤 지금까지 만호의 군선이 수선을 받을 만한 일이 있었던가 조사를 해 보았다네. 그 군선에 줄곧 올랐던 격군들에 따르면 특별히 수선을 받을 만한 전투를 치르거나 해로를 오간 적은 없다고 해."

"수선이 미리 예정되었을 수도 있지 않은가? 배가 낡아서 고칠 부분이 급히 생긴 건지도 모르고."

"물론 그럴 수도 있네. 한데 자네 그거 아는가, 벼슬이 높을수록 더 크고 튼튼하고 새 군선을 탄다는 것을? 우수영에선 전라우수사의 지휘선이 가장 새것이라네. 마찬가지로 어란진에 소속된 전선(戰船) 한 척, 병선(兵船) 한 척, 방선(防船) 한 척, 사후선(伺候船) 한 척 중에선 당연히 어란진 만호의 판옥선이 제일 크고 새것일세. 낡은 순서대로 수리를 맡긴다면 어란진 만호의 판옥선은 가장 후순위가 되겠지. 최근 선소에는 판옥선과 협선을 포함해서 어란진의 군선을 수리한 적이 없네. 반년 만에 처음일세. 그리고 놀라운 건 선소에 어란진 만호의 판옥선이 들어온 후 우리가 갈 때까지 계속 거기에 머물러 있었단 걸세."

"이상하군. 두 달 넘게 수선을 할 만큼 배에 큰 문제가 생겼단 말이잖아? 대체 어딜 수선했다던가?"

"함구령이 내렸는지 선소를 출입하는 목수들을 만나는 것부터 어려웠어. 겨우 수선에 참여한 늙은 목수에게 막걸리를 다섯 통이나 받아 주곤 어렵게 얻어 낸 이야기라네. 수선한 곳은 선수 판이라더군. 가로로 판을 짜는데, 밑에서 여섯 번째부터 아홉 번째 판까지 갈았대. 이상한 건 그 판들이 전혀 썩지도 부서지지도 않았다는 걸세. 긁히고 찍힌 자국이 있지만 앞으로 10년은 끄떡없어 보였다더군. 어란진 만호의 명이니 따르긴 했지만, 멀쩡한 판을 뜯어내고 새 판으로 바꿔 낀 건 선소에서 배 수선을 시작하곤 처음이래."

"이상한 일이군. 왜 그랬을까? 백 만호를 다시 만나 따졌는가?"

"아닐세. 따진다고 사실대로 말할 위인도 아니고, 우리가 선수 판을 교체한 사실을 알아냈다는 걸 백 만호에게 알릴 이유도 없지 않겠어? 그냥 바로 흥양으로 나왔다네."

뒷기미 나루를 지나 후조창 나루에 도착하니 날이 훤히 밝았다. 땅에서 아직 더운 열기가 뿜어 나오기 전이었다. 개들이 꼬리를 흔들며 다가오다가 멈춰 섰다. 사람을 반기되 쉽게 곁을 내주지 않는 놈들이었다. 많은 사람들이 오가는 나루에 적응했는지 낯선 이를 보고도 무작정 짖진 않았다. 고개를 들어 빤히 쳐다보는 모습이 짖을까 말까를 자기들끼리 고민하는 듯했다. 김진의 손에 부채 하나만 달랑 들린 걸 확인한 뒤 개들은 뒤돌아서서 흩어졌다. 오우정에서 날아온 참새들이 김해 쪽으로 몰렸다.

"안마을 창고로 가려는가?"

김진이 웃으며 고개를 저었다.

"거긴 야뇌 형님께 맡기고 싶네. 나까지 가서 형님과 마주치면, 아무리 시치미를 뚝 떼고 할 일을 열심히 찾아 하는 형님이지만 손짓이라도 하실지 몰라. 괜히 부담 드리고 싶진 않군. 조운선을 보고 싶어."

"나도 아직 조운선은 조사하지 않았으니 잘되었네. 같이 가세. 후조창 소속 조운선은 총 열다섯 척인데, 지금은 각 고을별로 배들을 점검하라고 보낸 상황일세. 밀양에 속한 조운선은 여섯 척인데, 그중 두 척이 침몰하였으니 네 척이 남았겠군. 창고에서 500보만 내려가면 조운선 전용 나루를 겸한 선소가 있다고 하네."

"그럼 선소까지 걸어가세. 강바람도 쐴 겸."

배를 타고 응천강을 내려오며 강바람은 충분히 맞았다. 이 강을 따라 경상도 내륙의 물품들이 낙동강을 거쳐 남해 바다로 내려가기도 하고, 또 바다에서 내륙으로 올라오기도 했다. 내겐 김진에게 던지고 싶은 질문이 몇 개 더 있었다.

"그럼세. 이제 내게 다 이야기해 준 건가?"

김진이 잠시 검은 눈동자를 빗겨 올렸다가 내리며 답했다.

"그래, 끝까지."

"알겠네."

김진이 물었다.

"자넨 내게 더 말할 게 혹시 없나?"

"물론 없지. 난 언제나 자네에게 다 말한다네, 숨김없이."

"그래, 이 도사 자넨 그런 친구지."

김진과 나는 창고 쪽은 보지도 않고 흐르는 낙동강을 따라 걸음을 옮겼다. 나루에선 황소 두 마리가 나고 들 만큼 길이 넓었으나, 마을에서 멀어지니 겨우 한 사람만 지날 정도로 좁아졌다. 김진이 앞서 걷고 내가 뒤따랐다. 지난밤부터 하려던 질문을 뒤통수에 던졌다.

"담헌 선생과 진향은 정말 그저 우정을 나누는 벗일 뿐인가?"

답이 없었다.

"혹시 자네는 그 이상을 아는 것이 있나?"

이번에도 답이 없었다. 나는 슬그머니 걸음을 멈췄다. 김진은 내가 멈춘 것도 모른 채 휘이휘이 걷기만 했다. 생각에 빠진 것이다. 한 번 궁리를 시작하면 바로 옆에서 천둥이 쳐도 듣질 못하는 친구였다. 그럴 때면 나루에서 만났던 개들처럼 조용히 따르는 수밖에 할 일이 없었다.

조운선들이 멀리 보였다. 김진은 걸음을 늦추지 않았다.

조운선을 지키던 10여 명의 사내들이 우리를 발견하고 강변을 따라 걸어왔다. 양팔을 벌려 흔들어 대며 앞장선 이는 제포 만호 노치국이었다.

"다 왔으이."

나는 등 뒤에서 김진의 어깨를 짚었다. 그제야 김진은 걸음을 멈추고 고개를 들었다. 노치국도 3보 정도 거리를 두고 섰다.

"미리 온다는 연락을 주었으면 말이라도 미리 보냈을 것이오. 한데 이이는……."

노치국과 김진은 초면이었다. 내가 김진을 소개했다.

"규장각 서리 김진입니다. 저와 함께 독운어사를 보좌하란 어명을 받았습니다."

노치국은 스스로를 밝혔다.

"노치국이라 하오. 제포 만호 겸 조운차사원이오."

내가 물었다.

"제포로 돌아가셨을 줄 알았습니다. 아직 할 일이 남았는지요?"

창고에 세곡을 모아 채우고 보관하는 것은 도차사원인 밀양부사 박차홍의 일이고, 제포 만호 노치국은 조운선에 세곡을 싣고 한양까지 운반하는 임무를 맡았다. 창고에 세곡이 아직 반도 차지 않았으니 노치국이 조운선에 와 있을 이유가 없는 것이다.

"박 부사께서 며칠 더 머무르다 가라 하셨소. 홍 어사와 이 도사에게 적극 협조하기 위해 말이오. 이 도사가 창고를 둘러보고 또 조군들과 만났으니 그다음엔 조운선을 보러 오리라 예상했소. 어젯밤 늦게라도 오려는가 하고 기다렸는데, 오늘 아침에야 왔구려."

김진이 노치국의 뒤에 선 사내들을 가리키며 물었다.

"저들은 조운선 관리를 맡은 선직입니까?"

각 조운선마다 두 명의 선직이 배치되었다. 밀양의 조운선은 여섯 척이니 선직은 모두 열두 명인 셈이다. 내가 눈대중으로 헤아리니 열두 명이었다.

"맞소. 아직 출항까진 한 달 넘게 남았으나 미리미리 배를 점검하라 시켰다오."

김진이 불쑥 물었다.

"2000석 세곡이 모이면 지난번처럼 두 척의 배에 각각 1000석씩 실어 옮길 계획인가요?"

노치국이 답했다.

"아니오. 이번엔 각 배에 500석씩 그러니까 네 배에 고루 싣고 떠날 것이외다. 물론 조운선은 최대 1500석까지 실을 수 있소. 1000석씩 실어도 전혀 문제가 없다 이 말이오. 하지만 지난번에 1000석씩 싣고 떠났다가 사고가 났으니 이번엔 500석씩만 실어 안전하게 운반할 계획이오."

김진이 질문의 방향을 돌렸다.

"4월 5일 조운선 두 척이 침몰할 때도 만호께선 가까이 계셨겠군요."

"조운에 대하여 얼마나 알고 있는지 모르겠지만, 보통 조운선은 서른 척을 한 종(綜)으로 묶어 함께 움직인다오. 그런데 후조창의 조운선은 열다섯 척이고, 다른 조창의 조운선과 만나지 못하여 열다섯 척으로 계속 남해를 지나 서해로 올라갔다오. 당연히 나도 조운선을 타고 함께 움직였소. 내가 탄 배는 천(天)이오. 평소라면 열다섯 척이 가까이 붙어 한 몸처럼 움직인다오. 천은 보통 최후방을 맡아 왔소. 열네 척을 모두 보낸 뒤 바닷길을 따른다 이 말이오. 한데 4월 5일 그날은 해무가 너무 짙었소. 그래서 배들이 뿔뿔이 흩어진 게요. 최후방에서 배들을 살피며 쫓아간다고 여겼는데, 현(玄)과 황(黃)이 뒤처지는 것을 챙기지 못하였소. 후회막급이오."

"언제 어디서 조운선 두 척이 없음을 알았습니까?"

"영광(靈光)에 거의 다 가서라오. 당장 배를 돌려 사고 현장으로 달려가고 싶었으나, 열세 척의 조운선을 무사히 한양까지 이끄는 것이 또한 차사원의 임무이기에 계속 북쪽으로 올라갔던 게요."

"사건을 조사한 공문은 만호께서 광흥창에 세곡을 내려 놓은 후 달려와서 작성한 것이겠군요."

"그렇소. 목격자들을 최대한 수소문하여 듣고 정리했소."

"그 목격자들이 누굽니까?"

김진의 물음에 노치국은 즉답을 못했다. 목격자란 단어를 붙들고 파고들 줄은 몰랐던 것이다.

"누구긴 누구겠소? 구조된 서른두 명의 조군과 그 조군을 구한 어란진 만호와 이진진 만호, 어부 정상치와 소선에서 구조된 악공 고후라오."

김진이 이의를 달았다.

"고후는 목격자가 아니겠지요. 맹인이니 이격자(耳擊者)라면 모를까……."

노치국이 눈을 부라렸다.

"지금 나랑 말장난하는 게요?"

김진이 물러서지 않고 질문을 이었다.

"장난이라뇨? 아닙니다. 확실히 해 두자는 것이죠. 고후에게 얻은 것들은 소리가 대부분이지 않습니까? 한데 고후를 직접 만나 보셨습니까?"

노치국은 콧김을 씩씩 내뿜었다. 씨름이라면 기술을 걸어 빠져나갈 텐데, 김진의 질문들 앞에선 피할 구석이 없었다.

"만나지 못했소."

우수영에선 사흘만 조사하고 둘을 방면했다고 했다. 그리고 맹인 악공은 혀가 잘렸고 악공을 바다에서 구한 어부는 목숨을 잃었다.

"고후의 증언은 어찌 모으신 겁니까?"

"고후의 답변을 빠짐없이 적은 공사(供辭)를 전라우수사인 유공(柳共) 장군께서 보내셨다오. 어란진 만호 백보숭이 악공 고후와 어부 정상치를 신문하였더군."

"고후의 이야기 중에서 특별한 것이 있습니까?"

"원한다면 우수사가 보낸 글을 보여 드리리다. 김 호방에게 잘 챙겨 두라 일렀으니 밀양 관아에 있을 게요."

"알겠습니다. 나중에 검토하겠지만, 특별한 부분이 있다면 지금 듣고 싶습니다."

"별다른 게 없었소. 피리 연주에 열중하고 있었는데 갑자기 배가 기울기 시작했다고 하오. 그 후로는 여기저기서 비명이 들리고 물건들이 부딪치는 소리가 났다 하오. 그 정도요. 눈이 먼 데다 처음 나온 바다에서 배가 침몰하기 시작했으니 얼마나 겁이 났겠소? 기절하지 않은 것만도 다행이라오."

"그렇겠군요. 하나만 더 여쭙고 싶습니다. 목격자 이야기가 나와서 말입니다만, 소선에 탔던 이들이 목격자일까요? 조운선의 조군들이 목격자일까요?"

"무슨 소리요, 그게?"

나 역시 질문이 무엇을 노리는지 몰랐다. 김진이 선직들
까지 골고루 눈을 맞춘 뒤 고쳐 물었다.

"조운선과 소선 중 어느 쪽이 먼저 침몰하였는지 여쭙
는 겁니다. 소선이 먼저라면 조운선에 탔던 조군 중 목격
자가 있을지도 모르고, 조운선이 먼저라면 소선에 탔던 조
택수를 비롯한 실종자들 중 목격자가 있을지도 모르지 않
겠습니까? 소선에 탄 이들은 대부분 실종되었고 구조된 이
는 맹인이니 확인이 어렵겠고, 조운선의 조군들은 혹시 소
선에 관하여 무슨 이야길 안 하던가요?"

"정상치는 소선만 겨우 발견했을 뿐 조운선을 보진 못
했다고 했소. 이진진 만호 강부철의 증언도 있긴 하오. 소
선이 있던 곳까지 가니 배는 이미 가라앉았고 나무 파편뿐
이었다고 했소. 소선까지 100보쯤 이동했으니 그 시간까지
감안한다면, 소선이 조금 빠르거나 아니면 거의 비슷한 때
에 침몰한 것으로 추측은 하겠으나 명확하진 않소."

김진이 빙긋 웃어 보였다.

"그렇군요. 거의 동시에 침몰했다면 목격자가 더 늘긴
어렵겠습니다."

노치국이 돌아서서 선소로 향했다. 열두 명의 선직은 호

위하듯 우리를 따랐다.

선소에는 모두 네 척의 조운선이 묶여 있었다. 선미의 깃대에는 각각 천(天), 지(地), 우(宇), 영(盈)이란 글자가 적힌 깃발이 휘날렸다. 김진이 배들을 보며 노치국에게 물었다.

"아직 세곡을 싣진 않았겠군요?"

"그렇소."

"이번에 침몰된 현과 황은 개조(改造)를 마친 배라 들었습니다."

조운선의 수리 역시 법으로 정해 두었다. 3년 만에 하는 수리를 개삭(改槊)이라 하고, 6년 만에 하는 수리를 개삼(改杉)이라 하며, 10년이 되었을 때 하는 수리를 개조라고 한다. 개조를 했다는 것은 조운선 중에서 가장 낡은 배란 뜻이다.

"그렇소. 하지만 대송(大松) 100그루에 잡목 100그루까지 얹어 수리를 했기에 거의 새 배와 다름이 없소이다."

"저 중에서 개삭한 배가 있습니까?"

"우와 영이라오."

"개삼한 배는 있습니까?"

"지라오."

"그럼 천은?"

"천은 현과 황보다도 낡았소. 12년 전에 만들어진 배라오. 작년 조운이 끝난 뒤부터 여름과 가을 그리고 겨울 내내 이 세 척을 개조하느라 선풍(善風) 할아범이 아주 고생을 했소. 덕분에 우나 영보다도 더 튼튼하고 빠른 조운선이 되었소."

내가 끼어들었다.

"선풍 할아범이 누굽니까?"

"조운선을 만들고 수선하는 도목수라오. 이 나라에서 최고 솜씨를 지녔다오. 마산창, 가산창, 삼랑창의 조운선 쉰다섯 척 모두 선풍 그 사람이 만들었다고 해도 과언이 아니오. 솜씨가 너무 뛰어나서 전라도나 충청도의 조운선까지 수선하러 다닌다오. 선풍 할아범이 환갑에 본 아들 광우(光雨)도 아비를 닮아 나무 다루는 실력이 보통이 넘소이다. 아, 마침 저기 광우가 있군. 광우야!"

노치국이 부르자 천에 타고 있던 광우가 날듯이 배에서 내려 달려왔다. 겨우 스무 살을 넘겼을까. 나무망치를 손에 든 채 꾸벅 절했다. 흰자위가 유난히 많은 눈은 조금만 찡그려도 자글자글 주름이 졌다. 장난기 많은 얼굴이었다.

"부르셨습니까요, 장군!"

만호에게 장군은 지나친 호칭이지만, 노치국은 싫지 않은지 농담을 걸었다.

"선풍 할아범이 올핸 꼭 며느리를 보겠다 하던데, 손목이라도 몰래 쿤 계집이 있느냐?"

광우는 늘 당하는 일인 듯 술술 답했다.

"전 계집 필요 없습니다."

"배와 결혼했다는 헛소릴 또 하려는 게야?"

"헛소리 아닙니다. 사실입니다요."

"선풍 할아범은 어디 있느냐?"

"그게, 아버진 허리가 안 좋아서 집에 누워 쉬고 계십니다요. 벌써 두어 달 전에 우와 영에 새로 바꿀 갑판을 직접 골라 드시다가 삐끗하였는데 영 낫지가 않습니다. 시키실 일 있으면 말씀하십시오. 제가 최선을 다해 하겠습니다요. 혹시 부족한 게 있으면 누워 계신 아버지에게 물어서라도 바꾸겠습니다요."

"여든 살을 넘겼으니 조심해야지. 판목을 드는 일 따윈 다신 못하게 네가 책임지고 말려. 선풍 할아범이 없으면 경상도의 조운선은 움직이지도 못한다. 알겠느냐?"

"명심하겠습니다."

노치국이 돌아서서 우리에게 말했다.

"조운선을 만들고 고치는 것에 관해 궁금한 점 있으면 광우에게 물으시오. 걸음마 때부터 선소에서 놀았으니 모르는 게 없을 게요."

나는 김진을 쳐다보았고 김진은 광우를 바라보았다. 그

338

렁지만 질문은 노치국에게 했다.

"조운선을 살펴봐도 됩니까?"

노치국이 답했다.

"좋을 대로. 광우가 그럼 안내를……."

"바쁜 사람 시간 뺏기 싫군요. 편하게 구경만 하려고요. 조운선은 처음 타 보는 것이라서 흥분되는군요. 그렇지 않아?"

"그, 그래."

나는 얼떨결에 맞장구를 쳤다. 노치국이 광우와 눈을 맞춘 후 답했다.

"그리하오. 하지만 조운선에 실어 놓은 물건들은 노 하나도 맘대로 만지거나 옮기지 마오."

"알겠습니다. 보기만 하겠습니다."

김진과 나는 조운선 천으로 올라갔다. 우리 둘을 제외하곤 배에는 아무도 없었다. 멀리서 보니 노치국은 여전히 우릴 올려다보는 중이었고, 광우는 그사이 다른 배로 사라졌는지 보이지 않았다. 목소리 낮춰 물었다.

"뭘 구경하겠다는 건가?"

김진이 갑판을 발바닥으로 구르며 답했다.

"뭐든! 등산진 앞바다에 침몰한 현과 황은 건져 올리지 못한다네. 그렇다면, 그 두 배와 비슷한 조운선이 바로 이 배 하나뿐인 셈이야. 이 배를 잘 살펴야 현과 황이 세곡을 싣고 바다로 나갔을 때 배의 상태를 추측할 수 있단 뜻일세."

"그렇겠군."

"흩어져서 살펴보도록 하세. 난 좀 생각할 것들이 남아서 말이야."

"알겠네."

대답은 했지만 나는 이 배에서 무엇을 살펴야 할지 몰랐다. 갑판에 서서 햇살을 받으니, 밤샘의 피로가 한꺼번에 밀려들어 눈이 자꾸 감겼다. 세곡을 넣는 갑판 아래 고(庫)로 사다리를 타고 내려갔다. 텅 빈 고는 말끔하게 치워져 있었다. 구석엔 세곡 섬을 이어 묶는 줄들이 똬리를 튼 뱀처럼 쌓였다. 그늘진 고는 시원했다. 갑판 위를 바삐 오가는 김진의 발자국 소리가 자진모리로 들렸다. 그도 곧 갑판 아래로 내려왔다. 선수에서 선미까지 큰 걸음으로 걷더니 몸을 반으로 틀어 배의 우현에서 좌현까지 오갔다. 갑자기 사다리를 다시 타고 갑판으로 올라갔다.

"왜 그러나?"

불러도 답이 없었다. 무시하고 돌아누워 눈을 감았다.

"참, 사람도!"

낮잠이 쏟아질 것 같았은데, 김진의 쿵쾅대는 발소리 때

문에 잠이 다 달아났다. 도둑잠을 포기하고 갑판으로 올라
갔다. 김진은 배에서 내려 선수 쪽 호줄 아래 서선 수면에
서부터 내가 선 갑판까지 천천히 올려다보았다. 내려오라
고 손짓했다. 나는 배를 내려가서 곁에 섰다. 김진이 속삭
였다.

"두리번거리지 말게."

"노 만호가 감시하고 있나?"

"당연히 그렇겠지. 하지만 노치국은 관심 없네."

"그럼?"

"광우!"

"그 목수가 우릴 훔쳐보고 있다고?"

"도둑이 제 발 저린 법이니까. 광우가 우릴 찾아와서 죄
를 모두 실토하게 만들고 싶은데, 자네가 좀 도와주게."

"실토를 한다고? 뭘 어떻게 도와달란 거야?"

"내가 지금부터 우리 앞의 이 배, 그러니까 조운선 천에
관하여 설명을 하겠네. 자넨 놀란 듯 어깨를 흔들고 두 눈
을 부릅뜨면 돼."

김진과 눈을 맞추며 고개를 끄덕였다. 김진이 부채를 접
어 들곤 조운선을 가리키며 이야기를 시작했다.

"자네도 알겠지만, 후조창의 밀양에 속한 조운선 여섯
척은 크기가 같다네. 폭을 보자면, 선수가 10척, 중앙부가

13척, 선미가 7척 반일세. 높이를 보자면, 선수가 10척, 중
앙부가 11척, 선미가 9척 반이지. 선수에서 선미까지 총 길
이는 57척이라네."

나는 김진의 입에서 막힘없이 나오는 숫자에 놀라지 않
을 수 없었다. 속삭이듯 물었다.

"그걸 언제 파악하고 외웠는가?"

"내가 어찌 알겠나? 숫자에 밝은 담헌 선생이 공문을 미
리 다 살펴보시곤 챙겨 주신 걸세. 지난밤 뵙자마자 조운
선의 내부와 외부에 대한 상세한 그림과 함께 정확한 크기
를 알려 주셨어. 개삭, 개삼, 개조 과정에서 크기는 전혀 변
함이 없단 말씀도 하셨고. 숫자에 무척 강한 분이란 건 자
네도 알지?"

"그랬었군. 계속해 보게."

"조운선은 불법으로 증축되었다네."

"증축이라고?"

김진이 손을 뻗어 배를 가리켰다.

"자, 가로로 붙인 선수 판을 세어 볼까? 빈 배는 보통 세
개에서 네 개 정도가 물에 잠기지. 네 개라고 치고, 수면 위
에 나온 판을 같이 세어 보게나."

"스물한 쪽이로군."

"수면 밑의 판까지 합치면 모두 스물다섯 쪽일세. 보통

선수에서 가로로 이어 붙이는 판은 많아야 열일곱 쪽이라
네. 여덟 쪽이나 더 많아. 아까 사다리로 갑판에서 고로 내
려갈 때 발대중으로 재어 보니 높이가 족히 13척은 넘었어.
폭도 13척에서 14척 반으로 넓혔더군. 이 정도면……."

말허리를 자르지 않을 수 없었다.

"잠깐. 이건 매우 심각한 범죄라네. 각 조운선의 크기는
도차사원은 물론이고 선혜청까지 보고가 되네. 맘대로 늘
였다 줄였다 할 수 없어."

"나중에 자로 정밀하게 재어 봐도 좋네. 방금 내 걸음으
로 대충 재었지만 너무나도 차이가 크다네. 불법 증축이
분명해. 이 정도로 크게 만들려면 개삭이나 개삼으론 부족
하지. 작년에 개조할 때 배를 증축한 게 분명해."

"선풍 할아범과 광우가 했겠군."

"그들의 솜씨가 경상도에서 으뜸이라고 하지 않는가. 하
지만 자네 말대로 일개 도목수 따위가 조운선 증축을 결정
할 순 없지."

"지시를 한 사람이 누구란 말인가? 노치국인가?"

"차사원이 모를 리 없겠지."

"박차홍은?"

"도차사원이 눈뜬장님이 아닌 다음에야 어찌 모르겠는
가?"

뒤통수가 뜨거웠다. 광우가 우리 이야기를 듣고 있다면 너무 놀라 쓰러지리라.

"두 가지가 궁금하군."

김진이 고개를 끄덕였다.

"먼저 조운선이 넓어지고 높아졌다고 해서 문제가 생기는 건 아니지 않나?"

"침몰 가능성을 묻는 건가? 자네 말이 맞네. 단순히 배가 커졌다고 더 잘 침몰하는 건 아니지. 하지만 거기에도 두 가지 짚을 부분이 있어. 하나는 배만 커졌지 나머지 도구들은 그대로란 점일세. 돛이라거나 닻이라거나 노라거나 하다못해 호줄까지도 배가 커지면 그만큼 무게와 크기를 고려하여 나머지 기기를 바꿔야 해. 하지만 거기까지 신경을 쓴 것 같진 않네. 두 번째가 더 큰 문제인데, 증축할 때 사용한 나무가 문제일 듯해. 배를 키우느라 나무들이 꽤 많이 들어갔겠지? 나라에선 대송 100그루와 잡목 100그루로 개조에 필요한 나무를 한정했으이. 증축을 위해선 그보다 더 많은 나무가 있어야 하니, 어디서 어떤 나무를 가져다가 썼는지 선풍 할아범이나 광우와 이야길 나눠 보고 싶군. 적어도 난 목수들이 일방적으로 당했다곤 보지 않네. 불법으로 증축이 결정되었고, 그에 따라 목수들이 불법으로 배를 고치는 일에 동원되었다면, 목수들 역시 특별한 보상을 받으려고 했겠지. 특히 선풍 할아범처럼 평생 조운선을 만든 도목수의 입을 주먹질이나 협박으로 막진 못해. 아무래도 난 그가 규정대로 나무를 잘라 썼을 것 같지 않네."

선풍과 광우에게 확인할 부분이 있지만 무리한 추측은 아니었다.

"증축된 배에 대한 소문이 나지 않게 하려면 조군들 입도 막아야 해. 배에 예민한 사람들 아닌가?"

김진이 멀리서 우릴 바라보는 열두 명의 사내를 쳐다보며 답했다.

"조군들뿐이겠는가? 저 선직들까지 다 알고 있었겠지."

"그런데 왜 관아에 알리지 않는 게지?"

"관아에 알리면? 후훗 잘 들게나. 불법 증축을 도차사원인 밀양부사가 지시했다면 조군과 선직들이 관아에 고변을 해 봤자 끌려가서 곤장만 맞을 일이야. 또 마산창과 가산창까지 이런 식의 불법 증축을 일삼아 왔다면, 다들 암암리에 하는 짓으로 대충 무시하고 넘어갔다고 봐야 하겠지. 내 돈 들여 쓸 배 아니니 이래도 그만 저래도 그만 아닌가."

"증축을 했다는 건 기록에 남지 않는 여유 공간이 생겼다는 뜻이라네. 거기에 물품을 실어 나른다면 감쪽같겠군."

"맞아. 증축하여 늘어난 공간만큼 누군가 큰 이득을 봤겠지. 물론 선풍도 그 이득에서 얼마간 떡고물을 챙겼으리라 여겨지네."

"이득이 어느 정도일까?"

"상상하기 어렵네. 선풍이 수선한 배가 몇 척이나 되는지 우선 조사를 해 봐야 하고, 또 그 공간에 무엇을 싣느냐에 따라 불법으로 이득을 얻는 규모가 엄청나게 달라질 테니까. 자네 같으면 그 공간에 세곡을 싣겠는가? 나 같으면, 이왕 불법으로 증축하여 공간을 마련하였으니 귀품(貴品)을 실어 나르겠네."

"귀품이라 하면?"

"금이나 은 혹은 인삼이나 비단. 세곡보다 열 배 아니 백 배 더 값이 나가는, 그렇지만 은밀히 옮겨야 하는 물품들이지. 조운선 증축은 밀양부사와 선소 도목수가 손을 잡는 수준에서 이뤄진 게 아니라네. 둘은 수면에 드러난 이름일 뿐이고, 증축된 조운선을 통해 엄청난 이득을 챙기는 자들은 그 아래에 숨어 있겠지."

"이렇게 썩었을 줄은 몰랐네. 나라 전체가 푹푹 썩은 배로군."

김진이 심각한 표정으로 말했다.

"그 배를 구하려고 소운이 뛰어들었던 걸세. 그리고 지금 우리도 그 배에 탔고. 썩은 배와 가라앉는 편이 쉽겠는가, 그 배에서 탈출하는 편이 쉽겠는가?"

"탈출해야지."

"탈출하는 편이 쉽겠는가, 탈출할 수 있음에도 죽음을 각오하고 썩은 배에 남아 그 배를 어떻게든 포구로 가도록 이끄는 편이 쉽겠는가?"

외면하지 않고, 살아날 기회가 있는데도 목숨을 던져 맞선 이의 자리에 조택수를 놓으려는 것이다.

"알겠네, 쉽고 어려움의 문제가 아니란 것을. 그런데 당장 선풍과 광우를 잡아들이지 않는 이유는 무엇인가? 이 조운선 자체가 물증 아닌가. 물증이 확실하니 둘을 신문하면 부패의 사슬들이 줄줄이 드러날 것이야."

마음이 급했다. 눈앞의 죄인부터 붙들고 보는 의금부 도사의 오랜 습성 때문인지도 몰랐다. 김진이 반대했다.

"스스로 털어놓게 만들어야 하네. 궁지로 몰면 오히려 역효과가 날 걸세. 목이 잘릴 만큼 무거운 범행을 아무렇지도 않게 해치운 녀석들임을 잊어선 안 돼. 기다려야 하네. 나랑 의논하기 전엔 목수들을 잡아들이지 않겠다고 지금 여기서 약조하게."

12장

저녁을 먹는 둥 마는 둥 하고 초저녁부터 객사에서 잠이 들었다. 겸상을 한 김진은 잠시 마당을 거닐다가 들어가겠다고 했다. 축시(밤 1시)에 눈을 떴다. 곁에 김진은 없었다. 이불을 펴지 않은 것을 보니 객사로 걸음하지도 않은 듯했다.

말을 달려 동율림으로 갔다. 담헌 선생은 여전히 상가(喪家)에 머무르고 있었다. 진향에겐 결혼 안 한 외동딸 주혜밖에 없었기 때문에, 선생이 상주 아닌 상주 노릇까지 했다. 내가 갔을 때는 문상객들이 대부분 다녀간 뒤였다. 내일 사시(아침 9시)에 동율림 앞 강가로 시신을 옮겨 화장할 예정이었다. 주혜와 옥화는 내일 음식 준비를 위해 부엌으로 갔고 방에는 선생과 나만 남았다.

"좀 쉬십시오. 이틀째 꼬박 뜬눈이십니다."

"괜찮네."

"많이 놀랐습니다."

솔직하게 말했다. 선생은 내 마음을 헤아린 듯 옅은 미소를 지어 보였다.

"주혜는 객사나 지음당으로 가서 쉬라고 권했지만, 내가 있겠다고 했네."

"아무리 친하게 지냈다고 해도 한낱 퇴기일 뿐입니다."

"자넨 뭔가?"

선생의 물음이 짧고 날카로웠다. 즉답을 못하고 눈만 끔벅거리는 내게 고쳐 물었다.

"자넨 한낱 의금부 도사 아닌가? 한낱 양반 아닌가? 한낱 인간 아닌가?"

"그, 그렇습니다만……."

"나도 그러하다네. 한낱 인간인 내가 한낱 인간으로 살다 죽은 친구의 마지막을 지킨다고 무슨 문제가 되겠는가? 하늘에서 본다면 우린 다 같네."

"하지만 진향은 가족이 아니지 않습니까? 또한 우린 어명을 받들어 조운선과 소선 침몰 사건을 조사하러 이곳에 왔습니다. 예의에도 상식에도 맞지 않는 일입니다."

"예의란 게 도대체 무엇인가?"

"사람의 도리를 다하는 것이지요."

352

"사람의 도리란 건 또 무엇이고?"

"사람이 사람답게 사는 것 아니겠습니까?"

"사람이 사람답게 살기 위해서 가장 중요한 것이 무엇이라 생각하는가? 예의를 따르는 것? 그 예의는 누가 정하였는가? 무엇을 근거로 그것을 예의라 하고, 이것은 예의가 아니라고 하는가?"

"성현의 말씀에……."

"공자와 맹자의 생각을 묻는 게 아니라, 의금부 도사 이명방의 생각을 묻는 거라네."

침묵이 이어졌다. 밀양에 온 후 선생이 이처럼 언성을 높인 적은 없었다. 선생의 따뜻한 마음을 몰라서가 아니다. 그 진심을 의심하지 않는다. 그러나 흉문이 퍼질 것이다. 문상을 왔다 간 사람치고 상주 노릇을 하는 선생을 보며 고개를 갸웃거리지 않은 이가 없었다. 진향과 선생을 하나로 묶은 온갖 더러운 억측이 밀양을 감싸고 경상도 전체로 퍼질 것이다. 선생은 세인의 입방아엔 관심이 없다. 어찌보면 우정을 중히 여기는 선생답고 어찌 보면 넘치지도 모자라지도 않는 단정한 삶을 추구하는 선생답지 않다. 이윽고 선생이 스스로 답했다.

"겸애(兼愛)! 서로 사랑하면 천하가 잘 다스려지고 서로 미워하면 천하가 어지러운 법이지. 내가 아닌 남을 사랑하는 것보다 더 인간다운 것이 무엇이겠는가? 누군가를 사랑할 때, 상대가 빈자인가 부자인가, 양반인가 천인인가는 전혀 문제가 되지 않는다네."

조심스럽게 묻지 않을 수 없었다.

"겸애, 그 단어는 묵자에게서 온 것이 아닌지요?"

공맹과 묵자는 상극이다. 유교를 숭앙하는 이 나라에서 묵자는 오직 비난의 소재로만 쓰였다. 그런데 방금 선생은 공맹의 예의보다 묵자의 겸애가 인간 됨의 근본이라고 주장한 것이다. 백탑파 사이에서 더러 왕양명이나 이탁오의 이름을 듣기는 했다. 성리학과는 전혀 다른 길에 선 사람들이지만, 그들의 뿌리는 어쨌든 공맹이었다. 그러나 묵자라면 이야기가 달라진다. 묵자를 지지하는 이는 더 이상 유학자가 아닌 것이다. 퇴기든 양반이든 혹은 왕이든, 겸애의 정신으로 만인을 차별 없이 대하겠다고 주장하는 유학자가 어디 있겠는가. 선생은 어디까지 나아간 것인가. 어디에 서서 세상을 바라보고 있는가.

"그렇네. 하지만 단어가 어디서 왔는지를 따지는 건 중요하지 않네. 뺨에 닿는 이 바람은 어디서 왔는가? 하늘의 구름은 또 어디서 왔고? 공맹만이 오직 진리를 말한다는 생각은 버리도록 하게. 많은 이들이 저마다의 시절에 저마다의 문제를 풀기 위해 고군분투했으며, 거기서 얻은 깨달

음들을 몇 개의 단어나 몇 개의 문장 혹은 몇 권의 서책으로 정리했다네. 선입견 없이 두루 깨달음들을 살펴야 해. 공관병수(公觀倂受), 즉 공평한 눈으로 여러 사상의 장점을 받아들이는 자세가 공부에서 가장 중요하다네. 묵자도 무작정 배척부터 하지 말고 읽어 보도록 하게. 내게 도움을 준 문장이 제법 많았다네. 자네에게도 새로운 생각들을 많이 불러일으킬 걸세. 나는 지금 먼저 저세상으로 떠난 친구에 대한 최대한의 예의를 다하고 있음도 알아주었으면 하네."

도끼로 뒤통수를 얻어맞은 기분이었다. 한없이 부드러우면서도 강하고 곁에 가까이 있는 듯하면서도 홀로 멀리가 있는 사람이 바로 담헌 선생이다. 주변을 돌아보며 목소리를 낮췄다.

"조운선의 불법 증축을 확인했습니다."

선생이 고개를 끄덕였다.

"화광에게 이야기 들었네."

역시 김진이 이곳으로 온 것이다.

"언제부터 알고 계셨습니까?"

"얼마나 증축했는가는 화광에게 듣고서야 알았지만, 조운선의 증축과 과적은 오래전부터 예측하고 있었다네."

"오래전이라 함은 독운어사로 임명되기 전부터 아셨단

겁니까?"

"신왕이 등극하기 전부터 짐작했지. 사검서가 규장각으로 들어가기 전부터, 내가 세손과 마주 앉아 학문을 논하기 전부터라네. 그때도 종종 조운선이 침몰했지. 조류가 느리고 암초가 없는 곳에서도 배가 가라앉았다네. 하삼도를 여행하는 길에 조운선을 구경 삼아 살펴봤다네. 정해진 치수를 자로 재진 못했지만, 같은 크기라는 배들이 어림짐작으로도 들쑥날쑥하더군. 나라의 허락도 받지 않고 배를 증축했으니, 그 안에 어떤 물품을 얼마나 싣는지 우린 알지 못한다네. 세곡 1000석이 기준이지만 공간이 더 생겼으니 몰래 뭔가를 싣는다고 해도 적발하기 어려워. 이 문제를 전하께서 세손이던 시절에 의논드린 적이 있네."

담헌과 세손, 사사롭게는 가르치는 자와 배우는 자였다. 선생은 존현각에서의 일을 밝히길 매우 꺼렸다. 김진과 내가 거듭 청하면 겨우 몇 부분을 더듬더듬 들려주다가 그마저 중간에서 멈춘 적이 대부분이었다. 그 조각들을 모아서 종합해 보자면, 웬만한 신하보단 공부를 더 많이 했노라 자신하는 세손의 질문은 늘 날카로웠다. 글자 하나를 붙들고 한나절을 씨름하기도 하고, 시에서 역사로 역사에서 천문으로 그 영역이 예측하기 어려울 정도로 건너뛰었다. 제아무리 기억력이 좋은 선생이라고 해도, 수천 권의 서책을 속속들이 외울 수는 없었다. 다른 신하들은 대충 얼버무리고 넘어가려다가 약점이 잡혔다. 담헌 선생은 아는 건 상세히 설명하고 잊거나 모르는 건 서책을 살펴 다시 아뢰겠다고 솔직히 밝혔다. 질문에 비약이 심할수록 선생의 대답은 돌다리를 두드리듯 차분히 가라앉아선 거북이걸음을 옮겼다. 당장 글자나 문장의 쓰임을 확인하겠다고 하면 주합루나 관문루 혹은 동이루나 홍월루에 가서 서책을 찾아오는 것도 마다하지 않았다.

그제야 나는 담헌 선생이 조운선 침몰 사고를 조사하는 독운어사로 뽑힌 이유를 알았다. 미리 이 문제에 관해 신왕의 세손 시절 깊이 대화를 나눈 것이다.

"그 밤의 이야기가 궁금하군요."

"백탑 아래에서 우리들이 나누는 대화랑 비슷했지. 서책에 눈이 가면 그 문장의 깊이에 관해 이야기하고, 음률에 귀가 가면 그 소리의 아름다움에 관해 이야기하고, 고개를 들어 밤하늘을 우러르는 날엔 별에 관해 이야기했다네. 특히 세손께선 빗자루별에 관심이 많으셨지."

"혜성 말씀이십니까?"

"맞네. 기묘년(1759년)의 『성변등록』을 함께 읽으며 제법 긴 이야기를 나누었네. 그 서책을 본 적이 있는가?"

"없습니다."

종구품 의금부 도사가 21년 전에 나타난 혜성에 관한 기록까지 살필 여유는 없었다.

"궁금하면 화광에게 얻어 보도록 해. 필사본을 한 부 가지고 있더군."

서운관에 보관 중인 『성변등록』을 허락 없이 필사하는 것은 불법이다. 그러나 김진의 서재에는 나라에서 금하는 서책들이 적지 않으니, 혜성에 관한 책 한두 권이 끼어 있다고 해도 특별한 일은 아니다.

"알겠습니다. 한데 세손께선 혜성에 관해 어떤 질문을 하셨는지요?"

"혜성이 정말 사람의 길흉에 영향을 미치느냐고 하문하셨다네. 혜성 때문에 총명해지기도 하고 정신이 흐려진 경우도 있느냐고 덧붙이셨지. 빗자루별은 별의 운행 중 하나일 뿐이고, 그 때문에 길흉이 생기거나 개개인의 정신에 영향을 끼치는 건 아니라고 말씀드렸어. 혜성에 지대한 관심을 쏟으신 이는 선왕이시라네. 조정 회의에서도 여러 차례 관상감들에게 하문하셨고, 『성변등록』에 혜성 그림을 최대한 상세히 그리라는 명도 내리셨지."

그리고 잠시 진향의 위패 아래 타오르는 향을 쳐다본 후 말을 이었다.

"난 어렵겠지만 자네라면 기묘년에 왔던 빗자루별을 다

시 보겠구만. 기묘년(1759년)에서 76년 후니 을미년(1835년) 쯤이겠군. 장관일 게야."

"76년 뒤에 혜성이 다시 온다고요? 어찌 장담하십니까?"

담헌 선생이 고개를 들어 천장을 봤다. 희고 야윈 목이 쓸쓸했다.

"연경에서 들여온 여러 서책들을 검토하여 얻은 추측이라네. 오지 않는다면 그 또한 큰일이겠지. 우주는 무한히 넓으니 무슨 일이 벌어질지 예측하긴 어려워. 하지만 아마도 올 거야. 기묘년까진 76년마다 왔으니까. 잊지 말게. 을미년일세."

을미년은 너무나도 멀었다. 미래에 돌아온다는 빗자루별보다 늘 품던 질문을 조심스럽게 꺼내 놓았다.

"홍 대장과도 함께 세손을 뵈셨지요?"

홍 대장은 전하께서 즉위한 후 숙위대장을 지낸 홍국영을 가리킨다.

"그렇네, 서연에서 몇 번."

"그즈음부터 홍 대장이 연암 선생께 앙심을 품었다고 들었습니다만⋯⋯."

"오해였지. 사도세자를 죽음에까지 이르게 한 노론 벽파(僻派)로 연암을 간주했으니 말일세. 그 집안에서 태어난

359

것은 어쩔 수 없다 하여도, 연암은 그때도 지금도 당색과
는 상관없이 두루 사람을 사귀고 세상을 살폈다네."

"사사로운 이야기도 주고받으셨는지요?"

"서연을 위해 여러 가지를 의논했다네."

"어떤 사람이었습니까, 홍 대장은?"

선생이 사람에 대한 품평을 아낀다는 것을 알면서도 물었
다. 나도 '방각살옥'을 다루며 몇 번 홍국영과 만나고 대화한
적이 있지만, 선생의 시선으로 사람됨을 살피고 싶었다.

"의욕이 넘쳤네. 앉아서 서책을 깊이 궁구(窮究)하기보
단 세손의 뜻을 미리 읽고 바삐 움직였지. 그렇다고 서책
을 멀리한 사람은 아니야. 오히려 그 반댈세. 글 욕심이 많
아서, 좋은 글은 정성 들여 필사했고 지은 글은 품평을 받
길 원했다네. 어느 날은 『연기』의 일부를 옮겨 와선 물어보
더군."

"뭐라고 물었는지요?"

"청나라가 정말 이렇듯 잘사는 것이 맞느냐고. 과장이
아니냐고. 보고 들은 대로만 기록하였다고 답했다네."

"홍 대장의 글을 품평해 주신 적도 있으신가요?"

"있네. 하지만 어찌 평했는지는 정확히 떠오르질 않는군."

"혹시 연암 선생에 관해서도 이야기를 나누셨나요?"

"지나치듯 한 번. 하기에, 백탑 아래 사는 내 친구 연암

은 나보다 훨씬 낫다고 했었지."

"하면 홍 대장이 연암 선생께도 자신의 글을 품평해 달라 청하였을지도 모르겠군요."

그와 같은 소문이 돌았던 것이다. 담헌 선생은 더 이상 홍국영을 떠올리고 싶지 않은 듯 짧고 건조하게 답했다.

"모르겠네. 들은 바 없어."

동율림 상가를 이리저리 돌아다니며 김진을 찾았다. 관아의 아전들 한 패가 둘러앉아 술을 마셨고, 악공 한 패와 장사치 한 패도 따로 상을 놓고 두런두런 이야기를 나누었다. 부엌에는 나이 든 아낙과 젊은 처녀들의 목소리가 뒤섞여 들려왔다. 주혜나 옥화가 있을까 싶어 부엌을 살폈지만 아궁이를 중심으로 부채꼴로 앉은 여인들의 얼굴을 구별하기 어려웠다. 헛기침을 하고 그미들을 불러낼 상황도 아니었다.

벽을 따라 걸었다. 걷고 싶었다. 김진은 이렇게 홀로 걸으며 고민을 정리하고 더 나은 생각을 뽑아내곤 했다. 그러나 나는 걸을수록 혼돈이었다. 처음엔 단순히 조운선 두 척이 서로 부딪혀 등산진 앞바다에서 침몰한 사건이었으나, 그때 조택수와 고후와 차돌이가 탄 소선이 가라앉았고 고후를 구한 정상치가 죽었다. 조택수의 상관들은 조택수

가 광흥창 부봉사 일에 게을렀다고 증언했으나 쥐 노인에
따르면 오히려 조택수는 지나칠 정도로 세곡 관리에 철저
했다. 부봉사를 그만두자마자, 관심을 쏟아 온 경상도의 조
운선이 출발하는 밀양으로 내려왔다. 그런데 밀양부사 박
차홍에 따르자면 조택수는 단지 유람을 왔을 뿐이며 진향
과 어울려 놀다가 떠났다고 했다. 김진은 조운선 두 척이
우연히 부딪쳐 침몰한 것이 아니라고 주장했다. 증열미가
전혀 없고 또 어란진 만호 백보숭이 판옥선 선수의 충돌
흔적을 지우기 위해 배를 수리하고 있다는 것이다. 여기에
조운선 증축 의혹까지 제기되었다. 이렇게 얽히고설킨 사
건이 있었던가. 어디서부터 풀기 시작해야 할까 난감했다.

어두컴컴한 별당 가까이에서 멈췄다. 인기척이 난 것이
다. 고양이 걸음으로 별당을 끼고 돌았다. 별당 뒷벽에 나
란히 기댄 채 고개를 돌려 마주 보는 이는 화광 김진과 소
복 차림의 주혜였다. 김진이 이야기를 하든 주혜가 이야기
를 하든, 서로의 얼굴을 아득하게 쳐다보는 것은 마찬가지
였다.

두 사람이 외따로 만나는 것부터 이상했다. 두 사람의
목소리가 속삭이듯 워낙 작아서 나누는 대화가 들렸다가
말았다가 했다.

"……나도 지금 이런 이야기를 꺼내는 게 적절하지 않

362

음을 압니다. 하지만 가슴에 돌덩이를 얹은 듯 무거워 털어놓지 않을 수 없었습니다……."

"……용서를 구할 일이 아니에요. 저도 장례만 마치면 말씀을 나눌까……."

"……처음입니다……."

일목요연하게 이야기를 풀던 지난날의 김진답지 않게, 지나칠 정도로 조심스러웠다. 끊긴 부분이 많아서이기도 하지만, 말하고자 하는 내용보다 상대방을 배려하려는 마음이 떨리는 목소리에 묻어났다. 남녀가 외따로 한 공간에 떨어져 고백하듯 속삭이는 이유는 서로를 흠모하기 때문이다. 이처럼 애틋한 장면이 담긴 소설을 100작품도 넘게 댈 수 있다. 문상객을 맞으며 밤을 새우는 담헌 선생의 얼굴 위에 김진의 얼굴이 겹쳤다. 조사를 제대로 하겠다는 열망을 품은 이는 나뿐이란 말인가. 잠깐 딴생각을 하는 바람에 대화가 건너뛰었다.

"……배는 제가 마련해 보겠습니다. 걱정 마십시오."

"꼭 떠나야만 하나요? 어머니의 손때가 곳곳에 묻은 집입니다. 동율림의 오솔길을 만드신 이도 어머니이시고요. 오랫동안 이곳에 머물렀지만 어떤 위험도 없었습니다."

"점점 더 밀양으로 관심이 집중될 겁니다. 저들은 담헌 선생을 비롯하여 이 도사나 저의 약점을 무엇이든 찾아내려고, 없으면 만들려고까지 덤비겠지요. 너무 위험합니다."

"하지만 밀양부사나 관아 아전들과도 관계가 좋았습니다. 특히 박 부사는 어머니께 부탁하여 '허허실실회' 모임을 동율림에서 가졌지요."

"좋은 날은 좋지요. 하지만 궂은 날이 닥치면 피를 나눈 형제도 척을 지는 법입니다."

"시간이 좀 더 필요해요. 화장을 마치고……."

"서둘러 주십시오."

"그런데 꼭 이 나라를 떠날……."

나는 빙글 몸을 돌려 주먹을 뻗을 자세를 취했다. 등 뒤로 누군가 다가섰던 것이다.

"날다람쥐가 따로 없네요."

옥화였다. 그 소리를 들은 김진과 주혜도 별당 뒤에서 나왔다.

"주혜 넌 또 거기 있었어? 얼마나 찾았는데."

주혜가 내 시선을 피하며 미간을 찡그린 채 옥화에게 물었다.

"왜?"

"부사 나리가 또 오신대. 문상은 이미 했지만 상가를 둘러보고 싶으시다는군. 어서 가자. 담헌 선생께서 김 서리도 찾아서 함께 오라 하셨습니다. 마침 잘되었네요."

"알았어."

"알겠소이다."

김진과 주혜가 도망치듯 자리를 떴다. 옥화가 내 얼굴을 똑바로 들여다보며 물었다. 사람을 노려볼수록 눈이 더 작아졌다.

"맞죠?"

"뭐가 말이오?"

"뭐긴 뭐겠어요. 저 두 사람, 마음이 통한 거 말이에요."

"모르겠소."

시치미를 일단 뗐다. 김진에 관해 잡음이 나는 걸 원치 않았다.

"모르다니요? 난 첫날 딱 알아봤는데요."

"어찌 알았단 말이오?"

옥화가 오른팔을 들곤 나비처럼 휘저었다. 한 번은 멀리 또 한 번은 더 멀리.

"주혜가 그렇듯 열심히 독무를 추는 걸 본 적이 없어요. 땀을 뻘뻘 흘리며 최선을 다하는 건 언제나 내 몫이죠. 주혜는 말하자면 천재예요. 손을 어디로 어떻게 뻗든 전부 춤사위가 되죠. 그러니 설렁설렁 해도 평범을 훨씬 넘어가거든요. 하지만 그 밤엔 달랐어요. 누구 때문이겠어요?"

춤추는 주혜를 거대한 눈물방울과 같다고 말한 이는 김

진이었다.

"화광에게 잘 보이려고 그리했단 말이오?"

"담헌 선생은 아닐 테니까요."

"그렇다 칩시다. 화광처럼 똑똑하고 곱상한 사내에게 연모의 정을 품는 여인이야 흔하고 흔하다오. 하지만 화광은 아직까지 여인에게 마음을 준 적이 없소."

"방금 주혜를 바라보는 눈빛을 보고도 그리 말씀하세요?"

"눈빛이라 하였소?"

김진이 어떤 눈길로 주혜를 바라보았는지 떠오르지 않았다.

"내길 해도 좋아요. 넘어갔다니까요. 두 사람이 사랑을 위해 멀리 떠나 숨는다고 해도 전혀 이상한 일이 아니죠. 혹시 저들이 별당 뒤에서 나누는 얘길 엿들으셨나요?"

애정의 도피인지는 몰라도, 배를 타고 떠나는 문제를 의논한 것은 사실이다.

"듣지 못했소. 거리도 꽤 되고, 속삭이는 바람에……."

옥화가 목을 빼 별당 뒤편까지 거리를 가늠했다.

"귀에 입술을 대고 속삭였단 얘긴가요? 서로에게 호감이 없다면 입과 귀를 그리 가까이 댈 수 있을까요? 더군다나 상중에 말입니다."

계속 몰아세우는 옥화의 말장난에 놀아나기 싫었다.

"더 할 말 없소? 없으면 나는 이만……."

옥화가 옆 걸음으로 막아섰다.

"이 도사님을 꼭 만나고 싶어 하는 사람이 있어요."

"누구 말이오?"

"저와는 친오누이처럼 자랐지요. 어렸을 때는 함께 웅천 강에서 꽤 많이 놀기도 하고. 은밀히 만나 주셨으면 해요. 부탁드립니다."

옥화의 죽은 아비도 배를 만드는 목수였다는 사실이 떠올랐다.

"광우가 왔소?"

옥화가 고개를 끄덕였다. 나는 마음속으로 쾌재를 부르며 목소리를 깔았다.

"그럼 별당에 들어가서 기다리겠소. 데려오시오."

"알겠어요. 금방 보낼게요."

옥화가 사랑채로 종종걸음을 걸었다. 나는 주위를 살핀 뒤 별당 문을 열고 들어갔다. 호롱불을 켜지 않고 아랫목에 앉았다. 어둠에 익숙해질 때까지 기다렸다. 김진의 예상이 옳았다. 광우는 조운선 불법 증축에 관해 김진과 내가 얼마나 아는지 직접 만나 확인하고 싶은 것이다. 소매 속에 숨겨 둔 단검을 번갈아 쥐어 보았다. 어둠 속에서 누군가를 만나는 일엔 항상 위험이 도사린다.

이윽고 문이 열렸다. 사내 하나가 재빨리 들어와선 등 뒤로 문을 닫았다.

"광우입니다. 나리!"

"가까이 오너라."

광우가 발소리를 죽인 채 옆에 와서 앉았다. 무릎이 닿을 만큼 바싹 붙었다.

"옥화는?"

"밖에서 망을 보고 있습니다요."

"왜 나를 보자고 하였느냐?"

광우는 이야기를 시작하지 못한 채 주저했다. 죄를 스스로 털어놓은 적이 없었던 것이다.

"저와 제 아비의 목숨을 지금이라도 구할 수 있는지 여쭙기 위함입니다요."

"조운선을 일부러 침몰시키거나 관의 허락도 받지 않고 마음대로 뜯어고치는 경우 그 일에 가담한 조군이나 목수는 참형을 면치 못해. 지엄한 나랏법을 알지?"

원칙을 강조했다. 그래야 내가 대화의 주도권을 쥐면서 상대에게 베푸는 배려를 몇 곱절 무겁게 만들 수 있다. 광우가 긴 한숨을 몰아쉬었다.

"정말 구할 길이 없습니까요? 저는 죽어도 좋습니다만 제 아비라도 살려 주십시오."

효심이 지극한 자인가. 나는 슬슬 낚싯대를 끌어당기기 시작했다.

"엄벌을 원칙으로 하되, 조운선 불법 증축을 지시한 자와 증축된 조운선으로 저지른 또 다른 범죄들을 남김없이 털어놓는다면, 목숨을 구할 길이 열릴지도 모르느니라."

"그렇군요. 증축뿐만 아니라 또 다른 범죄까지……."

"싫은가?"

나는 자리에서 일어서려는 듯 엉덩이를 들었다. 광우가 급히 손을 잡고 매달렸다.

"아닙니다요. 말씀드립지요. 다 말씀드리겠습니다."

못 이기는 척 자리에 앉았다. 광우가 손바닥으로 입술의 침을 훔친 뒤 이야기를 시작했다.

"작년 가을 조운선 천과 현과 황을 개조하는 데 필요한 좋은 소나무를 구하려고 통제영 주변을 열흘 넘게 돌아다녔습니다. 겨우 돌아왔더니 아버지가 부르셨습니다. 그리고 이런 말씀을 하셨습니다. 이번에 크게 한 건 하고 나면 어쩌면 경상도를 떠나야 할지 모르겠다고."

"경상도를 떠날지도 모른다고 했단 말인가? 무슨 일이기에……?"

"그게 말입니다. 예전부터 워낙 복잡하게 얽힌 관계인데다가 아버지가 부쩍 힘들어하셨습니다. 그러다가 조운선이 떠나고……."

바깥이 갑자기 시끄러웠다. 옥화의 다급한 목소리가 어둠을 흔들며 날아들었다.

"호방 어른! 거긴 들어가지 마세요. 여자들 치마를 주렁주렁 널어 뒀다고요. 못 가요. 못 간다고요."

옥화를 꾸짖는 호방 김선의 목소리가 이어서 들렸다.

"곧 부사께서 이곳으로 오실 걸세. 별당에서 독운어사와 긴히 나눌 말씀이 있다 하셨어. 치마를 널어 뒀다면 서둘러 치워야 해. 썩 비키지 못해?"

"별당은 어지럽다니까요. 옷만 치운다고 될 문제가 아니랍니다. 청소를 못해 더러워요. 사랑채로 가세요."

불청객을 막는 옥화의 목소리가 점점 빠르고 커졌다.

"어이쿠!"

쓰러지는 소리가 둔탁하게 났다. 김선이 힘으로 옥화를 밀친 것이다. 그미로서도 더 이상 버틸 방법이 없으리라.

문이 열렸다. 그 순간 광우가 벌떡 일어서더니 열린 문으로 뛰어나갔다. 막아서는 김선의 사타구니를 걷어찬 뒤 뒷담을 넘어 사라진 것이다. 나는 김선부터 부축하여 일으켜 세웠다.

"다쳤는가?"

"아닙니다. 놀랐을 뿐이지요. 한데 저놈은 누굽니까? 불이 꺼져서, 별당에 아무도 없는 줄 알았습니다만…….”

엎드려 벌벌 떠는 옥화를 내려다보며 적당히 둘러댔다.

“너무 피곤하여 잠시 눈을 붙였다네. 좀도둑인 게지. 뭔가 훔치려고 들어왔다가 놀라서 달아난 듯싶네.”

“그랬군요. 큰일 날 뻔하셨습니다.”

“한데 이 밤에 별당엔 무슨 일인가?”

“부사께서 독운어사와 조용히 이야기를 나눌 곳을 찾으셔서…….”

“별당은 너무 지저분하다네. 쥐들까지 찍찍 천장을 돌아다니며 울어 대더군. 사랑채로 가게.”

“알겠습니다.”

김선이 돌아서서 사랑채로 향했다. 나는 옥화의 어깨를 잡고 부축하여 일으켰다.

“다친 덴 없소?”

옥화가 다시 주저앉더니 손등으로 눈물을 훔치며 참았던 울음을 터뜨렸다. 심하게 삐진 예닐곱 살 여자아이처럼.

동율림을 나와서 마암산(馬岩山)으로 말을 몰았다. 그 산 아래 예림(禮林)에 방금 달아난 광우의 초가가 있었다. 그의 아비 선풍까지 함께 만나 남은 이야기를 마저 듣고 싶었다. 조운선 증축을 그들에게 명령한 사람, 그 이름만 들으면 뒤엉킨 실타래가 단숨에 풀릴 듯했다. 마음이 급했다. 김진은 광우를 옥죄지 말고 기다리라고 했었다. 그러나 지금 내가 그의 집을 찾아가는 것은 그가 먼저 동율림 상가로 왔기 때문이다. 김진이 나였다고 해도 못다 한 이야기를 나누기 위해 길을 나섰으리라.

말에서 내려 숲길로 접어들었다. 선풍과 광우 부자는 선소로 나올 때 외엔 숲에 머무른다고 했다. 숲에 산다는 것만 알지 집까지 구경한 이도 없었다. 마을로부터 멀리 떨어져 지내는 것도 의심이 갔다. 비밀이 많은 사람치고 뒤가 구리지 않은 이가 없다. 멀리서 작고 흐린 빛이 흔들렸다. 호롱불이었다. 걸음을 더욱 바삐 하였다. 섬돌 위엔 신발 두 켤레가 나란했다. 방 하나에 부엌 하나가 전부였다. 목소리를 깔고 불렀다.

"안에 있는가?"

답이 없었다. 다시 부르려다가 조용히 방문 옆으로 붙었다. 그리고 힘껏 방문을 열고 뛰어 들어갔다.

빈방이었다. 선풍도 광우도 없었다. 사람이 머무는 것처럼 섬돌 위에 신도 놓고 호롱불도 밝혀 놓은 뒤 달아난 것이다. 내가 뒤따라올 것을 예상한 것이다. 분노가 치밀어 올랐다. 상가 별당에서 붙잡았어야 했다. 포박을 하더라도 놓치지 말았어야 했다.

갑자기 뒤통수가 뜨거워졌다. 살기(殺氣)였다. 등에 멘 장검을 뽑아 들 틈도 없이, 내 머리를 노리며 무엇인가가 날아들었다. 허리를 숙인 뒤 몸을 돌려 무릎으로 그것을 올려쳤다. 장봉이었다. 휘이잉. 허공에서 출렁인 장봉이 다시 내 가슴을 향해 떨어졌다. 재빨리 몸을 굴렸지만 장봉이 왼쪽 팔꿈치를 때렸다. 그 틈에 오른손으로 장검을 뽑아 들곤 장봉을 쥔 사내를 노리며 뛰어올랐다. 장검으로 사내를 베지 않고 거둬들인 후 왼 무릎을 꿇고 방바닥에 내려앉았다. 무릎을 모두 펴고 일어서선 키 큰 사내에게 따지듯 물었다.

"정 참상께서 여긴 어쩐 일입니까?"

의금부 참상도사 정수담이었다. 이순구가 살해당했으니 이제 그가 의금부에서 최고참 도사였다. 그는 지난봄 충청도 공주에서 출발하여 통진에서 침몰한 조운선을 맡아 민심을 살피고 돌아왔었다. 공주와 통진에도 난을 일으킬 『정감록』 무리는 없다고 했다.

"이 도사야말로 어인 일인가? 특명을 받고 한양을 떠났다는 얘긴 들었네만, 여기에서 만날 줄은 몰랐군."

내가 독운어사 홍대용을 도와 밀양으로 다시 내려온다는 것을 의금부의 다른 도사들은 몰랐다. 비밀 엄수가 기본이지만 귀띔을 하려고 들면 얼마든지 가능했다. 하지만 도사들은 중요한 임무일수록 은밀히 완수하려 들었다. 의금부 도사들만의 못 말리는 경쟁심이기도 했다.

"어쩐 일이냐고요?"

"『정감록』 무리가 있다 하여 잡으러 왔다네. 선풍이란 늙은이를 아는가?"

"만난 적은 없으나 오랫동안 후조창 선소에서 조운선을 만들고 고쳐 온 도목수라고 들었습니다. 솜씨가 이 나라에서 으뜸이라더군요."

"그가 바로 『정감록』을 따르는 남방 무리의 수괴야."

깜짝 놀라 거듭 물었다.

"뭐라고요? 확실합니까?"

"확실해. 얼마 전 북방 무리 중 가장 막강한 세력을 자랑하던 백두산 화적 두령 만보(萬寶)를 잡았지. 놈을 족쳤더니 선풍이란 이름이 튀어나왔다고. 그래서 잡으러 왔네."

"한데 어찌 혼자 움직인 겁니까?"

"잡으러 간다고 놈들에게 예고할 일 있어? 선풍을 따르는 신도들이 밀양과 창원과 진주만 해도 수십, 아니 수백 명을 헤아릴 정도야. 느려 터진 나장들 데리고 이 숲 저 숲 파헤치고 다니다간 놈을 영영 놓치고 말지. 그래서 혼자 왔네. 놈만 잡으면 되니까. 여든 살이 넘은 늙은이가 아무리 신통력을 발휘하더라도 내 장봉을 피하긴 어려워."

"그랬군요."

"자넨 어쩐 일인가? 밀양으로 다시 온 이유가 대체 뭐야?"

즉답을 않고 잠시 머리를 굴렸다. 정수담의 별명은 '개수담'이었다. 한 번 물면 절대로 상대를 놓치지 않는 근성을 지녔다. 『정감록』 무리를 추격하여 밀양으로 내려온 이상 쉽게 떠날 위인이 아니었다. 적당히 알릴 것은 알리면서 내 몫을 챙기는 쪽으로 결론을 내렸다.

"조운선 침몰 사건을 처음부터 재조사하란 어명을 받들고 내려온 겁니다."

"이상하군. 다른 네 군데는 묻어 두고 밀양만?"

"조운선만 침몰한 게 아니라 소선 한 척이 같은 시각에 같은 바다에서 침몰했기 때문입니다."

"수장된 배가 또 있다? 죽거나 다친 사람은?"

"실종자가 열세 명입니다. 그중에 조택수란 사내가 끼어 있습니다."

"조택수? 조택수라 함은 영상 대감이 아끼는 그 서자?"

"맞습니다. 그가 소선에 타고 있었습니다."

"그래서 밀양만 선택된 건가? 하여튼 조운선과 소선 침몰을 재조사하는데, 도목수의 집은 이 밤에 왜 찾아왔어?"

정수담은 턱을 당겨 고개를 숙였다. 비스듬히 위에서 아래로 눈길을 받는 것만으로도 그에게 눌리는 느낌이 들었다. 묘한 위압감이었다.

"조운선을 불법 증축했더라고요. 그래서……."

쿵. 정수담이 장봉으로 방바닥을 힘껏 내리쳤다. 그 바람에 말을 끊고 올려다보았다.

"역시! 내 추측이 옳았군."

"무슨 추측 말입니까?"

정수담이 웃으며 목소리를 낮췄다.

"이왕 이렇게 된 거 이 도사 자네에게만은 특별히 알려줌세. 이건 정말 비밀로 해야 돼. 맹세하겠는가?"

"맹세하겠습니다."

"질문을 하나 하겠네. 영암에서 두 척, 부안에서 세 척, 만경에서 일곱 척, 고양에서 네 척, 통진에서 네 척. 다섯 곳에서 도합 스무 척의 조운선이 4월 5일을 전후하여 침몰했다네. 침몰한 날짜 외에 이들의 공통점이 뭔지 파악했는가?"

수수께끼는 정말 싫다. 김진이 내는 각종 문제를 맞히는 것만 해도 벅찬 삶이다. 그런데 정수담이 던진 문제는 김진의 것만큼 어렵다. 한 곳에서 스무 척의 조운선이 침몰한 것보다, 다섯 군데에서 비슷한 날 약속이나 한 듯 침몰했다는 사실이 전하를 진노하게 만든 것이다. 그런데 무슨 공통점이 있단 말인가?

"모르겠습니다."

정수담이 다시 물었다.

"정말 모르겠나? 자네와 내가 야밤에 이 숲까지 달려온 것과도 연관이 있으이."

이곳에 온 이유? 선풍과 광우를 만나기 위함이다. 그것이 다섯 곳에서 침몰한 조운선들과 연관이 있다는 말인가. 생각 하나가 섬광처럼 스쳤다.

"혹시…… 선풍이 그 조운선들을 수선한 겁니까?"

"맞네. 정답이야. 개삭한 것도 있고 개삼, 개조한 것도 있네만, 모두 선풍의 손을 거쳤지. 그리고 모조리 불법 증축되었고."

"어떻게 그런 일이 가능한지요?"

"밀양에서 가능하다면 다른 조창에서 불가능할 이유가 없지."

무서운 생각이 밀려들었다.

"선풍이 수선한 배들만 침몰했다는 이야기군요. 그게 정말 공통점이 되려면, 선풍이 일부러 배들을 가라앉혔단 추측까지 나아가야 합니다만……."

"그걸 확인하려고 온 거라네. 밀양의 선소엔 아직 가지 않았는데, 자네가 불법 증축을 이야기하니 딱 맞아떨어지는군."

"대체 그자가 왜 조운선을 동시에 침몰시킨단 말인가
요?"

"직접 만나 답을 들어야 하겠지만, 뻔한 거 아니겠어?"

"뻔하다니요?"

"정씨가 계룡산에서 새 왕조를 세울 때가 되었다고 믿
는 것이겠지."

나는 놀라지 않을 수 없었다. 『정감록』에 따르면 조선
다음엔 정씨가 800년 계룡산에서 도읍하고, 그다음엔 조씨
(趙氏)가 가야산에서 1000년, 범씨(范氏)가 전주에서 600년
을 도읍한다고 나온다.

"이 나라를 멸하기 위해 움직인단 말씀이십니까?"

"나라님이 부덕(不德)하여 하늘에서 내린 벌로 몰고 가
려는 게지. 정씨의 나라가 오기 전에 엄청나게 많은 환란이
12년 동안 일어난다고 『정감록』에 나오지 않는가? 그 환
란을 피해 숨어 몸을 보존할 열 곳도 지적하고 말일세. 조
운선 침몰을 환란의 시작으로 삼으려는 게 틀림없어. 이걸
빌미로 난(亂)을 일으킬 작정이었던 게야. 단순히 조운선
들을 몰래 증축한 문제가 아니야. 나라 전체를 뒤집으려고
오랫동안 모의한 일을 행동으로 옮기기 시작한 것이라고.
선풍을 꼭 생포해야 해. 그래서 역모의 전모를 낱낱이 밝

혀내야지. 그게 이 도사 자네가 나를 도와 할 일이라네. 크게 공을 세울 절호의 기회일세. 알겠는가?"

"……."

내가 대답하기도 전에 정수담의 눈에 놀라움이 차올랐다. 장봉을 들어 서남쪽을 가리켰다. 고개를 돌려 봉이 향한 방향을 쳐다보았다. 환한 빛이었다. 거대한 불길이었다. 그곳엔 조창이 있고 담헌 선생이 풍금을 만드는 지음당이 있고 조운선들을 정박해 둔 선소가 있었다. 셋 중 어디라도 불이 나선 안 되는 곳이다. 정수담이 숲길로 뛰며 외쳤다.

"달려!"

(2권에서 계속)

소설 조선왕조실록 09

목격자들 1 조운선 침몰 사건

1판 1쇄 펴냄 2015년 2월 25일
1판 5쇄 펴냄 2022년 7월 6일

지은이 김탁환
발행인 박근섭·박상준
펴낸곳 (주)민음사

출판등록 1966. 5. 19. 제16-490호
주소   서울특별시 강남구 도산대로1길 62(신사동)
             강남출판문화센터 5층 (우편번호 06027)
대표전화 02-515-2000 | 팩시밀리 02-515-2007
홈페이지 www.minumsa.com

© 김탁환, 2015. Printed in Seoul, Korea

ISBN 978-89-374-4210-0 04810
ISBN 978-89-374-4201-8 04810(세트)

* 잘못 만들어진 책은 구입처에서 교환해 드립니다.